U0906854

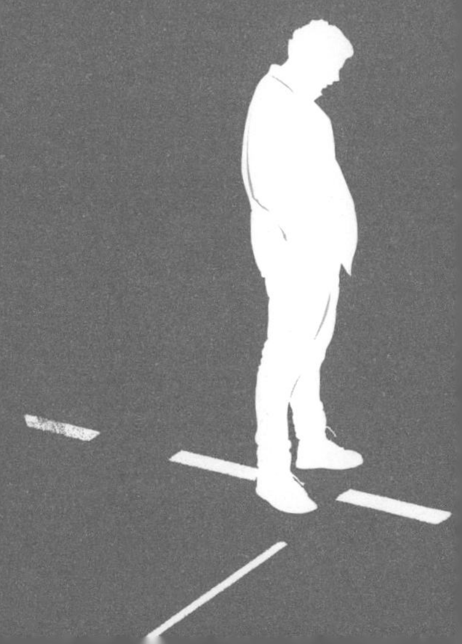

雷曼先生

〔德〕斯文·雷根纳／著
黄燎宇／译

外语教学与研究出版社
北京

《雷曼先生》译序

黄燎宇

2001年，身兼摇滚歌手、乐手及歌词作者的斯文·雷根纳再度走红德国。不过，这位通俗歌坛明星之所以再度风光，并非因为他所创建和领导的“害群之马”乐队。让德国人感到耳目一新的是，一向抱着吉他或是捏着小号抛头露面的“斯文”（出生在不来梅的雷根纳，和许多德国北方人一样，取了个斯堪的纳维亚名字：Sven），竟然斯斯文文地捧着一本三百页的小说走上了讲坛。此番他是向公众朗读他的长篇“处女作”《雷曼先生》（我们在此给“处女作”打上引号，与其说是制造“陌生化”效果，不如说在展示读书收获，因为从不放过字面意思的雷曼先生决不会把一个大男人的第一部小说叫做“Jungfernroman”——中文“处女作”的德文硬译）。面对初登文坛的雷根纳，人们不免心存疑虑：他行吗？谁见过通俗歌星写小说的？比他年长二十岁、胸怀文学抱负的美国大牌歌星鲍勃·迪伦不也是壮志未酬吗？事实上，人们用不着等雷根纳念完《雷曼先生》的第一章，就会自动打消疑虑。因为光凭雷曼先生与拦路狗进行周旋的那段描写，雷根纳就足以证明自己的文学天赋，就足以赢得公众的喝彩。业已四十不惑的雷根纳也的确创造了奇迹。他的《雷曼先生》读得德国人心花怒放，喜出望外（也许只有等崔健写出了王朔式小说的那一天，我们中国人才能体会到德国人今朝的喜悦之情)。小说的主人公雷曼先生很快就成为一个雅俗共赏的艺术形象。

既然如此，雷曼先生魅力何在?

首先，雷曼先生具有反叛精神。他是以胸无大志、以平民心态来反抗社会的。雷曼先生所在的社会，是一个优胜劣汰、适者生存的高度竞争社会。这里人人梦想出人头地、出类拔萃，都想求个什么“名”，当个什么“家”，社会的阶梯上挤满了雄心勃勃、奋力攀缘的人们。至于年轻人，那就更得作冲刺状、拼搏状。反观雷曼先生，这当然是一个“很不典型”、“很不标准”的联邦德国青年。雷曼先生十年如一日地在一家小酒吧打工挣钱。虽挣钱不多，但他对生活要求也不高，自给自足不成问题。他甘居下游，甘当小人物，既不想当什么领班、经理，也不跟周遭那些吧台青年似的，向人表白自己其实在搞美术其实在搞音乐其实在上大学。雷曼先生的吧台站得很踏实很快乐，甚至带点自豪。之所以如此，不仅因为他有斯多葛式的人生哲学，把适性生存、悠闲自在当成最大的幸福，对俗世所定义的“生活内容”则是嗤之以鼻；他还为自己献身吧台生涯找出了非常简单、也非常高尚的理由：既然世上的“酒吧比教堂比美术馆比音乐厅比俱乐部比迪斯科舞厅比天晓得还有什么都多”，既然人们下酒吧跟上博物馆或者听音乐会“一样快乐”，那么一个全心全意站吧台的人就是社会最需要的人。

雷曼先生不仅在内心深处与主流社会、主流思潮保持距离，他的外在生活和外在形象也充分显示出他是如何地不入流。众所周知，德国也是体育大国和旅游大国。这个幅员不辽阔人口不众多的国家在奥运会和足球场上一直保持着骄人的成绩。之所以如此，是因为德国人普遍具有健身意识和健身嗜好，从莱茵河到奥得河，从北海、波罗的海再到阿尔卑斯山，体育锻炼蔚然成风。说到旅游，人们更要对德国刮目相看。由于受“读万卷书，行万里路”的传统的熏陶，也由于长期生活在“冬天的童话”（海涅创造的政治隐喻包含着永恒的地理学真理）里面，德国人普遍渴望远游、渴望阳光，于是他们纷纷走出国门、走向远方。有钱人享受洲际旅行，钱少一点的去周边国家（位于地中海的西班牙马略卡岛不折不扣地成了德国“殖民地”）。八千万德国人，每年出国旅游竟达四千万人次，国外旅游消费约四百亿欧元。蔚为大观的旅游业，在为德国人赢来“旅游世界冠军”称号的同时，给当代德国的文化与时尚打上了深深的烙印。旅游带来知识与健康，不旅游，就无法开阔眼界，就无法沐浴阳光。具有讽刺意味的是，一向为其白色皮肤感到自豪的白种人，到了二十世纪末竟崇拜起古铜色皮肤来，趋之若鹜地把自己晒黄晒黑。惨白的皮肤已是出门少见识少挣钱少的标志。在两德统一后的柏林，白皙的皮肤甚至成为傲慢的西德人在大街上指认“东德老土”的依据。生活在这个体育和旅游大国的雷曼先生，是一个十分扎眼的异类。雷曼先生活动少而且活动范围小。从家乡不来梅来到西柏林的近十年里，他很少离开西柏林，离开克罗伊茨贝格区。即便在克罗伊茨贝格，他也主要在他工作和居住的36区活动，他不轻易涉足居民档次高一些的61区（克罗伊茨贝格分为61区和36区）。雷曼先生不仅不外出度假（他自称“不适宜度假”），他的蛰居嗜好竟让他觉得夏天（由于阳光的缘故，德国人特别钟爱夏天）具有“挑战意味”，因为好天气（在德语里面这是艳阳天的同义词）总在无声地命令德国人去享受烧烤、郊游或者湖边游泳。可是雷曼先生更愿意把所谓的业余时间用来睡懒觉、读闲书。基本上足不出户的他，饿了下小饭馆，闲了逛小酒吧。他不跑步不跳舞不游泳，也不练健美和拳击，所以他没有发达的肌肉，没有古铜色的皮肤，更打不出潇洒的、汉子气十足的直拳或者勾拳，所以他的四肢合不上音乐节拍，所以他的皮肤白得刺眼，所以他在卷入斗殴的时候只能用雷曼式“克罗伊茨贝格钳子”（揪人耳朵）或者雷曼式“反克罗伊茨贝格钳子”（咬人手指）。

不上进、不好动的雷曼先生，在别的地方也常常与主流社会唱反调。比如说早餐。德国人没有创造出灿烂的饮食文化，这是公认的事实。谁都知道德国人做不出声名远扬的名菜大菜，德国人的晚餐桌上只摆着可怜巴巴的两片面包加两片香肠或者奶酪。但同样不可否认的是，德式早餐颇有特色。德国人的早餐极其丰盛，从香肠火腿肉馅煎肉，到面包黄油果酱奶酪，再到牛奶酸奶红茶咖啡，还有燕麦鸡蛋生菜水果，真可谓应有尽有；他们用餐时间长，而且很讲情调与排场，喜欢大量使用餐具，还喜欢点上烛光。对于其早餐，德国人一向是暗中得意的。当现代人越来越信奉“早餐吃饱，午餐吃好，晚餐吃少”的膳食准则之后，他们就更加得意了，就更加理直气壮地搞他们的早餐崇拜了。可是，外出早餐的雷曼先生却发现了问题，发表了不太恭敬的言论。再如柏林墙。他听不惯西德游客就柏林墙所发表的那些悲天悯人的反共言论，他认为那都是千篇一律、不过脑子的废话。他尤其要反驳柏林墙让西柏林人置身牢笼的说法，因为修柏林墙的意图并不在于妨碍西柏林人出去，而在于阻止东德人进来。雷曼先生在柏林墙的问题上与众人唱反调，并不是因为他亲共或者亲东德。他是那种把独立思考看得比什么都重要的人，他最听不得陈词滥调，最见不得人云亦云，再正确的言论，只要重复一百遍，他就会斥之为废话、假话。

如果说雷曼先生因其反主流、反潮流显得潇洒而且可爱，那么同样不可否认的是，当他潇洒不起来，当他陷入尴尬境地的时候，他依旧可爱。雷曼先生是个潇洒的另类，同时也是一个苦恼的尴尬人，因为他自始至终都在遭遇尴尬：他清晨归家，路上偏偏撞上一条蛮横不讲理的丧家之犬，在这只迫使他在离家不到一百米的地方驻步不前的狗面前，他用不上人的智慧，也无法保持人的尊严；他是一个喜好钻牛角尖、喜好争辩的斯文人，但他又被迫卷入打架斗殴，他的衣服脏了破了，嘴上还粘着带有乙肝病毒的血；他无牵无挂、优哉游哉地做了近十年的小人物，可当他的父母大人前来柏林旅游的时候，他似乎突然明白“人是社会关系的总和”这个道理，知道“经理”是个“好听的字眼儿”，而且“邻居问起来也好说”，所以他只好屈从来自社会关系的压力，心不甘情不愿地扮演起父母乐于看到的餐厅经理；同样为了父母，他前往避之惟恐不及的选帝侯大街（这条繁华而高贵的商业街当然不会在土耳其人和手头拮据的西德青年扎堆儿的克罗伊茨贝格），前往丝毫引不起他兴趣的民主德国首都，结果，他不仅要直面自己一向讨厌的街景，而且受到了刁难，遇到了麻烦；他有主见有品位，可是为了追求一个所爱的女人，他去了人声鼎沸、人山人海，而且很难保持尊严的游泳池，穿上了俗不可耐的游泳裤，还去电影院观看他不以为然的《星球大战》。令人惊讶的是，无辜遭遇尴尬的雷曼先生，常常又以不可思议的方式摆脱尴尬，简直叫人疑心他吉人自有天相。劳西茨广场那条任他绞尽脑汁也奈何不得的恶狗，不仅让他在无意之中用威士忌制伏了，而且在无意之中替他惩罚了对他很不客气的警察；面对杀气腾腾的神经病和把他视为一泡狗屎的巨型对手，毫无格斗经验的他，居然鬼使神差地动用“克罗伊茨贝格钳子”和“反克罗伊茨贝格钳子”，出奇制胜，重创了敌人；他的餐厅经理闹剧搞得很艰难，最终却出人预料地取得了成功，让父母高兴而来，满意而去；冥顽不灵而又缺乏善意的选帝侯大街公共汽车司机，最终被他的灵机一动搞得张口结舌，审讯他的东柏林海关官员则被他的一番诡辩搞得恼羞成怒。

雷曼先生的另外一大魅力，在于他兼有在一般人身上水火不容的品质和能力。雷曼先生没上过大学（他只接受过“运输销售员”的职业培训），也算不得自学成才的博学之士（他的读书时间有限，他的房间里也没放几本书），可是他有思想有口才，常常逮住人们所轻视所忽略的现象和问题刨根问底、大动干戈。母亲的电话将他吵醒后，他把愤怒化为才情，揪着母亲所说的字字句句进行分析、批驳，他仿佛要粉碎母爱的神话，要撕破罩在母子关系上面那层温情脉脉的面纱；他以哲学家的思辨激情跟人讨论“醉酒的时候，时间过得快还是慢”的问题，而且他的对话伙伴不是相对论鼻祖爱因斯坦或者是陶醉于时间问题的现代派文学大师，而是他一见钟情的女厨师；进入游泳池，他发现这是一个充满混乱、使人丧失尊严的地方，走上选帝侯大街，他体会到芸芸众生的愚蠢和盲目。正因为雷曼先生以杀鸡用牛刀、以鸡蛋里挑骨头的劲头和架势来体味人生，所以他处处发现矛盾与荒谬、滑稽与悲哀，他自己的生活也由此染上了悲喜剧色彩。再者，雷曼先生天生是个受过怀疑主义洗礼的现代人。他见不得感伤的、毫无弦外之音的夸张言辞和表情，“裸情”比“裸体”还叫他难堪：当卡尔因为他所崇拜的艺术家——雷曼先生的哥哥——在纽约干起了白铁工而呼天抢地的时候，站在一旁的雷曼先生心里直骂“这他妈的澎湃激情”；卡尔的精神病发作后，为了尽快找到卡尔的女朋友，雷曼先生在电话里向中间人叮嘱了一声“人命关天”，话音刚落他便意识到这是“戏剧化语言”，并为此感到不安，所以他只好安慰自己“说别的又不管用”。就是说，雷曼先生很“酷”。难能可贵的是，雷曼先生又没有“酷”到超凡脱俗或者心如死灰的地步。他有热血，也有热泪。为了友谊和爱情，他不惜大打出手，不惜委曲求全。卡尔犯病后，他无怨无悔、全心全意地加以照顾；和漂亮的女厨师卡特琳热恋之时，他也会想入非非，脑海里也会浮现出一些天真的画面，而在目睹卡特琳背叛他那一刻，他的眼泪几乎要夺眶而出……正是这等有趣而丰富的性格，让雷曼先生显得那么可敬又可怜，可爱又可笑，他的生活也由此在枯燥中透出辉煌，在平凡中显出非凡。

综上所述，雷曼先生是孤本，是一绝，是与众不同的人物。但同时必须指出，雷曼先生也是一个典型环境中的典型人物，他代表着一群人或者说一类人。要说明这个道理，还得从小说的结尾谈起。我们知道，雷曼先生是在把卡尔送进乌尔班医院，在他的三十岁生日悄然而至，以及柏林墙轰然倒塌（比喻而已！）之后告别读者的。既然小说如此收尾，我们就有必要考察一下雷曼先生和卡尔，雷曼先生和柏林墙有什么关系。前者可谓一目了然：虽说卡尔沉湎于吸毒和艺术家幻想，雷曼先生却一不沾毒二不沾艺术，但是他们不仅亲如兄弟（由于叙述者提到卡尔的时候十有八九要声明这是雷曼先生“最好的朋友”，所以“他最好的朋友卡尔”也成为这部作品的一个“主导动机”），而且在卡尔精神崩溃之后，兔死狐悲的雷曼先生还认识到他们其实是难兄难弟，他们遇到了同样的麻烦。至于雷曼先生与柏林墙，这是一个需要加几句话外音才能说清楚的话题。从表面看，雷曼先生一向认为柏林墙与自己毫无干系，即便听到柏林墙倒塌这一轰动性新闻的时候他也照样无动于衷：他是在“而立之夜”光顾第四个酒吧时偶然听人说“墙开了”的，除了一声“我操”，他并没有任何欢呼雀跃或者激动不已的表示。酒吧里的其他人也是如此。坐在雷曼先生旁边的海可甚至说“墙开了，这又怎么着哇，墙开了。屁眼儿开了”。同样耐人寻味的是，当雷曼先生和海可勉强赶到奥贝鲍姆桥看热闹的时候，他们没有看到万众欢腾的宏大场面。桥对面过来的东德人，不仅——正如一个看热闹的克罗伊茨贝格人所说——“稀稀拉拉的，就像小孩撒的尿”，而且他们刚一踏上西德的土地就情不自禁地嘟哝“这儿看起来和我们那边一样啊”。较为热闹的莫里茨广场也很让他们失望，因为除了那“噪音震耳欲聋，尾气令人窒息”的汽车长龙，他们什么也没看到。最后，雷曼先生只好继续上酒吧借酒浇愁（卡尔的崩溃使他很受刺激），同性恋海可则直奔勋内贝格，希望在沸腾的“同性恋亚文化圈”里与昔日的同性恋朋友重逢(他是因为不堪忍受同性恋在东德的“三孙子”处境而逃到西柏林的)。换言之，柏林墙倒塌这一重大历史事件，既没有给雷曼先生们（我们可以使用复数了）带来莫大的喜悦，更没有让他们在喜悦中忘却个人的烦恼。他们在奥贝鲍姆桥、莫里茨广场以及去莫里茨广场的路上所见到的乏味场面和滑稽插曲，将构成他们对那个震惊世界的历史事件的基本回忆。透过两德统一，他们只看到东德人的盲目自卑（如嘟哝“这儿看起来和我们那边一样”的东德女人），西德人的盲目自大（如被海可戏弄的西柏林出租司机），以及东德人和西德人之间的思想隔阂。

企望在小说里读到宏大叙事的人多半要对《雷曼先生》的结尾摇头叹息。他们也许会抱怨雷根纳以偏概全，抱怨他把握不住历史的命脉。但是，身为小说家的雷根纳完全可以置之不理。天才的斯太尔夫人早在两百年前就说过，长篇小说旨在拾遗被历史文献所遗漏的东西，如日常生活，如个人世界和内心世界。这句曾经让歌德如获至宝（斯太尔夫人的相关论文最早由他亲自翻译成德文）的至理名言，肯定也会让雷根纳拍案叫绝（半路出家的雷根纳可能没有读过斯太尔夫人的小说理论）。雷根纳说过，“管他狗屁历史，讲你的故事吧”；他还说过，没有谁能够写出“人们”对两德统一的体会和反应，小说家只能描述单个的人如何经历那段历史。而他的《雷曼先生》，就是要讲述他和他的克罗伊茨贝格同类的故事，讲述他们直到柏林墙倒塌以前的悲欢离合。雷曼先生的故事始于一九八九年九月初，终于十一月九日，为时两个月。就是说，当卡尔沉湎于吸毒和所谓的艺术创作的时候，当雷曼先生穷于应付各种日常烦恼的时候，一墙之隔的东柏林正发生着风起云涌的游行示威。尽管媒体对于东德的革命风暴进行了充分的报道，雷曼先生们却看不出柏林墙里面（当然也可以说外面，依视角而定）发生的事和自己有什么关系。他们或是睁只眼闭只眼（迷迷瞪瞪的雷曼先生在卡特琳的床上看见“电视里正在播放什么游行的画面”），或是左耳进右耳出（听说“那边闹得很厉害”的时候，雷曼先生只来了句“这和西柏林的生活有什么关系”），他们的基本心态则是：你搞你的革命，我有我的烦恼，大家井水不犯河水。即便在目睹革命风暴吹垮柏林墙之后，雷曼先生们依然无动于衷，依然作事不关己状：立也罢倒也罢，关我屁事（克罗伊茨贝格流行粗话）！但是，对“隔壁”、也就是对世界历史漠不关心的雷曼先生们，万万没有想到世界史和他们开了一个不大不小的玩笑。他们忘记了一点：西柏林与东柏林，其实是唇齿相依的。没有东柏林，哪来的西柏林？这不是黑格尔式的辩证法游戏，这是一个很尖锐的现实问题。如果说苏、东剧变和随之而来的两德合并只给西德人带来了短暂的喜悦，如果说西德的普通百姓因为背上东德的经济包袱而不得不重新思考柏林墙倒塌的意义（也有东德人开始怀念柏林墙，德国人大都承认自己的脑子里还立着一堵柏林墙），那么身处克罗伊茨贝格的雷曼先生们就更有必要凭吊那业已倒塌的柏林墙。克罗伊茨贝格之所以成为西德的“波希米亚人”（该词的内涵及其译法还有待于探讨）的理想栖息地，是因为他们在这里享有得天独厚的社会条件，如便宜得不可思议的房租（据雷根纳本人讲，雷曼先生那种一居半月租金仅九十马克，这在别的地方至少得翻倍），如轻松愉快的生活氛围（五彩缤纷的青年娱乐场所外加异域文化风情）等等。而这一切的一切，又和克罗伊茨贝格的“墙根儿”位置有关。随着围墙的倒塌，克罗伊茨贝格对“波希米亚人”的吸引力远不如前，所以他们——其中也有雷根纳——纷纷迁往东柏林的普伦茨劳贝格。自以为“柏林墙关我屁事”的雷曼先生们，终于发现倒塌的柏林墙还是会砸到自己的身上。

孔子曰，三十而立，四十不惑。《雷曼先生》是一部讲述三十而立的小说，小说的作者却已四十不惑。如果四十岁的雷根纳让三十岁的主人公跟自己一样地不惑，《雷曼先生》恐怕就不是一本引人入胜的而立小说。值得庆幸的是，写作新手雷根纳没有犯下这个一不留神就会出现的错误。他非常聪明、非常高明地放弃了传统的全知叙述，代之以现代小说中常见的人物视角或者叫内视角，对于雷曼先生（叙述学家将称之为“聚焦人物”）的思想和行动叙而不议、观而不语——哪怕他只见树木不见森林，让读者自己去观察和分析雷曼先生的“而立困惑”及其艰难的“去惑”过程。不过对读者来说，这一任务也并非易如反掌。因为当人们阅读一本用主人公的眼光来叙事的小说的时候，小说主人公的思维局限和感知局限也在一定程度上制约着读者的思维和感知，使之难以做到旁观者清。具体就《雷曼先生》而言，若不读到小说的最后几章，一般人恐怕很难超越主人公的认识水平。主人公弗朗克·雷曼一出场就是满脸的困惑，因为他的狐朋狗友们得知他即将三十而立之后，便置德语语法和社交规则于不顾，改口叫他雷曼先生。自从被冠名为听着别扭的“雷曼先生”后，弗朗克·雷曼就麻烦不断（麻烦的名字可以是劳西茨广场、选帝侯大街或者民主德国首都，但也可以是卡尔、卡特琳以及抢走卡特琳的水晶赖纳），潇洒无忧的日子一去不返。“雷曼先生”由此成为他生活中的主导动机和烦恼的同义词。雷曼先生对此百思不得其解，只好把三十而立视为万恶之源。直到卡尔和柏林墙都倒下后，雷曼先生才意识到那接二连三的麻烦背后分明潜伏着某种必然的东西。他得出的结论是：生活中“有什么东西行不通了”。可究竟是什么东西行不通了呢？在如此关键的问题上，雷曼先生却是语焉不详，但这不足为奇（出于叙事策略的考虑，雷根纳不会为雷曼先生，也不会为读者捅破遮蔽真理那层薄纸），也不足为憾。如果我们听听乌尔班医院的精神病医生给卡尔，其实是给克罗伊茨贝格青年所下的集体诊断

（克罗伊茨贝格的生活很轻松，久而久之多数人还是需要为这种生活找一个合理的根基），如果我们再看看雷曼先生脑袋里冒出那些很不雷曼式的想法（他不仅大谈“脱胎换骨”，他还考虑是否需要买电视，是否需要去度假或者改换职业），我们就不难找到问题的答案：是克罗伊茨贝格行不通了。克罗伊茨贝格好虽好，但谁也没有永远的克罗伊茨贝格。而立之人必须告别克罗伊茨贝格！

和所有成功的文学艺术形象一样，雷曼先生诞生伊始便获得读者的广泛认同。先是昔日的克罗伊茨贝格“波希米亚族”发出“雷曼先生就是我们”的惊呼，继而是普通的德国人在阅读的时候蓦然回首：雷曼先生不代表我们代表谁？与此同时，学识渊博而又联想丰富的评论家们纷纷给雷曼先生攀亲戚、订家谱，有说他像痴儿西木的，有说他像奥勃洛莫夫的，也有人说他像匹克威克，像格里高尔·萨姆沙，还有——真是匪夷所思——唐老鸭的幸运表弟。我们相信，随着《雷曼先生》被移译为各国文字，雷曼先生还会获得更加广泛的认同，激发更为丰富的联想。但愿《雷曼先生》能够经受住时间的考验，让未来的读者高喊“雷曼先生属于全世界”。

2002 年 11 月 25 日

再版译序 《雷曼先生》之后的故事

黄燎宇

1.

2001 年 8 月，德国的艾希博恩出版社推出了摇滚明星斯文·雷根纳的长篇小说《雷曼先生》。这是雷根纳发表的第一部小说，也是他的文坛首秀。我们的歌星写小说了！他行吗？《文学四重奏》怎么说？

德国公众所惦记的《文学四重奏》，是德国电视二台的四人谈电视书评节目。每一期节目都是三个固定嘉宾加一个不断轮换的神秘嘉宾。三位固定嘉宾都是文学批评家。马塞尔·赖希 – 拉尼茨基、赫尔穆特·卡拉赛克、西格丽德·勒夫勒是经典的三人组合。

这是一个红花配绿叶的节目。红花是赖希 – 拉尼茨基，绿叶是其他几个人。这种组合也反映在发言时间的分配。据统计，赖希 – 拉尼茨基的发言占用了 50% 的节目时间，其他人依次为 30%、20%、10%。

从 1988 年至 2001 年，《文学四重奏》足足红火了十三年。该栏目总是在星期日下午播出，收视率极高，观众人数常常在七、八十万，有时达一百五十万（我们中央台的读书栏目《读书》最高同时观看人数为二百万），而德国的人口约八千万。

这是赖希 – 拉尼茨基的功劳。

马塞尔·赖希－拉尼茨基是一言九鼎、家喻户晓的文学批评家，人称“文学教皇”。他是明星级批评家。据说，如果走在大街上，连好些出租司机都认得他。在作家圈，他是一个人见人爱、人见人怕的绝对权威。这正如美因茨科学院的一份授奖证书中所说，德国作家全都梦见过赖希－拉尼茨基。有时是美梦，有时是噩梦。作家们都知道：他夸你，你会一夜走红；他骂你，你也会走红，因为公众想知道他为什么骂你；最恐怖的事情，就是他漠视你，就是他不理你，他主持的《文学四重奏》当你不存在……难怪有作家要借用笛卡尔的句子表达心声：“他评论我，我才存在。”

雷根纳是有福之人。因为他的小说刚刚问世就入了《文学四重奏》的法眼。2001 年 8 月 17 日下午，在第七十四期《文学四重奏》上面，“文学教皇”告诉电视机前的广大观众，《雷曼先生》是一本“值得高度重视的小说”，这本小说看得他哈哈大笑。一旁的卡拉赛克则连声赞叹《雷曼先生》是一个“小小的奇迹”。与此同时，《法兰克福汇报》、《南德意志报》、《每日镜报》、《明镜周刊》等重要报刊也一片叫好。《雷曼先生》当然是一本好书。

在“文学教皇”和众人的祝福声中，业已四十不惑的摇滚明星雷根纳成为联邦德国一颗冉冉升起的文学新星，他的《雷曼先生》荣登《明镜周刊》畅销书排行榜。它的销量越来越大，其印数在 2004 年就冲破百万大关；它的译本也越来越多，已译成十六种语言。可以说，《雷曼先生》征服了德国，走向了世界。

2.

《雷曼先生》还有更多的辉煌和热闹。因为它的粉丝们要的很多。

一方面，雷粉们想听更多的故事，想了解雷曼先生的前世今生，所以雷根纳一鼓作气写出了雷曼先生的前传和续集。前者题为《垡尔南新区》(2004)，讲述雷曼先生1980年代初在不来梅老家和在国防军服役的经历，后者题为《小兄弟》(2008)，集中描写雷曼先生从不来梅到达西柏林之后头两天的生活。它们和《雷曼先生》一道构成“雷曼三部曲”。2014年，雷根纳还发表了《奇幻之旅：卡尔·施密特的回归》。在这部小说中，雷曼先生“最好的朋友”卡尔成为主人公，他则成为配角。

另一方面，雷粉们并不满足于《雷曼先生》带来的文字享受，所以《雷曼先生》有了跨媒体的改编。

2003年，德国著名导演林德·豪尔曼把《雷曼先生》改编成同名电影，雷根纳亲自撰写脚本。该片荣获德国电影最高奖劳拉金质奖和劳拉脚本奖。该片现有的中文译名则令人唏嘘再三：《西柏林恋曲》。

2008年4月，德国有声出版社先后推出了广播剧《雷曼先生》和有声书《雷曼先生》，后者由雷根纳本人朗诵。同年9月，由女导演尼娜·居尔斯多夫和编剧阿克塞尔·普罗伊斯制作的话剧《雷曼先生》在海德堡剧院举行首演。

2014年，连环画小说《雷曼先生》问世。由新时代漫画家蒂姆·丁特尔作画。

今天的《雷曼先生》，已经可读、可观、可闻，几乎被打造成为一件总体艺术作品。

3.

2002年初，社科院外文所的永平兄电话找我："燎宇，有本小说好像适合你来翻。"他说的是《雷曼先生》。他是"21世纪年度最佳外国小说奖"德语文学评选委员会委员，此番是代表组织来问我。

我翻阅了小说的第一章。写狗，写得很好玩。我很快给永平兄回电："好吧，我来译。"当时我没告诉他，我是业余犬学专家，还在上世纪90年代初用德文撰写过一篇题为《德国的狗》的国情课论文。

我译得很顺手，几乎一蹴而就。2002年11月，译文在人民文学出版社如期出版。雷根纳获得首届"21世纪年度最佳外国小说奖"。这是中国的学者和出版社首次给外国作家设立的奖项。

《雷曼先生》不仅是我翻译的第一部长篇小说，而且问世不到三年就为我赢得一项翻译大奖，使我坚定不移地走上了教学、科研、翻译三合一的发展道路。翻译由此成为我的事业、我的生活。

4.

《雷曼先生》的译文刚刚交稿，人民文学出版社就问我要不要翻译马丁·瓦尔泽的新作《批评家之死》。我没有半点犹豫，欣然允诺。我知道这本小说的作者是瓦尔泽，知道小说写的是赖希－拉尼茨基，也知道小说因为写了赖希－拉尼茨基引起多大的风波。而且，雷根纳和瓦尔泽可谓相映成趣：前者是赖希－拉尼茨基的新宠，其《雷曼先生》因为得到《文学四重奏》的表扬而一炮打响；后者不仅被赖希－拉尼茨基残酷斗争了几十年，且他对赖希－拉尼茨基的反击战还两度酿成大祸。第一次是他在德国书业和平奖颁奖仪式（1998年10月11日）上的答谢词中说到有人把奥斯维辛变成道德大棒，相关言论引发了一场关于德国历史问题的全民大讨论，他本人则落下“精神纵火犯”的恶名。整个事件的导火索就是8月14日的《文学四重奏》指责《迸涌的流泉》——那是瓦尔泽最重要和最有人气的小说——对奥斯维辛只字未提。瓦尔泽第二次惹祸，是因为发表了影射小说《批评家之死》(2002)。该小说因为对赖希－拉尼茨基及其《文学四重奏》进行了绘影绘声、惟妙惟肖的描写而在媒体中引发轩然大波。这一回他被扣上“反犹”大帽。顺便告诉大家，赖希－拉尼茨基在2013年9月18日逝世，享年93岁，包括联邦总统在内的几百个政要、名流都出席了在法兰克福中央公墓为其举行的遗体告别仪式。

5.

《批评家之死》我也译得很顺手，几乎一蹴而就。我也获得大丰收。

这是一场知识丰收。《批评家之死》不仅丰富了我对赖希－拉尼茨基和对文学批评的认识，而且促使我对诸多问题进行新的思考，如文学与政治的关系，如德国屠犹历史的当代意义，等等。由于小说影射了好些当代文化名人，我的高级八卦也收获颇丰。

这是一场精神丰收。《批评家之死》的语言深刻、博学、机智，遍布反讽和文字游戏。它一面健脑益智，带来心智的愉悦，一面则因翻译难度系数高而极大地满足了我身为译者的专业雄心或者说虚荣心。

但我最大的收获，是和瓦老的友谊。这是一种珍贵的友谊，因为它羼杂着义气。我是一边翻译，一边向瓦老请教，还一边撰写瓦老颂，在《批评家之死》风波中还参加过“瓦老保卫战”——与十三位德、英学者一道撰文捍卫瓦老（有出版老字号霍夫曼和坎佩出版社出版的文集为证）。我也利用一切机会拉近瓦老和中国文学的距离。瓦老则在不同场合对我进行表扬，还多次邀请我去他在博登湖畔努斯多夫的仙居做客，让我体验德国文学中屡屡出现的懒人国的神仙生活。我们也在德国其他城市碰面、一起参加活动，如柏林和慕尼黑，如海德堡和科堡。尤其令人感动的是，他很快成为对华友好人士。他不仅在几年之内三访中国（其中一次是因为《恋爱中的男人》获得“21 世纪年度最佳外国小说·微山湖奖”），不仅把中国称为“依然位于世界中央的帝国”，他还给我们的作家大会写过贺信，还为莫言鸣锣开道甚至两肋插刀：2009 年，他把莫言推荐为巴伐利亚艺术科学院院士，同时预言莫言不出五年要拿诺奖，2012 年，莫言获得诺奖之后他又在《明镜周刊》与攻击莫言的人唱对台戏……

6.

迄今我翻译并出版了四本瓦老小说。第五本正在集中精力做最后的修改和推敲。就在这时，我接到外语教学与研究出版社（简称“外研社”）的短信：“黄老师，我们要再版《雷曼先生》。能否把译文的电子版发给我们？越快越好。”惊喜之余我有些错愕甚至懊恼。几乎被我遗忘的《雷曼先生》要再版！可是，上海方面正等着我交稿，瓦老也在远远地看着，我又不擅长一心二用。怎么办？一阵纠结后，我做出了“雷曼先行”的决定。

瓦老，请多多包涵！外研社的联系人可能来头不小，天意不可违。你的《童贞女之子》不也教导我们要接受冥冥之中的指引吗？赫尔墨斯总是神出鬼没。

于是，我从书柜里抽出阔别十五年的《雷曼先生》。阅读，推敲，修改，再修改。译文修改面积之大，超出我的预料。

我庆幸自己的译文得到再版机会。通过再版修订，我对那个颠扑不破的朴素道理有了更加深刻的体会：翻译没有最好，只有更好。

我庆幸自己的译文在外研社再版。这里既有高瞻远瞩、运筹帷幄的领导者为你指路，也有眼睛雪亮的编辑随时找你理论。

感谢外研社！

7.

十天前，即2017年4月28日晚，久负盛名的柏林剧团盛况空前。这里举行一场首演，剧目为《答谢者》，由斯文·雷根纳和林德·豪尔曼联袂创作、导演。他们把这部说唱剧献给即将离任的柏林剧团艺术总监克劳斯·派曼。派曼已执掌柏林剧团十八年。

《答谢者》是一出关于鲍勃·迪伦的戏剧。鲍勃·迪伦是一切跨界歌手的领袖和榜样，他也是雷根纳雷先生仰慕和看齐的对象。鲍勃·迪伦被授予诺奖，出乎所有人的预料，鲍勃·迪伦在领奖问题上的迟疑态度同样万众瞩目。于是乎，《答谢者》让十个演员（包括一个侏儒和一个坐轮椅的）作为鲍勃·迪伦的替身走上舞台，替鲍勃·迪伦分忧。他们围坐在一团篝火的四周讨论一个问题：我如何回应斯德哥尔摩？这答谢词怎么写？

这场被称为“鲍勃·迪伦绚烂之夜”的演出的确搞得热热闹闹、五彩斑斓。台上有对话有独白，还有唱歌和篝火。观众却看出寂寥和忧伤。这并非偶然。其实这出戏所关心的，不是如何写答谢词这一技术问题，而是一个大是大非的问题：鲍勃·迪伦该不该领奖？或者：艺术家对奖项应该持什么态度？

这是叛逆型艺术家即波希米亚人不得不思考的问题。个中原因在于，既为波希米亚人，就要有波希米亚人的洒脱，就应该脱俗，就应该反世俗；要脱俗要反世俗，就应拒绝燕尾服，就应远离珠光宝气、金碧辉煌，就应拒绝上斯德哥尔摩领奖……《答谢者》没有怎么问，因为鲍勃·迪伦最终接受了诺奖。雷先生们有敬畏之心，也有恻隐之心。

波希米亚是人类的理想之花，与布尔乔亚水火不容。但是，布尔乔亚永远在诱惑波希米亚，使波希米亚们常常在不知不觉之中向布尔乔亚转变。所以说，波希米亚永远有不太靠谱的一面，波希米亚是一个永远的问题。

很明显，雷根纳雷先生正在思考这一问题并为此烦恼。这未必是坏事。艺术创作需要烦恼。

祝福雷根纳！

2017 年 5 月 8 日

Herr Lehmann

目录

第一章 狗

当弗朗克·雷曼——由于盛传他即将三十而立，他们近来只管他叫雷曼先生——斜穿劳西茨广场回家的时候[1]，远处，东柏林无云的夜空已开始泛白。他从位于维也纳大街的蜂拥酒吧下班回来，又累又乏。今天搞得太晚了，这么搞一晚上可不好，雷曼先生一边想，一边从西面走进劳西茨广场，和埃尔温一起干活没意思，他想，埃尔温是白痴，酒吧老板都是白痴，雷曼先生一边想一边走过那雄踞广场的大教堂。我不该喝那烧酒，雷曼先生想，管他埃尔温长埃尔温短，那酒我不应该喝，他边总结边心不在焉地浏览小球场四周那一圈高高的栅栏。他走得慢吞吞的，工作和酒精使他双腿发沉。这烧酒真是瞎扯淡，雷曼先生想，喝了特魁拉又喝费讷特[2]，明天早上我会难受的，他想，哪能又干活又喝烧酒，沾啤酒以外的东西，都是不对的，他想，埃尔温这种人更不该劝自己的雇员喝白酒，雷曼先生想，劝酒的时候他还显得很大方，他想，其实他是为了给自

1. 劳西茨广场：位于西柏林的克罗伊茨贝格区。两德统一之前，36 区在三个方向被柏林墙环绕，居民中间有不少移民、青年学生和艺术家，因其亚文化和夜生活闻名遐迩。这本小说全部采用真实的地名和街名。

2. 特魁拉（Tequila）和费讷特（Fernet）分别是墨西哥和意大利烧酒。

己找一个开怀痛饮的借口，可话又说回来，他想，把责任推给埃尔温也不对，既然你喝了烧酒，怎么说都是你自己的错。

人是有自由意志的，雷曼先生想，这时他快走到劳西茨广场的另一头了，每个人都必须明白自己该做和不该做的事情，绝不能因为埃尔温是个二百五，因为他劝人喝白酒，就说这是他的过错，他一方面责备自己，另一方面却心满意足地想到那瓶偷偷带出来的、插在他大衣内侧口袋里的威士忌。他的大衣很长，对九月份的天气而言，也嫌太厚了点。这瓶威士忌他本人派不上用场，因为他已很长时间根本不喝白酒了，但时不时地治一治埃尔温也很有必要，况且必要时雷曼先生还可以把这酒送给他最好的朋友卡尔。

这时他和狗遭遇了。雷曼先生——近来他们这么叫他，虽然这些人并不比他小多少，虽然实际上他们中间有好几个比他年长，譬如他最好的朋友卡尔，还有埃尔温——对狗的品种知之甚少，但他绞尽脑汁也想不通怎么有人存心培育出这么一种动物。这条狗头大嘴阔，嘴角还滴答着哈喇子，头上一左一右耷拉着两只大耳朵，活像两片被打蔫的菜叶儿。狗的躯干肥厚，脊背很宽，足以摆放一瓶威士忌，但是那几条狗腿却细得不成比例，看着就像几支折断的铅笔插进了它的身体。雷曼先生——大家近来这么叫他，他听着却没觉得好玩——还从来没见过这么难看的动物。他骇住了，随之停止脚步。对于狗，他总是满腹狐疑。狗对他发出了狺狺的威吓声。

千万别犯错误，雷曼先生——他可不会因为一个傻里傻气的称呼大动肝火——告诫自己，一定要目不斜视，目不斜视具有威慑作用，他心里这么想，眼睛则死死盯着他的对手脑袋上那两个黑幽幽的亮点儿。随着抑扬顿挫的狺狺低吼，狗的下颚一会儿上一会儿下一会儿又闭上。两者相距仅三步之遥，狗原地不动，雷曼先生亦然。别往两边看，雷曼先生告诫自己，别露馅儿，大摇大摆地走过去，他一面告诫自己，一面朝旁边挪出一步。狗的狺狺低吼更显威严，这是一种不怀好意、令人丧胆的声响。别露馅儿，这家伙要是觉出你犯怵，它会来劲儿的，雷曼先生告诫自己，再往边上挪一步，他告诫自己，看着它，再挪一步，再挪一步，然后就一路走下去了，雷曼先生告诫自己。但是狗和他的步调一致，结果他们又对上了。

它不让我过去，雷曼先生想。对于即将到来的三十岁生日，他没有热闹一番的打算，因为他深信这是一个普普通通的生日，跟别的生日也没什么两样，何况他从来不给自己做生日。这可真逗，怎么有这么邪行的事儿，他想，我又没惹它。他看见又大又黄的狗牙。一想到狗嘴大开，吧嗒一口咬住他的脚腿、手臂或者脖子的情形，他已经不寒而栗。他甚至担心他的睾丸会遭殃。天晓得这条狗是哪儿来的，他想，没准儿它受过特殊训练，会把人往死里咬，会咬睾丸，会咬断手臂动脉，他想，那样的话我将在这劳西茨广场的中央鲜血长流，这里不见人影儿，这是一个空无一人的广场，既然是星期天，谁会一大早来这儿晃悠呢，酒吧全都打烊了，如果撇开垃圾酒吧不算，向来都是蜂拥酒吧最后打烊，但这并不重要，他想，这个钟点只有疯子、脑子有问题的柏林人才会牵着训练有素的杀人恶犬来转悠，雷曼先生想，这些精神变态的家伙，躲在灌木丛中间，一边手淫，一边观看他们豢养的猛犬如何跟我玩一场要命的游戏。

“这狗是谁的？”他对着空荡荡的广场喊，“这条该死的臭狗是谁的？”无人应答。狗却发出了更为响亮的威吓声，它一边狺狺低吼，一边晃动脑袋，眼睛随之射出了两道红焰。

这是视网膜捣的鬼，雷曼先生安慰自己，是该死的视网膜捣的鬼，它转动了脑袋，所以它的视网膜就把光线朝我这面反射过来，他想，是视网膜捣的鬼，视网膜是红的，因为里面有胡萝卜素、维生素 A 等玩意儿，谁都知道这对眼睛有好处，他想，他还隐隐约约地想起自己的中学时代，那时他的生物学得很好，不过这都是好早好早以前的事情了，雷曼先生想，现在这样子生物学也帮不上我什么忙，我得从这儿脱身。想到这里，他变得归心似箭。这是他第一次渴望回家，而他所谓的家，是一套位于铁路大街的一居半，那里面有一堆书，还有一张空床在等待他，而且距离这条素不相识的狗要他命的地方还不到一百米。

如果它不让我过去，雷曼先生——以前大家都规规矩矩地叫他弗朗克，后来他们却调皮捣蛋，纷纷叫他雷曼先生——想，那我只好后退了。他在空雾中望见自己为远远避开劳西茨广场这头发疯的野兽，不得不绕道经过的一个个地方：瓦尔德马大街[3]，皮克勒大街[4]，弗朗格尔大街[5]，最后从另一头进入铁

3. 得名于普鲁士王子弗里德里希·威廉·瓦尔德马（1817—1849）。

4. 得名于作家、环球旅行家赫尔曼·封·皮克勒－慕斯考（1785—1871）。

5. 得名于普鲁士元帅弗里德里希·封·弗朗格尔（1784—1877）。

路大街，这是小菜一碟，他想，有时撤退比进攻好，雷曼先生想，只要撤退的战术得当，在战略上就会取得胜利。他不敢转身，千万别转身，他告诫自己，要盯着这家伙的眼睛，当他小心翼翼、蹑手蹑脚往后退的时候，那条狗却恶声恶气地步步紧逼。千万别毛手毛脚，雷曼先生想。他本来盼着回家泡脚的，一段时间来，他下班后总要如此犒劳自己，尽管他还不清楚今天能不能泡脚。千万别毛手毛脚，他努力克制转身跑的欲望，撒腿就跑要坏事，他想，狗跑得比我快，它会从后面扑我，他想，到时候我根本没法自卫，那可不行。行进几步之后，狗的低沉怒吼中夹杂了几声汪汪狂叫，同时又闪到一边，开始低着头进行侧翼包抄。结果，为了盯着这头野兽，雷曼先生不得不在脚后跟上做旋转动作，一直做到他和狗在相反的方向重新对峙。既然如此，就换个方向走罢，雷曼先生想，我反正得朝这边走。他向后退了几步，可是刚才的游戏随即又开始，只不过换了个方向。狗在包抄，雷曼先生随之做旋转动作，最后他们又回到一开始那种状态。我得跟它谈谈，雷曼先生寻思道。

“你听着，”他轻言细语地说道，声音低沉，他希望这有一点安抚作用。狗坐下了。这很好，雷曼先生想。“我理解你，”他说，“你也不容易。”他的手在大衣兜里摸索，想找点东西打点狗。有些事情只能靠贿赂，他想，我不一定非给它吃的不可，也许它就想玩玩，这种狗的主人总是说他们的狗不过是想跟人玩玩儿，说不定我能找出点什么东西给它玩。可除了一串钥匙和那瓶威士忌，他什么也没摸着，有人喜欢往大衣兜里塞些破玩意儿，过后又忘得一干二净，所以往往揣着那些破玩意儿晃荡好几年，但雷曼先生不是这样的人。狗显得不耐烦了，雷曼先生也停止了搜索行动。“你乖乖地待那儿吧，”他对狗说，“我只是想看看能否给你找点东西，你肯定也时不时地从小主人那里得点赏，没准儿还是个女的呢，我的上帝，这都是些什么词儿啊，德语里为什么把狗主人叫小主人，这都是谁想出来的？”

狗对于这些似乎无所谓。它收起细瘦的前腿，肥硕的躯干便砰的一声拍到了沥青路面上。

“这就对了，先趴下。”近年来越来越喜欢在床上趴着的雷曼先生说。他嘴上滔滔不绝，脚下却是一点一点朝旁边挪。“我绝不自讨苦吃，去打扰熟睡的恶狗。”他想起这句谚语。“睡吧，我的狗乖乖，闭上眼睛吧，我知道困了是什么感觉，这个我太清楚了，我也不容易，我也犯困，但是你，你这个小混蛋，你比我困得多……”他一点一点地往边上挪动，“……一条狗到处乱跑，到处吓唬人，它当然要犯困，天晓得你们这些狗怎么会养成了这种德性，现在我已经在你左边一米开外的地方，现在我朝前先跨上一小步，反正你现在睡得正香，我只需朝前走一小步，然后再来一步……”这时一直冷眼旁观的狗突然一跃而起，速度之快，让雷曼先生难以相信，因为它的腿又细又瘦，看不出有什么爆发力。这狗凶相毕露，对着雷曼先生又是狺狺低吼又是汪汪狂叫。惊骇之余，雷曼先生大发雷霆。

“混蛋！”他对着空荡荡的广场大声吼喊，“快把这该死的狗给弄走！快把这该死的臭狗给弄走！去你妈的！闭上你的臭嘴！”他呵斥狗，狗也真的不再作声。

雷曼先生随后冷静下来。我必须控制自己，他想，现在我可不能失态。“我怎么凶起来了。”他的话里充满了歉意。

狗恢复了坐姿。至于雷曼先生，他的双脚因为工作劳累而隐隐作痛，腿上就跟挂着铅块似的，他的骨头仿佛被人打散了架，所以他干脆蹲了下来，这样至少有助于减轻两条腿的负担。但是此举收效甚微。时间一长，蹲着更让人难受。现在倒无所谓，他想，我现在还可以一屁股坐下来。他向后一倒，来了个盘腿坐。如果有谁看到我这模样，他突然想到这点，他一定把我当成酗酒的流浪汉。他屁股底下是冰冷的沥青路面，他觉出了凉意。现在是一天中最冷的时候，他一边想一边进行调整，让屁股坐到大衣的下摆上面。不管白天的温度有多高，一到这种时候总鸡巴冷，他想，既然天都这么亮了，这他妈的一定很晚了，雷曼先生想。他现在才注意到四周有多少鸟儿。无论乔木灌木，还是小球场的高围栏抑或是离雷曼先生不远处那半圈条凳——白天坐在这里的总是酗酒的流浪汉或者是老人或者是流浪汉加上老人，上面全蹲着鸟儿。雷曼先生不明白那些鸟儿怎么不飞来飞去，它们都乖乖地蹲着，嘴上却是叽叽喳喳。这真是鸟声喧阗啊，他想。这时教堂前面的草坪上有两团黑影儿——可能是兔子——倏忽而过，雷曼先生见状不禁啧啧称奇：城里的动物真不少。

“你干吗不去撵兔子啊？”他质问趴伏在沥青路面、将头放在前爪之间的狗。雷曼先生想起那瓶用并不十分正当的手段搞来的威士忌，于是就从衣袋里把酒拿了出来，打开瓶盖，足足喝了一大口御寒。

“现在也无所谓了，”他向狗解释说，“抓兔子你可能没戏，你要么太傻要么太慢，瞧你那几根怪模怪样的腿。”

威士忌真难喝，烧酒都是这味道，雷曼先生品不出酒和酒的细微差别，但是这口酒给他带来些许温暖，还驱散了刚刚发作的头疼——这是宿醉的前奏。

“你这模样呵，”雷曼先生对着狗说，他最近越来越频繁地发现自己带着缕缕忧伤回忆童年，以前他总是要克制这种情绪的，“就像我们小时候拿栗子做的动物，插上几根火柴棍儿就当是腿儿什么的。如果我一下子跑开，就凭你那几条腿，天晓得你赶得上我不。”

雷曼先生又喝了一口，狗漠然视之。“我跑得倒不是很快，”他没话找话，“你到底叫什么名字？”

他把酒瓶放在一边，盘起双腿，再把腿抱着。狗对他眨了眨眼，显得很和气。

“也许我们应当搞清楚你叫什么。”雷曼先生说。他自认为这是个好主意。一旦我知道它的名字，他想，它就不再胡闹了，就会对我和颜悦色，它熟悉自己的名字，它还带着项圈，它肯定有主人、有名字，只要我叫出它的名字，它就感觉是在主人家里，这样我就有权威了，雷曼先生想。“贝罗。”他提议叫这个名字。狗纹丝不动。“哈索？”没反应。

这时雷曼先生听到脚步声。是从他身后传来的。他回头一看，走过来的，是一个戴着头巾、身着宽松长袍的胖女人。是个女人，雷曼先生寻思道，没准儿她能顶替我。他坐在沥青路上，身边放着一瓶威士忌，这副模样连他自己都觉得有点滑稽。尽管如此，他还是没有站起来，他太困了，而且他不想惹那条狗。他扭转脖子，眼巴巴地看着她走过来。大概因为看见了他和狗，那女的不仅加快了步伐，而且专捡道路的另一侧走。

“对不起。”在她走过他身边那一刻，雷曼先生仰头说话了。那女的却是毫不理会，她目不斜视，还加快了脚步。狗瞅着另一边看，一副事不关己的样子。“请留步，”雷曼先生绝望地喊，“我在这儿遇到了麻烦，因为……”一听这话，那女人顾不得自身肥胖，噌噌奔跑起来。雷曼先生的话还没说完，她已不见了人影儿。狗狺狺地低吼了两声，以示幸灾乐祸。

“这他妈的傻娘们儿。”雷曼先生愤愤然。他重新找狗说话。“哈诺？”喊这个名字照样没用。“贝罗，吕迪格尔，菲菲——不，你这长相一点不像菲菲——库德尔，萨伏特萨克——现在的狗都还有些什么名字来着——奥茄？”奥茄，他早就去世的一个姑婆曾经这么呼唤她的狗。那是一条长毛腊肠犬，后来被一辆送货的小卡车轧死了。雷曼先生小时候对这只狗可是恨之入骨。“瓦斯特尔，汉斯，莱希，嗷嗷，瓦切尔，施平内拜因……”这些名字引不起狗的兴趣。“瓦茨曼，伯茨曼，伯克斯，伯斯科普……”

雷曼先生也逐渐觉得这个游戏没意思。这全是胡闹，他想，我喝多了。他又喝一口威士忌，酒一下去，他不禁打了个摆子。

“你得知道，”他接着说，“从前我一直仇恨狗。打小时候就这样。这是很早以前的事情了。城市不是狗待的地方，我向来害怕狗。哈啰！哈啰，警察！”他看见一辆警车绕着广场跑，便有气无力地喊了起来。他举手挥舞，但警车没有注意到他的存在，径直开了过去。

“这下你高兴了吧，”他开导狗，“否则他们会毙了你的，砰砰两枪就了事。你还认为自己占了上风，你算了吧。你在战略上处于劣势。人比动物优越。假如你是一条狼，而我是一个大大咧咧穿行森林的傻农夫，那你也许还有得手的机会。但我们是在城里呵。人们会来帮助我的。他们会把你关起来。还有，人和动物不同，人会使用工具，工具意味着什么，混蛋，你好好想想吧。这是人和动物最重要的差别，想当初，一切的一切都是从工具开始的。比如我这个瓶子！”他举起了酒瓶，狗随之发出狺狺声相威吓。“我可以将瓶子砸到你头上，把你砸得稀巴烂。这是一瓶有十二年历史的威士忌，爱尔兰威士忌。进价大约四十马克，我哪清楚这些事情，哦，在埃尔温的店子里，两个盎司就卖六个马克，好好算算吧，虽说——我们也不用算得那么准确。”酒喝多了，雷曼先生想，话也特多。还尽说废话。说话的对象还是条狗，他想，这真是荒唐透顶。

他闲得无聊，就往瓶盖里倒酒，可就在他把酒送到嘴边那一刻，他发现狗正饶有兴味地盯着他看。为了印证这一印象，他先将盛着酒的瓶盖端在左边，再挪到右边，狗的目光随瓶盖移动，它的嘴张得大大的，舌头伸得长长的，还急得吱吱出声儿。

“哈哈。”雷曼先生得意了。“我懂了，”他说，“你瞧着！”他弯了弯身子，把瓶盖朝前一扔，瓶盖便落在狗的两个前爪之间，一小摊烧酒向四周蔓延。经过一番嗅闻，狗错了错它那臃肿的身躯，开始舔食那液体。

“你还可以多喝。”说着雷曼先生把烧酒往地上倒，由于路面恰巧朝狗那边倾斜，烧酒便浩浩荡荡奔流而去。“你好像把喝酒当成了家常便饭。”一看这狗竟然贪婪地、吧唧吧唧地舔食流淌过来的烧酒，他得出了这个结论。“你的主人可能是个酗酒的流浪汉。”说罢他自己也喝了一大口。机会均等嘛，他想，否则这不公平。狗木然地望了他一眼，接着舔地上的酒。

“你马上就会倒地的，这我向你保证。呸！”雷曼先生捏着瓶子对着狗做了一个冲撞动作，狗毫无反应。它只顾在地上舔，舔干净之后才试图站起来。

“不那么简单吧？”雷曼先生最后喝了一口威士忌。由于忘乎所以，他噗地往狗身上喷了一口，随后他同样颤颤巍巍地站起身。狗艰难地迈出了一小步。雷曼先生小心翼翼地用脚背蹭它的下颚，它也只是勉勉强强地龇了龇牙。它本想以狺狺声相威胁，喉咙里却只发出了汩汩声。

“滚开，你这流氓！”威风凛凛的雷曼先生用脚尽量把狗往路边踹。狗试图咬他的脚，但没有成功。它的动作太慢。雷曼终于将它踢倒在地。

“来吧！你这肉乎乎的家伙，要想有所作为，那就来吧！”狗挣扎起来，横着身子往雷曼先生腿上倚。

“走开，混蛋！”雷曼先生嘴上这么吼，心里却有点发软，他没料到这头丑陋的动物竟如此亲热地、求救似的偎依着他。他退后一步，狗的肥大身躯便随之倾覆，最终砸在雷曼先生的脚上。雷曼先生却因此失去了平衡，挥舞双臂扑倒在地。倒地的时候，他好不容易才避免酒瓶被砸碎。他把狗压在了身下。

“您干什么？”

雷曼先生抬眼一看，是两个警察。他没听见他们的脚步声。

“我必须跟这狗保持距离，”他说，“该来的时候不来。我说的是你们，不是狗。事情结束了。伙计们，我控制了局势，真的。”

“这家伙完全醉了。”与雷曼先生年龄相仿的那个警察对同伴说。

“您先站起来！”年纪稍大的一个命令道。

“这还真不容易，”雷曼先生说道，“这该死的狗，您已经看见了，您看看吧。”他手脚并用地支撑着自己，因为他手里还捏着酒瓶，肚皮底下又有条狗在折腾，他一时难以起身。年轻的警察把酒瓶从他手里拿开，然后一把将他拎了起来。雷曼先生觉得这个动作太粗鲁。

“这是您的狗？”另外一个厉声问道。

“不是，这该死的狗！”雷曼先生站在他们面前，身体有点发飘，他试图夺回酒瓶，但警察不让。“还威胁我，这该死的狗。让我没法回家。”

两个警察都转眼看狗，但是他们只见这条狗目光呆滞，张着大嘴，吊着舌头呼哧喘气，根本看不出它哪点凶狠。那位年轻的警察还蹲下来，抚摩狗的脑袋。狗试图站起来，但是没有成功。

“它醉了。”蹲着那个说道。

“他这是虐待动物，是违法行为，他必须受到惩罚。”另外一个说道。

“因为他虐待了动物。”

他们在重复说过的话，雷曼先生想，人们老是这样，他们一而再，再而三地说同样的话。

“这可怜的动物，您给它灌了酒精，您这是虐待动物。您应该感到害臊。这么一个毫无自我保护能力的动物！”

“毫无自我保护能力？嗬！”雷曼先生火了，“我是正当防卫，我别无选择。”他太累了，所以没法细说事情的经过。“这是正当防卫。我别无选择。就这么回事。”他说，“一清二楚的事情。用不着讨论。”

警察不相信他说的话。他们要他拿出证件，并做了记录。

“好啦，雷曼先生，”年长的那个边说边把证件还给他，“我们会通知您的。现在您给我赶紧回家。狗由我们带走，您见不着它了。您这是虐待动物，我家里也养狗，您的行为很可耻。”

“但愿。”雷曼先生说道。

“但愿什么？”

“再也别见到它。”

“滚蛋，动作要快，否则不客气！”

雷曼先生拖着疲惫的步伐走开了。在进入铁路大街之前，他回头看了一眼，看到两个警察正拖着那头肥硕的动物往警车方向走。

“这可怜的动物。”他听到其中一个发出感叹。就在这时，狗从烂醉如泥中清醒过来，吧嗒就是一口。雷曼先生加快脚步，拐弯之后他才开怀大笑。

第二章 母亲

“弗朗克，是你吗？你的声音怎么听起来怪怪的？铃声响了那么久你才接，我还以为你不在家。我都想给挂了。”

雷曼先生爱他的父母。他在许多方面都对他们充满了感激，况且他们生活在远离柏林的地方，在不来梅，两地之间有两条国界和几百公里。他们还有一点教他十分欣赏：他们一辈子也不会别出心裁地叫他雷曼先生。他唯一感到别扭的，是他们喜欢早起，喜欢大清早拨电话。

“母亲！”雷曼先生说。

“我都想给挂了。”

你干吗没挂呢，雷曼先生想。换了我，肯定给挂了，雷曼先生想，他为自己具有体谅他人的品德而自豪。具体地讲，雷曼先生想，我绝不会让电话响三十声，那么做已经很不像话了，他想。响五声倒还可以，特别是因为多数人都装了留言机，这机器在电话响了四声或者五声之后就开通，这种安排不无道理，想到这儿雷曼先生后悔自己竟迟迟不添置这么一个仪器，可是他一想到要去位于赫尔曼广场的卡施达特商场[1]，其实就是去新科恩[2]，就感到极度厌烦。

“弗朗克，你还在吗？”

雷曼先生叹了口气。

“母亲，”他说道，“母亲，现在——”雷曼先生估摸着，他已好长时间不用运转正常的钟表了，他有一个极好的生物钟，碰到意外的时候他还可以看公共时钟或者打电话询问，“——最多十点！如果你知道我夜里——”

“都十点十五分了，到这时候还睡什么觉啊，我就奇怪你怎么还在睡，我可是七点钟就起床了。”本来雷曼先生自认为是一个性格温和的人，因为随着年龄的增长，他那点脾气已经收敛起来，收敛得像价格昂贵的陈年红葡萄酒里的积淀物，可是他无法忍受母亲那种自我夸耀的说话口气，所以他决定来个针锋相对。

“为什么？”他问道。

“我都想给挂了，但我转念一想，你不可能在这种时候就出门了，你干活总是干到那么晚。”

“说得对，母亲，说得对。”雷曼先生说。答非所问是母亲的惯用伎俩，因此他决定揪着问题不放。“但我问的不是这个，母亲！”

“那你问我什么了？”话筒里生气地问道。

“为什么，母亲。我刚才问了个为什么，我问你为什么七点钟起床？”

1. 德国的大型连锁百货商场。

2. 新科恩（Neukölln）：柏林的一个区。居民多为低收入者。

“废话，我一向这样。”

“是的，可这是为什么呀？”雷曼先生予以反击。

“你说为什么是什么意思？”

“母亲！”雷曼先生占了上风。她在接我的话了，他暗中得意，她不是在攻，而是在守，他想，她只有招架之功了，现在就得一鼓作气，乘胜追击，穷追猛打，大获全胜，斩草除根，永世清净……只可惜这一阵浮想联翩打断了他的思路。

“嗯？我是什么意思？”他恼羞成怒地问，“为什么……这不是明摆的事情嘛，我是说……有时候也可以问个为什么，这是一个问题……”

“孩子，你在胡扯，”话筒里的声音变得严厉起来，“说话要说清楚，你的话简直让人听不懂。”

“够了。”雷曼先生变得气急败坏。他的情绪糟透了，他完全明白自己的尴尬处境。这真是够丢人的，他想，快三十岁的人了，只睡了三个半钟头，而且睡觉前还遭遇一条要人命的狗和两个傻 × 警察，然后就在昏昏沉沉、唇干舌燥的状态下被家人——自己的母亲所伤害，雷曼先生想，恰恰是母亲，可人们都说，在这世上母亲是或者——他字斟句酌起来——必然是绝对能够理解自家孩子的所作所为的人或者说女人，其实啊，他想，这个地方没有必要界定阳性和阴性。一些有名的事例浮现在他的脑海，比如那些连环杀手的母亲，她们声明对孩子的爱超过一切，她们每天早起探监，只是为了让堕落的崽儿吃到自己亲手做的饭，想着想着他找回了先前的思路。

“母亲，你听好了，”他重新反扑，“我的问题是你为什么……”

“听你说话怎么那么费劲啊。你嘴里含着什么东西吧？”

“一根舌头！”他不怀好意地朝话筒里吼道，母亲，你不是要我口齿清楚吗，他心里嘀咕道，这下你可遂愿了，“这么着是不是更好？”

“你别这么吼，我又不是聋子。我只是请你口齿清楚些，至少别在说话的时候吃东西，否则很不得体。”

“母亲，别－跑－题，”雷曼先生故意一字一顿，对于一个处于脱水状态的人来说，这还真不容易。脱水，他想，还有电解质缺乏，是导致宿醉的罪魁祸首。“你为什么七点钟就起床，这就是我刚才提的问题。你是家庭主妇，今天又是星期天，母亲，你这一天都没什么事情可做，至少没有什么事情是七点钟以后不能做的，既然如此，那你为什么——假如我还可以问一遍的话——为什么鬼使神差似的要在早上七点起床，然后在十点钟用电话对我进行恐怖袭击，你打这电话无非是想告诉我你醒来已经有三个钟头了。这是为什么，母亲，这是为什么？”

“这……”话筒里的声音带点恼怒，但绝没有服输的意思，“……——为什么不可以？”

这倒是令人佩服，雷曼先生想。她很顽强，这点不承认不行，为此我还得特别感谢她，雷曼先生想。此前他一直认为坚忍不拔是自己最突出的一个品质，是在丰富多彩而又缺乏稳定收入的漫长岁月中磨练出来的。

“为什么不可以？为什么不可以？就因为不得体。”雷曼先生使出了杀手锏。“既然你说——”雷曼先生欣喜地发现，大量分泌的肾上腺素和严谨的思维使自己恢复了平素的口才，“嘴里含着东西打电话是不礼貌的，哪怕这电话是对方打来的，哪怕对方用一连串的电话铃声把人从睡梦、从——这点我得加以说明——一场用汗流浃背的劳动换来的睡梦中惊醒，既然你说这不礼貌，苍天在上，你凭什么认为你做得对，你凭什么把一个通宵达旦干活挣钱，把一个在夜晚、在该死的夜晚——如果我可以这么说的话——含辛茹苦挣饭钱的人吵醒，你凭什么麻木不仁地让电话响它百十来声儿，尽管谁遇到这种情况都会明白：他要么不在家，要么在睡觉，你凭什么认为这么做得体？再说了，既然你可以故作天真，用一句‘为什么不可以’来回答有关你为什么七点钟起床的问题，那么我理所当然要反问你为什么对我十点钟还在睡觉大惊小怪，如果问到我为何这样，我其实也可以轻轻松松地回敬一句‘为什么不可以’，假如这还算个答案，而不是一个不讲道理的反问的话！”

好了，雷曼先生想，该说的都说出来了。可在另一方面，他的脑袋比先前更加清醒，而且这番长篇大论让他消了气，所以他有点懊悔，他懊悔自己竟如此训诫母亲。而他不清楚这些话是否非说不可，对自己的母亲说这样的话其实很不合适，他想，人人都要爱戴自己的母亲，是她给了你生命，雷曼先生想，这是无可质疑的，如果说她不是天底下最明智的人，那显然不是她的过错，雷曼先生想，因为她没文化，尽管“没文化的女人”这一概念让他感到不舒服，这不是什么好词儿，“没文化的女人。”他想，这是资产阶级臭知识分子放的臭屁，雷曼先生想。

“恩斯特，你不想跟他说说吗？他怎么阴阳怪气的！”

“母亲，你这是什么意思？”

从父母亲远在他乡的房间的深处传来很不情愿的叽咕声。

“每次都是我拨电话，”雷曼先生听见母亲在抱怨，“其实这是你的主意……”

“怎么回事，母亲，有什么问题吗？你是不是最好先和你的丈夫好好谈谈，回头再给我拨电话？想想电话费吧！”雷曼先生又打出一张王牌。

母亲对他的话置若罔闻。雷曼先生身上仅有一条裤衩，他从前的一个女朋友曾经告诫他，光屁股睡觉不卫生，老用滚筒式洗衣机来洗床单（顺便说一句，雷曼先生并没要她洗床单）又是一桩危害环境的滔天罪行，所以他从此以后一直穿着裤衩睡觉，现在趁着母亲要挑起一场也许已有三十年历史的冲突的机会他去了厨房，在那儿先喝了几杯自来水，再烧上一壶水冲咖啡。在他忙碌的时候，两条电话线——一根是直的，但总是绞在一起，另一根本来就是螺旋状——都被拉得紧绷绷的。

“喂，喂！”他一边费力地点煤气灶，一边朝话筒里喊。打火之后他往杯子里舀咖啡——舀了两勺，他边舀边喊：“我还听着呢。”他实际上在享受这个喘息的机会，尽管为了跟踪对方情况，他不得不偏着脑袋受点罪。

“是你一再说我们应该给他打电话，可每次都是我来打。”

“我没——”

“这叫什么话，刚才是谁——”

“我有什么错——”

“这都多少年了，事后你总声称本来可以如何如何——”

“我可没说……我只是说总得有个人告诉他……”

“什么叫总得有个人告诉他？如果不是我，那会是谁呀？”

“告诉什么呀？”雷曼先生一边叩问上苍，一边冲他戏称为牛仔咖啡的东西。自从他的旧咖啡机坏了之后，他一直这么说。他讨厌咖啡机，把过滤杯视为咖啡发展史上的一大误区，他认为直接冲出来的咖啡要健康得多，因为在冲泡过程中，那些被过滤杯滤掉的漂浮物有助于咖啡因的缓慢释放，以防它对血液循环产生任何消极影响。

“告诉什么呀？”他向话筒里吼去。他这么做不是因为太激动，他只想中断这场闹剧。“喂，喂，母亲，喂，母亲，喂，母亲，母亲……”

这时有人把墙壁敲得咚咚直响。雷曼先生早就不在乎邻居们如何看他了，他把这些人看作危害社会的大白痴，这首先是因为他们吃油炸的东西上了瘾，每当他们的廉价食油下锅的时候，楼梯间甚至包括他的房间就会变得乌烟瘴气。尽管如此，雷曼先生还是很在乎隔壁的抗议。这是那个烫着麻花卷的臭娘们儿，他暗地里骂道，但他也意识到，假如这个女人恰好听见他大声地、不停地呼叫母亲，那还真不知道她会把事情朝什么地方想。

“你怎么了，弗朗克？”母亲有了反应。

“母亲，是你给我打电话，你已经忘了吗？我在这儿傻站着，听你们俩吵架……”

“这可不是吵架，你怎么认为我们在吵架，吵架可不……”

“想想话费吧，”雷曼先生再次提醒母亲，“快点告诉我你到底有什么事，我求你了。”他低三下四地又加上一句：“求你了，母亲，你到底有什么事？”

“哎哎，既然是自己的儿子，没什么事情也可以……”

“对，母亲，”雷曼先生息事宁人地打断了她的话，“对，这合情合理。”

“……既然是自己的儿子，我大概不用深思熟虑也可以……”

“说得对，母亲！没事儿。”雷曼先生努力缓和局势。他很清楚，这局势可能会一直恶化下去，到时什么情况都可能出现，包括眼泪。

“我们要来柏林！”

雷曼先生傻眼了，对于他这是沉重一击。他被打哑了。他们要来柏林，他们要来柏林，他一方面琢磨这个消息的含义，另一面则难以想象这会成为现实。

“弗朗克，你还在听吗？”

“我听着呢，母亲。你们怎么想来柏林？”

“孩子，我们可一直都有这想法。”

“这个——”雷曼先生火了，“——我可没注意到。我在这儿都好几年了，母亲，但我从来没察觉出你们有来柏林的意思。”

“不对，我们都谈过多少回了。”

“不对，母亲，”雷曼先生说，“我们从来没谈过这事。你们一直都说不想来柏林，因为你们害怕东德，因为你们不愿意穿行什么东方阵营，因为你们不想受人民警察的气，等等等等。”

“可是弗朗克，说实在的，现在的情况没那么糟，你别装糊涂。”

“我？我怎么了？别装糊涂，这话是什么意思？”

“那都是些陈芝麻烂谷子了，现在的情况没那么糟，已经签署了条约什么的。”

“这话我一直都在对你们讲，你们却说……”

“现在你别揪着几个警察的事情跟我装糊涂，我们又没干坏事，有什么好害怕的。”

“我没装糊涂。”

“你刚才说话可是另外一种口气。”

这无济于事，已经无可奈何的雷曼先生告诫自己。没辙。

“你们什么时候来？”他改换话题。

“这一趟真划算，”母亲说道，“什么都包括在内，汽车，旅馆，还能看场戏。”

“是的，可是你们到底什么时候过来呢？”

“那是一家在选帝侯大街的剧院，听说伊利亚·里希特[3]要上场，名字叫，名字叫……恩斯特，你再说说他们演这个剧叫什么名字来着？……是啊，在那家剧院！……当然是里希特主演……什么？……不，不是那个……

3. 伊利亚·里希特（Ilja Richter，1952— ）：德国著名演员，电视歌星，电影脚本作家。

你敢肯定？”

“母亲！”

“哈拉尔德·荣克[4]，你爸爸说是哈拉尔德·荣克演的。”雷曼先生的母亲说。

“母亲，什么时候？你们到底什么时候来，真要命，我再问你一下？！”

“哦，这还得等些时候，得到十月底了，你再说说是什么时候来着，恩斯特？”

“十月底。”雷曼先生脱口而出，声音还出乎预料的大。“十月底，这叫什么事儿啊，不是还有六周或者更长的时间……”他并不十分清楚今天是几月几号，他只知道这是九月初的一天。“你们十月底来，可是你今天就为这事打电话？”就此提出抗议其实是错误的，他马上就想到了这点，这有失公允，他们早早地给我打招呼也没什么不对，这种事情需要做点准备。

“你难道一点都不高兴？你的父母来看你——”母亲的声音变得沙哑起来。他知道，堤坝即将溃决。“——而且是在相隔多年之后到你生活的地方来看你，你却说这些话，你是什么意思？我可是一直盼着来看看——”母亲的泪水已是汹涌澎湃，雷曼先生可以从她的声音判断形势，但泪水还没有淹没她的嗓音。她有这本事，雷曼先生想，她可以一边泪如泉涌一边正常说话，他想，“——你的生活到底怎样，”母亲继续往下说，“看看

4. 哈拉尔德·荣克（Harald Juhnke，1929– ）：德国著名演员。也因酗酒等个人问题成为焦点人物。

你工作的餐厅，看看你都交些什么样的朋友，大家起码得……”

“你们是想来看我还是来监督我？”雷曼先生脱口问道。他本想让步算了，跟她说一些她肯定爱听的东西，什么他没说过任何表示他不乐意的话啦，什么听到儿子抱怨距离他们过来还有六个星期应该感到高兴啦，可是他不想那么做，因为那意味着彻底的失败，在母亲面前不能再有彻底的失败。事情不能就这么结束了，他想，否则这一天都怪难受的。他突然想起最近在他最好的朋友卡尔那里看的一个关于抑郁症的电视节目，里面有一个女人说过：“早晨的情况最糟糕，那是一天的开始。”他现在恰好是这种感觉，所以他得采取点什么行动，他必须孤注一掷。

“监督？监督？你究竟把我们看成什么人了？”不来梅方向传来尖利的声音，哭泣已经停止了，它来去匆匆，好似热带阵雨，雷曼先生想。

“你们干吗不晚些时候再来呢？”雷曼先生突发灵感。他知道自己又回到游戏当中来了。

“为什么？有什么事情吗？”母亲满腹狐疑地问。

“你想想看？”

“弗朗克，你在搞什么名堂？”

“你把我的生日给忘了，是吗？”雷曼先生厌恶这种把戏，可又有什么法子呢，他想，在战争中可以采用一切手段。

“我怎么会忘记你的生日，”话筒中反问道，“但那得到十一月份了。”

“好啊，十一月份就十一月份呗！”雷曼先生说得洋洋得意。

“这事儿还早着呢，你怎么现在就说起来了？”

“这并不比你打电话说那事早多少。”

“哪件事？”

“你们俩到柏林的事情。”

“哦，但这完全是另外一回事，那是十月底。”

“十月底，十一月初，这有多大的差别。你把我的生日给忘了！”雷曼先生说得兴高采烈。“你预定了一个上柏林的旅行团，但是你没想到你们刚一走我就满三十了。”

“真是废话，这个我怎么会忘记？”

“我也跟自己提这个问题。”雷曼先生心里乐开了花。我赢了，他想。

“这种事情当妈的是不会忘记的。三十岁，我的上帝，都三十岁了。这我当然知道。都到这年龄了。我还清楚地记得把你抱在怀里的样子，就像是昨天的事情——”

“对，对……”雷曼先生试图打住这个话题。

“——那时候你又瘦又小。我们可为你操了不少心！你老生病。”

“对，对，是这么回事！”

“而且你经常哭闹，跟你哥哥完全两样。说我忘记你的生日，你竟然讲这种废话。母亲永远不会忘记孩子的生日。”雷曼先生随后就听见母亲朝房间的深处喊道：“恩斯特，我们不可以晚一个星期再去吗？”

“不用了，母亲！”雷曼先生喊道。这是他最不愿意看到的事情，可是对话已经中断，他再次听到线路的另一端很热烈的叽里咕噜，只可惜这回他什么都听不清楚，因为这一次母亲没忘记用手捂着话筒。他已经坐到厨房的小桌子旁，为了让电话线够得着，他很不健康地歪着身子，开始品他的咖啡。牛仔咖啡唯一不好的地方，他想，就是无法保证所有的咖啡末儿都沉下去，因为照理说它们都应该下沉，他想。这时他想起他住在东普鲁士的外祖母挂在嘴边的一句古老的谚语：咖啡要沉底，茶叶要泡开。所以呢，他想，咖啡过滤杯是个荒唐透顶的东西，但尽管如此总有一些咖啡末儿漂在面上，这真奇怪，雷曼先生想，他也暗地里问这些咖啡末儿出了什么问题，为什么它们的行为方式与同伴们截然不同。

“不行，”母亲又对他说话了，“可惜这不行。这的确很遗憾。”

“为什么不行？”雷曼先生很残酷地进行追问，他甚至火上浇油般地补充道：“人满三十毕竟是一生一回的事情啊。”

“知道，知道，”雷曼先生听得出来，深深的歉意把母亲压弯了腰，“可是我们赶上迈尔林两口子庆祝银婚，他们一定要我们参加，我们不可能拒绝。你十月底还是在柏林吧，对不对？你反正从来不去别地儿。”

“哦，这得看——”雷曼先生已经游刃有余了。

“我们可是专门为了看你才过来的。”

“这我很难相信，母亲。”

“弗朗克！”话音中间几乎有了求饶的意味，“既然我们隔了这些年来柏林……你过生日的事情让我感到很遗憾，要是我早知道这事对你那么重要的话——”

“得了，这事也不是那么的——”

“我们不能推迟行期，我的确很遗憾。”

“说得好。”

“我们哪知道这事对你如此重要。”

“得了，事情也没那么严重。”

“再说了，二月份我过生日的时候你也没在这儿。你哥哥也不在。所以你也别太当回事，我是说你的生日。”

“哦……”

“既然我们来柏林，你也该陪陪我们吧。”

“当然，没问题。”

“这是一个周末，是十月二十八和二十九号。”

“我会写下来，母亲，这样不会忘，我回头就写在纸条上。”

“如果我们来柏林，我们必须见一面。”

“毫无疑问，母亲。”

“当然了！”

雷曼先生喟然叹息。就这么着吧，他想。就这么着吧，母亲，我们就算是打了个平手。

第三章 早点

只有傻瓜才会在星期天、在这个钟点来光顾市场大厅饭馆，其实这是早该知道的事情，雷曼先生想，和母亲通过话之后不久，他来到了市场大厅饭馆。我干吗跑到这儿来，他想，我活见鬼了，竟然跨进这道门槛，他之所以对自己提出这个问题，是因为他一进门就瞥见那可悲的现实：星期天来光顾市场大厅饭馆毫无意义，这也是他对星期天恨之入骨的原因，每逢周日，从他的住处通向市场大厅饭馆的那条近路，都会教那些密密匝匝坐在道路两旁啃早点的大煞风景，每逢周日，仿佛就有一道无声的号令把这些人召集到这里。

在这个地方哪怕待上十秒钟也是不可能的，雷曼先生一边无所事事地站在门口观察饭馆左半边的情况，一边大发感慨，吃早点的闹剧败坏了一切，每个星期天都是这样，他想，为了全面掌握情况，他把目光转向右半边。这是去卫生间的必经之路，也没摆几张桌子，但不出所料，这里同样塞满了啃早点的。据雷曼先生观察，其实每个星期天这座城市都被啃早点的人所占领。谁啃早点，谁就是死敌，雷曼先生一边胡思乱想，一边给一个端着大托盘在人群中吃力穿行的瘦削女孩让道。他很惊讶自己竟然不认识这个女孩。星期天人们从早到晚都在啃早点，他想，早点时间至少可以延续到十七点，这在市场大厅饭馆也不例外。他们虽然自称是正规餐厅，雷曼先生想，但这里的情况一点不比其他地方好。

一个兼营早点的饭馆，不应该自称餐厅，雷曼先生想，他仍然无所事事地站在门口，他也觉得自己这样子看着很傻，让厨师们——假如这所谓的餐厅请了正儿八经的厨师的话——手忙脚乱地往盘子里垒奶酪和香肠切片，那是一件很丢人的事情。站在吧台后面的也没有好日子过，他想，他们为那些啃早点的忙得晕头转向，所以遇上朋友或者同事站在门口不知所措的时候，他们竟全然不觉。正儿八经的餐厅老板或者经营者，有责任也有道德义务把啃早点的拒之门外，他想，哪怕他叫埃尔温，哪怕他不放过任何一个子儿，他想，哪怕这些餐厅兼营酒吧生意——这倒是说得过去，酒总是有人来喝的，他想，但啃早点的确实最可恨，此时雷曼先生依然站在门口，俨然在排队等候，他丝毫没有退缩的意思，因为他不想让那满坑满谷啃早点的取得胜利，不想让他们将他从市场大厅饭馆挤出去。既然你的哥儿们就像你亲眼所见那样为这帮啃早点的忙得不可开交，他想，他们即便对你视而不见，没有给你找一张空桌子歇会儿，也不足为奇。

为什么人们对比如说橙汁这一品牌加以保护，规定只有用百分之百的橙子榨出来的橙汁才可以叫橙汁，雷曼先生想，由于长时间站在饭馆门口发呆，他的两腿有发沉的感觉，至于别的玩意儿，只能根据水果所占的比重，称之为甜橙饮料或者带有甜橙味道的水果汁，为什么餐厅这一品牌远比橙汁的品牌更需要保护却又得不到保护，他想，当务之急，是避免餐厅而不是橙汁的品牌被啃早点的糟蹋，他们的做法毫无意义，由于昨晚上的烧酒，他的脑袋很不寻常地隐隐作痛，他的思想越来越离谱，眼睛则是望着幸好没有音乐的饭馆大厅发呆。这大厅里没有谁腾出整张桌子，也没有谁打算这么做，雷曼先生唯一的出路便是独占一桌子。他也考虑过逃跑，但是逃跑意味着投降，逃跑之后他将陷入彻底的迷茫，因此他打消了这个念头。

绝望之中他都想随便找张桌子凑合算了。平日里他也这么做过，但是他不能和啃早点的分享同一张桌子。根据雷曼先生的观察，啃早点不仅是一项十分荒唐的活动，而且占地极宽，宽得让旁边的人不舒服。不过对啃早点的人来说，仍然不屈不挠站在门口的雷曼先生又一次从观察中得出了结论，早点仿佛是他们唯一的生活内容。当他们把盘子推来推去，或者是把黏在一起的香肠切片分开，或者把鸡蛋敲开的时候，当他们把原本给人看而不是给人吃的生菜卷起来塞进嘴里的时候，当他们如同表演慢动作似的切奶酪或者掰开小圆面包的时候，他们是那么虔诚那么快活。他们吃些乱七八糟的东西，这本身就不是什么好事。不仅如此，他们还沉湎于一项社会仪式，其目的就在于让他雷曼先生无法光顾市场大厅饭馆。

这些人全是些疯子，雷曼先生已经思无羁绊了。他现在就跟盼望什么奇迹似的，在难以忍受的过往人流中巍然不动。他不断被人骚扰，来来往往的人都跟揩油似的和他擦身而过，尽管他很注意地在他和下一个障碍物之间留出了足够的空间，再笨拙的人也能毫无摩擦地过去。早点，稍加思索，这个词就招人恨，他想，早点是什么意思，早点早点，清早起床吃一点。这个词儿可能是什么地方的富农发明的，他一边想，一边不断改换姿势，以便给啃早点的让路，因为不断有人从什么地方起身，或者是从一个地方走到另外一个地方，或者是上卫生间然后再原路返回，他们无论去干什么事情都要跟他这儿挤一挤，但是谁也不离开酒吧，谁也不做这唯一让雷曼先生可以接受的事情。大概是什么地方的富农，他想，在日出之前切点东西，叉在刀尖上往嘴里送，然后出门去鞭打自家的长工。可是，啃早点的人比早点这个词更庸俗、更丑陋，这一想法让雷曼先生的内心久久不能平静。现在雷曼先生依然站在门口等着别人注意他，他自己也为此尴尬起来。啃早点的也是人，这点他暗地里承认，可是他们为什么要恬不知耻地跑到公众场合来暴露自己的可怕嗜好呢，雷曼先生越想越气，他们和天体崇拜者或者是搞性乱交的人如出一辙，他想，他们举起油乎乎的手指，嚷嚷什么“请再给我一个鸡蛋”或者是“我还要了一杯加牛奶的咖啡”，雷曼先生想，这些人说话的时候压根儿没想想这些话听起来多么可怕。

现在我真的该走了，这是白费工夫，雷曼先生想。他依然站在门口，但他确实没有兴趣看下去了。没有什么事，也没有什么人是可靠的，就连同事和老朋友也不例外，想到这儿他转身就走，但是他必须稍等片刻，因为有几个刚好要走的人挤到他前面去了。让雷曼先生感到遗憾的是，这几个人的撤退并没使任何一张桌子空出来。也就在这时，他听见有人叫他的名字。

“弗朗克！”

他当然知道这是在喊他，他还知道喊他的是谁，对于这声呼喊他可是期待已久了。尽管如此，他还是想假装没听见，拔腿往外走。卡尔罪有应得，他想，虽说——他马上想到这点——也冤枉，卡尔有什么过错呢，问题出在那帮啃早点的人身上，雷曼先生想，尽管他一进门就看见了卡尔，他还奇怪他最好的朋友卡尔今天上午怎么在这里干活。如果撞见海迪，他不会感到惊讶，因为她总是上早班，她也喜欢上早班，那也是一个怪人。他的朋友卡尔就不同了。尽管他最好的朋友卡尔在市场大厅饭馆上班，但他从来都理所当然地上晚班，这和雷曼先生在蜂拥酒吧的情况一样。他们俩一致认为，上早班是天底下最没劲的事情。“我们不是跑堂的，也不是打牛奶咖啡的。”每当谈到早班，他最好的朋友卡尔总把这句挂在嘴上。但这本身就是咄咄怪事，因为早班不应该成为他们俩的话题，他们也从来不上早班。难怪刚才雷曼先生一眼就发现他最好的朋友卡尔，卡尔和早点这摊子事从不沾边，所以格外地显眼。他站在这地方很不协调，至少现在是这样。卡尔生得人高马大，健壮、魁梧、宽肩膀的他，站在哪儿都不会被人忽略，站在吧台后面更是如此。

他最好的朋友卡尔终于发现了他，喊他的名字。雷曼先生转过身来。卡尔的双手泡在洗杯子的水槽里，他冲雷曼先生咧咧嘴。然后把手从水中抽出来，拿着两个大啤酒杯向他挥舞，弄得水星四溅。现在可是早点时间啊，哪儿来这么多大啤酒杯呢，况且雷曼先生看得明明白白，在这星期天的上午，许多人都端着苹果绍勒酒[1]往喉咙里灌。对于这个问题，雷曼先生没有多加思索，他朝卡尔走去。

“你在这儿干吗？”他最好的朋友卡尔大声问他。“你为什么这么早就跑出来了。”

“我正想问你同样的问题呢。我想吃点东西。”雷曼先生说。

“你就随便找个地方坐吧，”他最好的朋友卡尔说，“我给你菜单。”

“随便，他妈的怎么这样。”

他最好的朋友卡尔乐了。卡尔总是乐呵呵的，雷曼先生想，卡尔总是乐呵呵的，这也叫人纳闷儿。“这地方真烦人，我的上帝，你瞧瞧这他妈的场面。”话音刚落他又觉得不该这么说，这话太不留情面，太刺耳了，现在不应该对着卡尔讲这些话，他想，大家应该采取一种更为积极的态度，应该高兴一点，雷曼先生想。

“你瞎说，哪儿缺位子啦，”他最好的朋友卡尔反驳道，“你随便找个地方坐吧！”

“跟人分一张桌子真他妈的别扭。”

他最好的朋友卡尔叹了口气。“瞧后面那张大桌子，那儿只有一个人。”

“现在我没兴趣过去。”雷曼先生说。

1. 苹果绍勒酒（Apfelsaftschorle）：用苹果汁和苏打水调配而成。

他这种抵触情绪就连他自己也感觉不舒服。可一想到和一个哪怕不是吃早点的陌生人同桌，一想到人家可能还要和他搭腔——尽管这仅限于“你可以把烟灰缸推过来吗？”一类的废话，他就更觉得难受。由于母亲的电话，这一天没有好的开端，不过再仔细一想，头一天也没有好的结尾。他的期望并不高，他无非想要一点清净和一个属于自己的角落。

他最好的朋友卡尔叹了口气。“你就去那张两人桌吧”，他指着一张很小的桌子，桌子带有两张椅子，离通向厨房的弹簧门不远，“那儿的确是空的。”

“不，不，这不行，”雷曼先生说，“那是员工专用的，我哪能……”

“弗朗克！”他最好的朋友卡尔命令道，“闭上你的嘴，坐那儿去。”

“我不能这么做。”雷曼先生说，他很讲原则，还为此洋洋自得。“别人会说的，这种事开不得头。”

“海迪，”他最好的朋友卡尔朝一个捏着刀在橙汁搅拌器里乱捅的女人喊，“你反对雷曼先生占用那张小桌子吗？”

“别烦我。”她头也不抬地回答。

“这事谁他妈的也不会管。”他最好的朋友卡尔说。

“说说看，”雷曼先生赶紧转移话题，他反对任何的特权行为，尽管他暗地里承认鉴于眼前的形势，自己确实对那张员工专用桌想入非非过，“你来这儿干什么呀？”本来他还想说你干吗乐呵呵的，但是这话他没有说出口，否则他得承认自己的情绪不好，而既然他已经占用了员工专用的桌子，再说这话就更没道理了。

“我给人代班，”他最好的朋友卡尔乐呵呵地说，“我是直接从轨道酒吧过来的，一点都没睡。埃尔温九点钟打电话把我给截住了，当时我刚刚到家。真不知道这家伙怎么会料事如神。”

雷曼先生好奇地看着他最好的朋友的脸，可是他看得很费劲，因为卡尔又干劲十足地洗上了杯子。雷曼先生在他脸上看不到一丝困倦，所以感到奇怪，因为他最好的朋友跟他同岁。我得再皮实点，雷曼先生想，要和卡尔一样，卡尔决不会因为一条狗，因为母亲的一个电话而乱了方寸，所以也没人叫他施密特先生。想到这儿雷曼先生更觉得自己处境悲惨。

“那我先过去坐坐。”他说。卡尔点点头。雷曼先生拖着乏力的身子走向那张其实是员工专用的小桌子。

“这不是空桌子，这是留给员工的。”一个素不相识的瘦削女孩过来对他说。他刚才已经注意到这女孩了。

“我说嘛！”雷曼先生小声说了一句，然后满脸通红地站了起来。

“没事儿，”海迪恰好路过，“雷曼先生可以破例。”

“雷曼先生？！”这个干瘪女孩的话腔里头明显带有讽刺意味，雷曼先生觉得她不应该这么说话，“雷曼先生，嗬，你也在这儿上班？”

“我也给埃尔温干活，但我的确不想……”说话的时候雷曼先生犹如芒刺在身，因为他引起了周围人的注意，附近几张桌子的客人都抬起了头，人们几乎是直勾勾地看着他。雷曼先生恨不得朝着这些人甩两句话，而且是他自己都将追悔莫及的话。这点他非常清楚，所以他没这么做。今天不是骂人的日子，他想，我千不该万不该起床接电话，早晨接电话，昨晚喝烧酒，唉，这真是错上加错。

“你就坐吧，”海迪一边说一边抓住他的肩膀将他按回座位，“这事我负责，”她又对那个干瘪女孩说道。雷曼先生对海迪满心感激。他还触景生情地回想起乌尔班医院的急诊。他曾经因为副睾丸发炎光临乌尔班医院。

“你怎么样啊，雷曼先生？想喝点什么？”

“随便。先来一大杯自来水。”

“你怎么打不起精神啊，雷曼先生。”

“你实话实说，好样的，海迪。不过，你一边跟我‘你’来‘你’去的，一边叫我‘雷曼先生’，这是天底下最荒唐的组合。除了副睾丸炎，哪有比这更糟糕的事情。”

“你的副睾丸发炎了？”

“没有，海迪，没有，我的睾丸没有发炎，我只是口渴。”

“你这叫宿醉，雷曼先生。每次你宿醉都让人受不了，我叫卡尔过来。”

“想着我的水。”

他最好的朋友卡尔很快就端着满满一杯自来水走了过来，他用的是小麦啤酒杯。

“看着真恶心，你这杯子干不干净？”

“没问题，”他最好的朋友卡尔说，“你想喝什么？”

“不知道。桃汁？”

“没有，弗朗克，不管什么原因，我们就是没有桃汁。这个你是知道的。”

“是的，那我也不知道……”

“弗朗克，瞧这儿，这是酒水单，想来杯咖啡吗？”

“不，我在家里已经喝得够多的了，那就来点清爽点的。就是——或者来点樱桃汁？”

“你肯定要樱桃汁？”

“得了，我哪知道，那就……”

“我给你拿啤酒。”

“不要扎啤，千万别拿扎啤。”

“明白……”

他最好的朋友卡尔给他拿来一瓶贝克啤酒，坐在他对面唉声叹气。雷曼先生一边小心翼翼地喝第一口，一边看他最好的朋友卡尔如何揉眼睛。突然间他在卡尔脸上看出了倦色，他想，长此以往可不是好事，不能这么长时间没日没夜地干，长此以往岁月会向你讨债的，想到这儿他喝了第二口，啤酒下肚之后他才觉得自己饿了。

“我不需要酒水单。”他很潇洒地说。

“那你想要什么？”

“烤猪肉。”雷曼先生说道，他在市场大厅饭馆没吃过别的东西。

“弗朗克！”

“怎么了？”

“弗朗克，现在才十一点。你不能像其他人那样来一份早点吗？”

“早点，”雷曼先生说，现在他感觉好多了，“早点，这是扯淡又扯淡。”

“我知道，你就来份美式早点吧。”他最好的朋友卡尔说。听得出来，卡尔很累了，雷曼先生很懊悔自己给他增添了麻烦，“煎荷包蛋配肥肉和油煎土豆，很不错的。”

“不用了，谢谢。”

“有时候我真想一掌把你拍到墙上，弗朗克，特别在你宿醉的时候。这里已经人满为患了，跑堂那个女的是新手，什么都不会，厨房里那个女的又是新来的，你想想看，如果我他妈下单要烤猪肉，她会对我嚷些什么。”

“你怕一个厨房里的女人？”

“你不了解她。她还学过烹调。正儿八经学的。”

“这又怎样？”

“她不会随便让人指使来指使去的。”

“怎么是指使来指使去？烤猪肉和指使来指使去有什么关系？”

“弗朗克，别装蒜了。”他最好的朋友卡尔站起身，有气无力地冲他咧咧嘴。“好吧，我无所谓。我把她叫来，你自己可以跟她去说。”

雷曼先生忧心忡忡地望着他最好的朋友卡尔的背影，看他如何摇摇摆摆地走向厨房，现在他倒情愿自己要一份煎蛋，尽管这属于破早点，尽管涉及到胆固醇的时候到他这种年龄的人再小心也不为过。我得多关心他，雷曼先生想，有时候他太玩命。也许我应该和他谈谈，劝他多睡觉，不过他一定会认为我多嘴多舌。

“她马上出来，你好好跟她谈谈吧。”他最好的朋友卡尔回来告诉他，说罢还拍拍他的肩膀。“再来瓶啤酒？尽管我一看你这样子就觉得你应该补点觉，哥儿们。告你吧，你完全是一副摧枯拉朽的模样。”

雷曼先生本想回敬一句，但他最好的朋友卡尔已经回到吧台后面洗起杯子来了。

雷曼先生打了个盹儿。他最好的朋友卡尔不应该说什么摧枯拉朽。这种话海迪更不该说。这些话是不能说的，他想，一旦说出了口，不管对还是不对，听者就会感觉不妙，他想。由于他不再怨恨母亲、不再怨恨啃早点的人、不再怨恨狗甚至人间所有的苦难，由于他的头疼——正是头疼将他撵出了家门——随着啤酒下肚而有所减轻，所以他现在困得要死。刚才想把他撵走的那个干瘦女孩一声不吭地给他送来了第二瓶啤酒。

就在他开启酒瓶的时候，一个女人突然出现在他眼前。她一屁股坐到他对面的椅子上，用挑剔的眼光打量他。她生得高大、强劲、漂亮。他一口酒还没喝完就听见她说话了。

“这是不是太早了点？”

雷曼先生把酒瓶放下。

“什么事情太早？”

“你要的两个东西。啤酒和烤猪肉。”

“我不这么看。”雷曼先生知道自己面临一场恶斗，一场需要他全神贯注的恶斗。他把目光从她高耸的胸部移开，开始准备论据。

“这我注意到了。”她冷冰冰地说。

“什么事情太早，什么事情太晚，”雷曼先生开始阐述他临时炮制的理论，“这全是约定俗成。或者我们也可以说……”他变换了方向，以防一开始就走上社会学的邪路，“如果这些混蛋早点吃到下午五点钟也无妨，我上午十一点要烤猪肉同样无妨。”

“我倒想把话反过来说。”这个漂亮女人沉着应对。雷曼先生这才发现她穿着一身标准的工作服，她下面穿着一条蓝白格子的软布裤子，这种裤子平时只有在电视里亮相的厨师身上才见得着，上身披了一件白色长罩衣，罩衣的扣子很奇特，白净如花蕊，恰好与她脏兮兮的围裙形成对照，围裙用一根细丝系着，轻飘飘地搭在她丰满的臀部上，因为她坐着，这一切只有仔细瞧才瞧得见，雷曼先生刚才就仔仔细细地把她瞧了一番，“既然早点吃到下午五点的傻 × 满世界都是，我们还需要装逼的上午十一点就来点烤猪肉吗？”

雷曼先生来了精神。他没听过哪个女人这么说话。本来他已经不想要烤猪肉了，可她既然这么跟他说话，他决不能善罢甘休。

“做一个烤猪肉有什么了不起的？”他问道，“反正是昨天的东西，你们只需要切点下来，浇点冷汁儿，再推进微波炉就了事。这些我都了解，谁也别给我卖关子。”

“哎哎，谁也没给你卖关子！”她镇定自若，还往嘴里塞了根香烟。“你可以把烟灰缸推过来吗？”

雷曼先生把烟灰缸给她推了过去。

“哼，谁也别给我卖关子。”

“假如我告你昨晚上没剩下烤猪肉呢？那又怎么办？”

现在雷曼先生其实很想把谈话朝别的方向引。我为什么不找她说说她的岁数、她的名字，以及今天下班之后的安排，他想。

“那我告你吧，虽说现在也许才十一点一刻，可是十二点以后又是他妈的正常的午餐时间，到时候你们反正需要烤猪肉。”

“如果我告你我也不是老脑筋，如果我告你烤猪肉已经进了烤箱，而你还得等一个钟头，在此之前，你最多可以要他妈的一份早点，和周围这些闲人一样——”她拿香烟在空中晃了晃，就跟要祝福这个大厅和大厅里面的人似的，她还提高了嗓门，雷曼先生觉得她的目的是要所有人都听见她说的话，“——和这些嚼面包的、嚼他妈的香肠奶酪还有摆在桌上的各种狗屁东西的人一样；如果我告诉你：你最多可以吃上这些破东西，假如你想吃烤猪肉，那你可以在十二点半再度光临——你好像知道这里十二点半开始供应午餐，不过态度要好，到时候你也许会得到一块即便不是你这辈子见过的最好的、那也是很好很好的烤猪肉，不过到那时你已经酩酊大醉了，你根本注意不到这些事情，如果我告诉你这些，你这个——”她欠了欠身，从嘴里吹了口烟，“——臭卖弄的又作何评论呢？”

在静静流逝的几秒钟里，雷曼先生必须确定下一步的行动。退缩吗？承认她说得对吗？要一份美式早点吗？变换话题，比如问她在厨房里操作的时候，她的黑头发——这头发从后面给扎起来了——上面是否扣了顶厨师帽吗？话又说回来了：人家叫你臭卖弄的你还能一声不吭？

“既然你问我，”他说，“我就这么回答你：星期天这里十点钟就开张了，在厨房里干活的——你也是——肯定在九点半就来了，如果你在九点半开始做烤猪肉，到十一点钟就该烤好了，就可以切一块下来，管他妈的酥皮不酥皮，没有酥皮我也吃，土豆丸子就更甭说了，来炒土豆片也可以，反正炒土豆片是现成的，美式早点也带着这个，总之，烤猪肉肯定是烤好了，可以给我切一小块下来，就是从最边上切一块也行，不管它起没起酥皮，去他妈的，我一向都认为人们太看重酥皮，然后给我放几片炒土豆，至于调味的汤汁儿，什么时候都有，转眼之间就算大功告成了，我是这么看的，”雷曼先生也欠了欠身，“我天生好卖弄！”

一阵沉默。她一边不声不响不以为然地吸她的烟，一边目不转睛地盯着他看。雷曼先生突然发现要是自己也叼根烟那该多好呵。他尤其后悔自己喋喋不休地讲了这么一通废话。这全是瞎说八道，她会恨我的，他想，如果我是厨师，如果我也听到这么一堆臭话，那我一定会恨我自己，雷曼先生想。

“哎哎，起不起酥皮并不重要。”她终于说话了。

“对，这个并不重要。”

“是你觉得不重要还是大家都觉得不重要？”

“我不管大家的事儿。”

“这地方还有你这号人吗？”

“没有。”

“那好吧，”说罢她掐掉了烟，然后起身，“事情好办。”

“好吧，”并不希望她现在就走开的雷曼先生说道，“我就等一会儿。反正转眼就到十二点半了。”

“当然我也可以把烤得半生不熟的猪排从烤箱里面拖出来肢解。因为我们是好朋友嘛。”

“别价，别价，不是非得如此不可，没那么重要。”

“你到底是吃哪碗饭的？是什么联邦总理还是别的什么？”

“得了，得了。”

“其实这关我屁事儿。以后我可以一直这么干。过不了多久大家都可以要煮得半生不熟的土豆了。”

“别价，说真的，别麻烦。我先再来瓶啤酒。我也可以读报。或者喝咖啡。”

她站了片刻。他们四目对视，雷曼先生相信自己的眼光，她并不真的恨她，这使他如释重负。最后她乐了。

“别喝那么多。”她说。走过他身边的时候她还拿指头敲了敲他的肩膀。“这一天还长着呢。”

“是啊。”他附和道。本来他还想说点什么，但一时间找不到词儿，再说她已经消失在厨房里了。

雷曼先生一声叹息。他喝干了啤酒，再要了杯咖啡。这一天还长着呢。他已经坠入情网了。

第四章 午餐

将近十二点的时候，雷曼先生吃上了烤猪肉，是他最好的朋友卡尔端上来的，卡尔上菜的时候还说了声“漂亮的女厨师向你问好”。过了一会儿，漂亮的女厨师再次坐到他对面，看着他吃饭。“我抽烟你不反对吧？”她问。

“当然不反对。”

“这其实是不应该的。”

“我没那么较真儿。”

“怎么样，我是说猪排。”

“哦，很好，棒极了，真的。”

“那就好。”

“对，棒极了。是我在这儿吃过的最好的烤猪肉。”

“你没有必要马上就来一通花言巧语。”

“我没有花言巧语。我从来不干这个。”

“那就好。”

“嗯。你到底从什么时候开始在这儿干活的？”

“这是我第二次当班。”

“你是埃尔温请来的？”

“就是这一家的老板吗？长着一头细细的长发？”

“对。告你吧，他有点掉头发。”谈论埃尔温总是一件好事，雷曼先生想，这样就不会犯太多的错误。

“对，是他把我招来的。他是个怪物。”

“为什么？”

“说不清楚……反正有点怪。”

“噢。”

“说不清楚。”

“怎么说呢，他有两下子，”雷曼先生承认，“埃尔温是施瓦本人，这一带的生意全都掌控在施瓦本人手里。”

“你和卡尔真是老相识？”

“我们算是老朋友吧。我们合租过房子。那是我刚来柏林的时候。你也不是本地人，对吧？”

“为什么？”

“怎么说呢，听口音你像是我们那儿的人。”

“口音是什么意思？”

“没什么，随口说说。”

“你又是哪儿的人？”

“不来梅什么的。”

“我是阿希姆人。假如你知道这个地方的话。”

“阿希姆，不就是费尔登方向吗？格龙德贝格湖不就在那儿吗？”

“严格讲不是。”

“我们开车去那儿露宿过。我是指我的父母兄弟什么的。小时候的事。”

“在汽车里露宿？在格龙德贝格湖边上？”

“对。”

“听起来真是朝气蓬勃。在格龙德贝格湖边露宿，真气派。有档次。”

“很有意思，哦？真棒，这可以让老土笑掉大牙，是吧？”

“慢点，慢点。”

“对我们来说，玩牛屎都算是一种消遣，和你们阿希姆的情况不一样。”

“你知道什么阿希姆。你连阿希姆在什么地方都闹不清楚。”

“不管怎么说，我是在格龙德贝格湖学会游泳的。”

“这倒挺有意思。”

“绝对。”

“在格龙德贝格湖学游泳，真厉害。”

“学游泳总得有个地方吧。”

“当然，肯定的，真棒。”

“淡水里学游泳比海水里难，淡水的浮力没那么大。”

“合乎逻辑。你很会观察。”

“那水真他妈冷。”

“如果这样学起来就难上加难了。”

“对。”

“那就好。”

“住在阿希姆的，怎么才能当上厨师？”

“女厨师！”

“行，行，家住阿希姆，怎么才能当上女厨师？”

“我是在不来梅学的。在宜必思商务酒店。”

“在宜必思商务酒店？”

“对，再他妈说一遍，在宜必思商务酒店。我的口齿有点不清楚，是吗？”

“不是。但是在宜必思商务酒店学厨艺未必是一件教人无限神往的事情吧。”

“你是那种门门通的家伙，是吗？烤猪肉你懂，格龙德贝格湖你很熟悉，阿希姆你也熟悉，学游泳你自有高见，淡水海水怎么回事你全知道，饭店你如数家珍，就连如何学厨艺你也说得出一二三……你在哪方面都是专家，是吧？你什么事情都可以娓娓道来。”

“这堆废话不是我挑起的，是谁说的真气派。谁要诽谤格龙德贝格湖，都必须想到一点：宜必思商务酒店其实就是饭店中的格龙德贝格湖。”

“我现在应该为他妈的宜必思商务酒店辩护，对吗？我也没有诽谤格龙德贝格湖。谁也没法诽谤格龙德贝格湖，它无声无臭，恒古永存。如果你真想知道，我就告诉你吧，我根本不了解格龙德贝格湖。”

“哟！”

“除了四处烦人，你还做什么？”

“我也为埃尔温干活。但不是在这儿。是在维也纳大街的蜂拥酒吧，那地方你没准儿知道。”

“不知道。我不知道那地方。”

“你在柏林待多长时间了？”

“这关你什么事？”

“随便问……”

“如果你真想知道，我告你：一个月了。”

“一个月？”

“怎么了？有什么问题？”

“没有，没有，没问题。我不是这个意思。我一九八〇年就来了柏林，都九年了。”

“那又怎样？我应该给你鼓掌，是吧？”

“我不是这个意思。”

“在这儿待上九年就算有本事，是吧？我已经注意到有些人津津乐道他们已在柏林住了多长时间。在这里居住也的确了不起。本地居民毕竟只有两百万人嘛。了不起。棒极了。”

“我绝对不是这个意思。”

“不是的，‘我不是这个意思’，很好。‘我一九八〇年就来了柏林’。”她学他。“待了这么长时间可以得到肩章什么的吗？反正你们这号人都是为了逃避兵役过来的。”[1]

“哎哎，我说了我不是这个意思。”我爱上的女人，雷曼先生想，怎么都这么敏感。

“那又是什么意思？”

“怎么说呢，有点……一闪念，我是说，我想……反正我很长时间没住在不来梅了，本来我也住那儿的……”

“什么？”

“没什么。”

“那就好。”

“好。”

“说得好。”

“还有，我不是为了逃避兵役才来柏林的。”

“哦，太好了。”

“我没那么聪明。”

“我也没这么猜测。”

“那就好。”

“说得好。”

“嗯。”

---

1. 两德统一前居住在西柏林的年轻人不用服兵役。

“你在那儿干什么呀，我是说酒吧，你那个酒吧叫什么名字来着？”

“蜂拥。”

“哦，蜂拥，真好听。”

“不是我起的。”

“你在那儿干什么呢？”

“当然是站吧台。”

“你觉得这很好，是不是？”

“什么，很好？”

“嘿，我是问你是否觉得这很好。站在吧台后面给人倒喝的。这哪算生活内容！”

“且慢。”雷曼先生说。“你说什么呀，生活内容？生活内容可是一个彻头彻尾瞎扯淡的概念。你想说什么呀，生活内容？生活的内容是什么？生活是杯子还是瓶子还是水桶，或者随便一个往里面灌注、甚至是必须往里面灌注东西的容器，因为好像全世界的人都达成了某种共识，大家都认为一种类似生活内容的东西是不可或缺的。生活是这样的吗？生活只是一个拿来盛装东西的容器？也许是酒桶？或者是呕吐用的清洁袋？”

她一脸诧异地盯着他看。

“是吗？是这么回事吗？”雷曼先生穷追猛打。

“我哪儿知道，大家都这么说。”

这下够了，雷曼先生想，我得鸣金收兵了。我对她发动了突然袭击，他想，这不好。“生活内容绝对是一个臭比喻，这点毫无疑问，”他兴犹未尽，“可谁要使用这个概念，就必须先问问这到底是什么意思。有谁能给我答案吗？我可以走到随便哪张桌子随便找个人说：对不起，你能够给我列举一项或者两项生活内容吗？狗屁！狗屁！可是大家都相信有这么种东西。谁也不动脑筋想想。说到生活内容的时候，大家都把生活看作必须灌注东西的容器，看作达成某种目的的手段，真正的道理却无人理会，比如说生活有其自身的价值，比如说始终忙于给生活浇注内容的人也许根本不知道何谓生活。不过我们还是把生活看作容器吧。”他刹不住车了。“只要人们说不清楚浇注的东西到底是什么，生活就不可能是一个可以往里添东西的容器。实在要保留这个比喻，那就只好倒过来看了：生活是一个盛满东西摆到人面前的容器，里面装的是时间。这容器底部有一个眼儿，时间就从那里流逝，假如一定要谈什么容器，那就得这么谈。讨厌的是，时间是续不上的。”

“我根本没有说到容器。”

“这无关紧要。”雷曼先生说。这很不浪漫，他想，来点别的东西才浪漫。“你一开始就谈生活内容。既然说到了生活内容，就得刨根问底。这么一个词我们必须把它吃透。一个人在酒吧里干活，这和生活内容有什么关系？生活内容，这是天底下最臭的臭大粪。人们生活并且享受生活，这就够了。”她马上会站起来走开的，他想，那样的话我跟她在很长一段时间里都没戏了。

漂亮的女厨师并没发火，她更多是感到诧异。“我的上帝，你怎么会因为一个词大动肝火呢？不管我说生活内容还是别的什么，其实都无所谓，我的意思你是知道的。”

“不，这我哪儿知道。如果有谁不好好琢磨自己的话，就想诋毁那些和我的生活有关的事情，那我就拒绝揣摩他话里的意思。”

“不管怎么说，从事你这种职业都算不得理智。一个人不能靠酒吧工作为生。”

“噢！”雷曼先生竖起食指但又立刻收回。现在连训人的食指都用上了，他想，事情越来越糟。“我们越来越接近问题的实质了。你说一个人不能靠酒吧工作为生。可是这究竟有什么不好的地方？为什么不能靠酒吧工作为生？”

“因为这太单调了。”

“我没觉得。”

“你难道没做点别的事情吗？”

“为什么一个人老问另外一个人是不是还做点别的事情？”我不是在对她说话，想到这儿他有点不好意思，其实我是说给世人听的，她成了替罪羊。“我认识的大多数人都将回答说：不错，我在酒吧工作，但其实我是搞艺术的，其实我在一个乐队搞音乐，其实我在上大学，其实这其实那，大家都想说明他们不会长期在酒吧工作，都想说明他们有朝一日会开始做正经事，就像卡尔搞他的雕塑什么的。我并没有贬低卡尔和他那摊子事的意思，可假如人们把自己正在做的事情看成权宜之计、看成不正经的东西，他们这种态度难道就不可悲吗？”

“什么雕塑？”

“这倒无关紧要。这不是问题所在。我的问题是：为什么硬要说这事有价值那事没价值？假设我声明自己其实是艺术家，别人肯定会说，噢，原来如此，全明白了。可如果人家一心一意去站吧台，而且乐在其中，那又有什么不好的？城里处处是酒吧，这是为什么呀？酒吧比教堂比美术馆比音乐厅比俱乐部比迪斯科舞厅比天晓得还有什么都多。人们喜欢这样，人们高兴逛酒吧。酒吧工作是有利于社会的善举。人们去酒吧，就跟他们上博物馆或者听音乐会一样快乐。既然如此，为什么人人都想当艺术家或者别的什么，怎么就没人全心全意地在酒吧工作？你会去问一个艺术家为什么不试试做点别的事情吗？比如说在酒吧工作？你瞧，”雷曼先生面带微笑地转换话题，他很高兴能够把口气缓和下来，“其实有很多艺术家后来都开起了酒吧。这么看来，我倒有双重的道理，因为我没有去艺术那边绕弯路。”

“我压根儿就没想到艺术。我们说这些事情和艺术有什么关系？我只是说……”

“人们去酒吧痛饮。”雷曼先生打断她的话。这不好，他想，打断她说话不好。“有人喝多点，有人喝少点。这让大家都高兴。假设这座城市没有酒吧、咖啡厅或者随便叫它什么，人们的生活将是什么模样。如果某个工作的意义就在于投众人所好，我们还会说三道四吗？生活内容！没准儿站在吧台后面的人才是赋予生活内容的人。没准儿是我们把生活内容送到人们的嘴里，嘴巴张开，灌进生活内容，咕噜一声，吞下完事。”

“且慢，你这话可没什么水平呵。要么有一种可以从上面灌进去的生活内容，而且这应该是可以喝的东西，要么只有一种从下面跑出来的生活内容，就像你刚才仔细阐述的那样。”

“时间，当然了。可情况是这样的：喝酒以后，时间会走得慢些。”

她沉吟片刻。“不，时间走得更快了。喝酒的人自己慢了下来，所以他不再清楚周围发生的一切。时间就走得更快了。”

“胡说，时间走得更慢了。如果说醉酒之后周围的一切都快了起来，这是因为相对醉酒的人而言，时间慢了下来。醉酒者本人有了更多的时间。或者说他用了更多的时间。假如一个人喝得醉熏熏地去卫生间，他需要的时间也许是清醒时的两倍。就是说，他用了更多的时间。之所以如此，是因为他的时间比别人多。”

“一派胡言。倒过来才是对的。在相同的时间里，醉酒的人经历的事情要少得多。譬如在去卫生间的路上，某人在一定的时间里走了三步，而不是像平时那样走六步。但这就意味着时间跑得更快了。我们可以假设某人平时走六步路需要三秒钟，喝醉之后是六秒钟走六步路，那么他在做同一件事的时候，时间流逝的速度就翻了一倍，就是说，对醉酒者而言，时间流逝的速度翻了一倍。”

她好厉害，雷曼先生暗自惊叹，她好厉害。她也许还在理，他想。

“慢着，慢着，”他说，“只有把时间看成某种绝对之物，你这话才说得过去。现在你这么说可不行。依我看，这和沙漏的情况差不多。醉酒的沙粒儿比清醒的沙粒儿跑得快，所以醉酒的沙粒儿的时间走得慢。”

“醉酒的沙粒儿？”

“嗐，随便打个比方。”

“这可真是一个蹩脚的比方。我是说，别人说个生活内容你就大动肝火，可你自己又讲什么醉酒的沙粒儿，这是怎么回事，这荒唐不荒唐？”

“不荒唐。”

“太荒唐了。如果在讨论时间相对于谁流逝或者以什么速度流逝这类问题的时候把‘用时间做什么事情’这一概念扯进来，那就牛头不对马嘴了，因为这完全是另外一码事。假设一个人花三秒钟走六步路，另一个则是六秒钟走六步路，那么后者的时间就跑得快，因为别人三秒之内就完成的事情，他需要六秒钟才能完成。”

“错，错，错。真是一派胡言。有多少秒钟并不是绝对的，这取决于外界事物。假设在某种情况下走六步路花了三秒钟。对于清醒的人，这是清醒的三秒钟，对于醉酒的人，则是醉酒的三秒钟，就这么回事。所以我说醉酒的沙粒儿并不错，我是对的。一个醉酒的人走了六步路，对他来说就流逝了醉酒的三秒钟，假设醉酒的人走路的时候自动售烟机前面站着一个清醒的人，这位清醒者的时间就流逝了六秒钟。所以醉酒者的时间要比清醒者的时间走得慢些。他的时间和清醒者的时间不一样。如果把两种时间——清醒的和醉酒的时间——作个比较，我们会发现醉酒状态下的时间明显走得慢些。”

她面带微笑。她似乎喜欢这种论调。她上钩了，她吃这套，雷曼先生想，这是好事。他深深地坠入了情网。

“这不符合逻辑，”她说，“人走得越快，时间走得越慢。这和一只蜉蝣飞虫的情况相同。对于蜉蝣飞虫，一天就是一生。所以你也很难逮住它。你一把抓过去的时候感觉自己出手很快，在它眼里，你这手却是慢慢悠悠伸过来的，所以它能够从容不迫地飞开。这是因为它的感觉更灵敏。”

“你是说蜉蝣飞虫因为感觉更灵敏，所以它们的时间就过得慢。”

“当然是了。清醒的人比醉酒的人感觉更灵敏，所以他们看到的东西更多，所以他们有更多的时间，所以对清醒者而言，时间就过得慢。”

也许她有道理，对于这个女人雷曼先生由衷地感到佩服，但她也有可能没道理。他决定来个急转弯。“那为什么蜉蝣飞虫只活一天呢？”他问。

“哈哈。你想说喝醉酒的人活得更久吗？”

“这也有可能。”

“我看你直冒傻气。”

“有可能。”

“这没关系。”

“是啊，没多大关系。”

“那就好。”

“嗯。”

“听好了，你们这对亲亲热热的小斑鸠，”卡尔对两人说，他神不知鬼不觉地来到他们跟前，“我看你们已经打得火热了，不过我认为你必须回厨房去一趟。我的意思是，我不想说这话，可是……”

“好吧，好吧。”

“卡尔，你是什么意见？醉酒的时候，时间过得快还是慢？”

“你们在谈这个？哟，你们可是棋逢对手啊。”

“别顾左右而言他。这很重要。”

卡尔想了想。“我认为过得快。不过这在第二天早晨就会抵消的。”

“你瞧。”漂亮的女厨师说，她的脸上挂着满意的微笑。

“不过谈论这种事情的都是酒鬼，”卡尔说，“还总靠着吧台谈。”

“不对。人醉酒的时候时间走得慢，第二天早晨又快起来。”

“弗朗克，说真的，卡特琳必须去厨房了。”

“我什么也不说了。反正无所谓。不管怎么说……”

“得了。现在我必须去厨房。也许回头还有机会。下班后我去游泳。在王子游泳馆。你也可以去。”

“雷曼先生游泳，这个我倒想见识见识。”卡尔说。

“我会游泳。”

“没错，他学过。在格龙德贝格湖。”

“你们的事儿我听着怎么犯糊涂哇。”

“告诉你吧，格龙德贝格湖和阿希姆风马牛不相及，”卡特琳边说边起身，“格龙德贝格湖在去汉堡的高速公路边上，在奥伊滕还是什么地方，阿希姆在去汉诺威的高速公路旁边。”

“你到底什么时候去游泳？”

“下班以后。我得先回趟家。将近六点钟的时候我就到那儿了。”

“我好久都没去王子游泳馆了。那儿还开着？”

“一直到九月中旬都开放。”卡尔应道，然后又对卡特琳说：“今生今世我倒想再看看雷曼先生去王子游泳馆是什么样子！”

“那你就好好考虑一下吧。”她说完就去了厨房。

雷曼先生伸长了脖子，望着她的背影。

“哟嗬，”他最好的朋友卡尔说，“奥伊滕，阿希姆，格龙德贝格湖，高速公路，这听起来可浪漫了。你们俩在搞地方志研究会？”

雷曼先生没吱声儿。他若有所思。

“嘿，弗朗克，”他最好的朋友卡尔不依不饶，还用肘部轻轻往他肩上砍了一下，“你在想什么哪？回忆怎么蛙泳？”

“我什么也没想。”雷曼先生说，他刚才是在设想和卡特琳——那个现在可以呼唤其名的女厨师一起生活的情形。

“再来瓶啤酒？”

“不用了，”雷曼先生心不在焉地应道，“我想我必须先睡一会。”

“这就对了。”他最好的朋友卡尔说。

第五章 咖啡和蛋糕

我操，雷曼先生想，我还得醒来。他也真的醒了。下午睡觉他尽做些离奇的梦，多数情况下他都觉得这挺好玩，这比看电视好，他常常这么想，因为自打他的黑白电视坏了以后，他就没了电视，而且他觉得下午看电视是一件令人沮丧的事情。不过今天这场梦太离奇了。当他醒来的时候，已是大汗淋漓，但这不全是笼罩整个城市的闷热造的孽。他估计时间将近下午五点。他梦见了一个夜晚，一个漆黑的夜，他走进曼陀菲尔大街[1]的一幢高楼。楼房摇摇欲坠，幸好赶来几条狗。其实他一直在阳台上等这几条狗，因为他没法下楼，楼梯间里尽是送啤酒的工人，他们把路堵死了。这全是酒精给闹的，他一边想一边从床上爬起来，还一个劲地刮他胸前的汗水。他本想冲个澡，一转念又觉得没有必要，反正他要去王子游泳馆会卡特琳——他最好的朋友卡尔就是这样叫那个漂亮的女厨师的。

还在睡觉之前他就把要用的东西收拾好了：一条游泳裤，这是他费了半天劲才找出

1. 得名于普鲁士政治家奥托·台奥多·曼陀菲尔（1805–1882）。

来的，一条毛巾，还算干净，至少是深色的，还有一把挂锁，这是他上次——也是第一次和最后一次，而且是倒退好几年的事情了——去王子游泳馆的时候，在入口处用二十马克的押金和五十分尼换来的。因为睡了一觉又做了一梦，所以他是在云里雾里的精神状态下把这些东西塞进塑料袋的。装好东西之后，他才套上一件 T 恤衫出了门。在去地铁的路上，他顺着林荫道走。他和一个接一个的拦路乞讨者擦身而过，居然一次也没有被他们打搅。这使他意识到自己现在这模样给周围的人造成了什么印象。当他在上面的月台等候地铁的时候，他难受得想吐，所以他开始考虑是否有必要往回走。可是列车进站了，除了上车他别无选择。

今天这日子怎么也不应该去王子游泳馆，想到这儿雷曼先生无比的沮丧。这时他正随着地铁一号线慢慢悠悠地、百无聊赖地朝王子大街方向摇去。我先得去售票口前排长队，我又赶上烈日当头，他想，且不说还有一帮持卡的混蛋拼命往前挤。不过这么想问题有失公允，持卡的人并没有往前挤，只不过他们不用在窗口前排队罢了，他们这么做合情合理，雷曼先生想。他还记得自己第一次——也是他最后的一次和唯一的一次——去王子游泳馆就有这种看法，那一次也不是他主动要去，那是他当时的女朋友的主意。她认为他需要运动，游泳又是一项非常健康的运动。游泳是天底下最健康的运动，这是她说的。她和他最好的朋友卡尔一样持有游泳卡，所以当雷曼先生好不容易才剪票进去的时候，她已经游了一千米。她叫碧尔吉特。她和他好了大概有两个星期。其实他们这种关系怎么定义都可以，雷曼先生想，不管怎样他还是相信他们俩好过一段。她却不然。他在两周之后便声称他们其实没有真正好过，在那段时间里她一直和以前的男朋友在一起，她是这么宣称的，雷曼先生想。她总是说在一起，这种措辞想想就觉得很暧昧，跟她在一起的，恰恰是她此前一个星期主动发誓说因为已经和雷曼先生在一起、所以就与之一刀两断的那个男朋友，当时雷曼先生压根儿就没把这当回事。他还清楚记得自己当初无非是想要——这得实话实说——她的肉体。他一边回忆跟碧尔吉特的事情，一边在王子大街车站下车出站。

不过她的肉体确实美丽动人，他一边想，一边走出地铁站，走进明晃晃的街道。他穿过斯卡利采大街[2]，拖着沉重的步伐完成到王子游泳馆的最后五十米路程。也许游泳真的很健康，他想。他终于来到售票口，说了声“要一张”，当被问及是不是学生的时候，他的回答是“绝对不是”。他接过一张票，转身又被一个仅仅穿着白色短裤和拖鞋的男人收走。话又说回来，游泳怎么就很健康呢，他想，看看周围这些人吧，这时他正走进游泳馆，哪儿看得出他们健康了，雷曼先生想。他这才注意到售票口前没有人排队，但是他很清楚这是什么原因：现在不可能有人在外面排队，因为众人都进去了。

他说的是“众人”，想的也是众人。抬眼望去，是一片熙来攘往、人声鼎沸的景观，雷曼先生在门口呆呆地站了一小会儿，好定定神。他不喜欢在陌生的地方走动，面对这种热闹场面他不知道如何是好，他马上意识到这不是他待的地方。人们走来走去，光着上半身的男女老少，有的踢踢踏踏地穿

2. 得名于普奥战争（1866）中的斯卡利采战役（今捷克境内）。

过消毒池，有的站在那里哗啦哗啦地冲冷水澡；穿来过往的老头儿全都气喘吁吁；土耳其青年则是嘻嘻哈哈地用湿毛巾抽打同伴光溜溜的上身；小孩儿们要么抱着空瓶子，要么哆哆嗦嗦地剥雪糕；雷曼先生所站的地点左右两边都是更衣室，人们在那儿鱼贯而入鱼贯而出，再往后就是卖饮料、小吃以及报刊的地方，雷曼先生统称为小卖部。那地方同样人满为患，有排着长队买东西的，有坐在桌子边上吃东西的，也有相互叫喊的，挥手的，奔跑的，拖着步子晃荡的；从位于灌木和矮树篱笆后面的游泳池还传来拍水声和喧闹声，还有让雷曼先生听不清楚的广播通知；游泳池再往后走，是一大片躺满人的草地；空气中则交织着丝丝缕缕的氯气和炸土豆条的味道。

谨慎起见，雷曼先生走向右面的更衣室。这地方他并不陌生，上次——那是他第一次和唯一的一次——来王子游泳馆的时候他就在这里换过衣服。男更衣室门口有象形图和标志性的蓝色，就应该这样。雷曼先生生怕一不留神走进女更衣室，背上露阴癖和偷窥癖的罪名。当这一幕以白日噩梦的形式浮现在他眼前时，他简直不寒而栗。他小心翼翼地跟在那些要做同样的事情的男人后头，朝男更衣室走去，进去之后他感觉自己越过了最大的一道障碍。早在七十年代就认为人们夸大了裸体的精神解放意义的雷曼先生，找到一个单间换他的游泳裤——这玩意是他当初为了讨碧尔吉特欢心，去赫尔曼广场[3]的卡施塔特买的。这个被商家命名为游泳短裤的东西，不仅样式难看，而且花不棱登的，看着都教人犯晕。他

3. 得名于公元9年率领日耳曼人部落联盟打败罗马人的赫尔曼（罗马人称之为阿米尼乌斯）。

之所以选择它，是因为赫尔曼广场的卡施塔特摆出来的其他花色更加惨不忍睹。当时的新科恩就时兴花里胡哨，雷曼先生一边想，一边把腿伸进这件可怕的针织品。由于雷曼先生的三十岁生日即将来临，这玩意儿穿上身后，屁股上还有点吃紧。他肩搭毛巾，右手拿着挂锁，左手捏着衣服和鞋，走出了更衣间。他费了点工夫才找到一个空着的窄柜。除了毛巾，他把别的东西全都扔了进去。然后他锁好柜子，离开了更衣室。

雷曼先生左躲右闪地在人流中穿行。他的光脚丫子踩着热乎乎的石板地面，多多少少有一种解脱感。现在他倒觉得人满为患是好事，他有点喜欢这种热闹场面了，因为热闹之中没有谁注意他。这里没有人在乎他做什么。既没人嫌他的游泳裤太小，也没谁嫌他的皮肤——脸和肘部除外——太白，白得跟鱼肚皮似的。谁他妈的也不会对这些感兴趣，雷曼先生想。在这个地方，绝不会有什么事或者什么人或者什么人因为什么事而引起周遭的注意，他想。唯一教他吃不准的是，卡特琳——市场大厅饭馆的女厨师——要是看到他这副模样，将作何感想。至于说如何在这里找到她，雷曼先生心里同样没底儿。他四下张望，想找个公共时钟看看时间。他终于见到一个，得知这才五点半。他由此判断她还没有来。太好了，这样我就可以在水里适应一下，让自己凉快下来，这是健康之道嘛，他一边胡思乱想，一边从消毒池走向深水池。深水运动池，深水运动池，雷曼先生站在深水运动区边上望着水面发愣，心里却在琢磨这个词的涵义。这真是一个怪词，深水运动池，他想。他很了解游泳池各区域的名称，他还一一背诵过。碧尔吉特教过他。其实碧尔吉特一直都在谈论深水池，她还说她只去深水池游泳。这里还真是一派运动场面，雷曼先生暗暗感叹。乳白色池水中那些生龙活虎的游泳者让他看出了神。与此同时，游泳馆的喇叭也嚷个不停，一会儿说三岁大的斯特凡在找妈妈，一会儿说游泳区域禁止吸烟。在他的身后，其实整个深水区的四周全都是人。有坐的有躺的，坐的和躺的都垫着毛巾。在他身后的石头看台上，人们层层叠叠或躺或坐，不过大多数人还是在水里，他们也尽量使自己的水上运动显出某种意义。有几个是真正的运动员，很专业的田径运动员，至少他们给人这种印象。他们戴着游泳镜和游泳帽，破水前行的时候一副——这个雷曼先生很快就注意到了——我行我素的姿态，根本没有避让谁的意思。其他的游泳者倒是纷纷为他们让道，个别人还能来个漂亮的“之”字形躲闪，但多数人得遭点罪。搞蛙泳的更是狼狈不堪：有吓一大跳的，有仓皇躲闪的，有骤然而止的，有紧急翻滚的，有急扎猛子的，有原地狗刨的，总之他们是尽其所能地避免摩擦。局势还因为冒失鬼、半大的孩子以及土耳其青年的所作所为更加恶化：他们在游泳池的两头没完没了地跳水、浮出水面、起来重新跳水，他们同时高声尖叫，你推我搡，不遗余力地制造混乱。他们才是叱咤风云的人物，来游泳池的人迟早要进入他们所控制的区域。谁都害怕被落冰棍的冒失鬼击中，雷曼先生对此确信不疑。一想到落冰棍这个词，雷曼先生的心里便美滋滋的。他跟这个词阔别已久了。这个词使他想起朝气蓬勃的岁月，就像这里的一切都使他想起朝气蓬勃的岁月那样。所以，他决定来个落冰棍。

可就在他走到游泳池的尽头准备落冰棍的时候，他突然改变了主意。这么做有失身份，他想，这时广播里再次提醒大家一个光屁股小孩在寻找他的妈妈，提醒那些穿着救生衣或者凫着救生圈的孩子不要去深水池，我都快三十了，他想，这并不是说我应该装腔作势或者让人称作雷曼先生，雷曼先生想，但我也不能拿落冰棍来表示三十而立呵，这么落下去，不管砸着谁都会把他砸成全瘫，而这种事情是无法挽回的，雷曼先生想。再说了，这时他用脚尖往水里蘸了一蘸，现在尽管天热，水温却很低，不适宜运动。他是在青年时代学过游泳须知的人，知道在天热的时候，下水前身子要慢慢降温，要先把手臂和脚腿拍湿，他还记得暴饮暴食之后不宜游泳之类的教导，这个问题他却不愿意往深处想。出于这种种考虑，他选择了最理智的道路，也就是从平时只有退休的老头老太太才使用的扶梯下水。他慢慢悠悠地往水里滑，水并没有他所想象的那么冷，只是当池水涨至他的生殖器部位的时候，他才僵持了片刻。入水之后，他很快游出几米开外，躲开了扑通跳水的小孩儿。我应该游他几圈，这效果肯定很好，雷曼先生想，最好来爬泳，这样有效果，他想，爬泳比蛙泳对背部更有好处，他想，不过最有利于背部健康的，还是仰泳，他一边爬泳一边想。不幸的是，他没过一会儿就呛了水，就和两三个游泳者发生了碰撞，水底下还有人踹了他一脚，他由此得出结论：游他妈的什么泳呵。他游回扶梯，从水里爬了出来。一个人要知道自己的极限在哪儿，从中找到行动的指南，他一边擦身子一边想。一个公共时钟显示的时间是差二十分钟到六点。他把湿漉漉的头发往后一捋，开始寻觅那个漂亮的女厨师。

他先原路返回，回到更衣室所在的入口处。他在那里站了一小会，暗中希望能够看见她进来。这时他看到条凳上空出一个位子，坐在那里可以很好地观察入口处，于是赶紧过去一屁股坐下。没过几分钟，他发现这么坐着太荒唐，因为不断有人到他身边落坐，有的干脆把他挤到一旁。他们坐在这儿无非是擦擦脚，穿穿鞋袜，而随着时间的推移，他也清楚地意识到自己坐在这里会显得很傻，所以他坐在这张荒唐的穿鞋凳上浮想联翩起来：要是卡特琳——他轻声念叨这个名字，纯粹为了训练自己——进门就看到他的话，他恐怕就像一个寻找妈妈的小弗朗克了。既然如此，雷曼先生想，我就可以在胸前挂一块牌子，写上“我是为了你到这里来的，我跟傻瓜似的等待你”。想到这儿他站起身来，准备溜达一圈，他想使自己和漂亮的女厨师的约会带点不期而遇、随随便便的意味，见面的时候应该来一句“哈啰，你也来啦，太好了”，他想，他们是两个自由进出同一个公共设施的人，碰面的时候应该无拘无束，他们相识不久，彼此都还想入非非，他想。

但也不能排除另外一种情况，雷曼先生脚下吧嗒吧嗒地踩着消毒池水，再次朝游泳池方向走去，耳朵里还听着广播——什么两岁大的小马可正在找妈妈啦，什么禁止从游泳池的两侧跳水啦——脑子里想着问题，她没准儿已经在这里面什么地方了，他想，他绕着深水池走，边走边逐个巡视躺在地上的人，同时悄悄问自己她会穿什么，是比基尼还是游泳衣，他猜是游泳衣，因为他觉得游泳衣的魅力大得多，而且就她那近乎粗壮的身体而言，她穿游泳衣要比穿被他视为错误时尚的比基尼好看得多。她很有可能一下班就赶过来了，他想，这天又热又闷，这种天气在九月显得很不寻常，大家都急着朝游泳池跑，我在水里那一会儿她可能就已进来了，雷曼先生一边想，一边巡视这平缓的台阶，但他尽量不惹人注意。由于很多女的都是光着上身晒太阳，他不好意思进行地毯式搜寻，他知道，如果他东张西望地找人，一眼望去又尽是坦胸露乳的女人，那他很容易背上偷窥癖的恶名，何况他已接二连三地认出了蜂拥酒吧的顾客，其实他认识的顾客和酒友全在这里，有几个已经认出了他，还举手甚至是挥手向他致意，这不啻为一种难堪，他真不希望她们看到他这有失体统的样子。

所以他继续往前走，在经过暂停使用的三米跳台之后，他便从深水池来到浅水池和多功能池，尽管他相信漂亮的女厨师卡特琳不是那种上浅水池或者多功能池找乐趣的人，至于说她去不去多功能池，他却没有十分的把握，所以他还是往前走，他要眼见为实。没准儿她就喜欢多功能池，雷曼先生想，尽管他对多功能池知之甚少，他只知道有这么个设施，还带着一个官僚气十足的名字。多功能池在左边，而且位置较高，不走上去就没法一览无余。雷曼先生于是往上走，但他必须小心翼翼地在那些躺在石头地面上的大家庭中间穿行。多功能池边几乎没有地方让人躺，因为它被环抱在一圈矮墙当中，谁乐意坐在光溜溜的水泥板上面呢，雷曼先生想。这里只有冒失鬼和老头儿老太太，他们都嫌对方碍事。在另一头是用绳子隔出来的浅水池，他用不着过去了，那边再往后走，是一大片日光浴草坪，但她多半不会去那儿，这不符合她的性格，雷曼先生想。

她不是那种人，雷曼先生想，他正顺着呈不对称形状的宽阔浅水池朝小卖部方向走，他的眼光在右面深水池的游泳者中间搜寻，她是不会游了几下就瘫软往草地上倒的，他一边想，一边高一脚矮一脚地踩着消毒池水前行，突然间他发现自己已经走到小卖部跟前，这里排队的人已经少了一些。接着他向右拐，他想再看看入口处的情况，同时也想从挂在藏衣柜里的裤兜里取点钱，因为在这地方似乎只有小卖部不让他感到生疏。

这是唯一可行的办法，雷曼先生边想边来到更衣室，我穿上衣服坐在外面喝咖啡，他想，这样我不但可以监视入口处的情况，看起来也不再像一个穿着新科恩买来的大花游泳裤晃悠的傻冒了，等我看到她的时候，他想，我就告她我已经游过泳了，现在只是喝喝咖啡，这真是天才构思，还一点没撒谎。他的确按照自己的构思行动，边穿衣服边朝入口处看，但他还是没见到她，于是就到小卖部前面排队去了。

问题是，他的思路被一帮蹦蹦跳跳的小孩子打断了。他们拼命朝前挤，忽左忽右地指点想要的东西——多半是甜食，但是他们老拿不定主意。一会儿要这个，一会儿要那个，最后才松开湿漉漉的拳头，把手心里的零钱拨来扒去，脑袋里还不断核算钱数。他们人很多，雷曼先生想，他们会越来越多的，他们彼此都认识，都让对方加塞儿。问题是，他回到了刚才的思路，我怎么才能撞见她。假设她现在就进来，并且直接去深水池，他想，那我可就完蛋了，她会在那儿一直游，游完就回家。我的当务之急，他想，就是尽快去外面占一个看得见入口处的位子。

幸好小卖部所处的位置较高，这让雷曼先生感到一丝安慰，可一看自己所排的队伍仍然以蜗牛般的速度向前移动，雷曼先生又惴惴不安起来。再说，他想，我又不能呵斥这些孩子，我要是那么做就有悖于社会规范，结果会适得其反，雷曼先生想。他很佩服柜台后面那个女人，她有着天使般的耐心。虽然那些蛇形的、鬼怪模样的、鳄鱼形状的橡皮糖和类似的东西只给她带来了微薄的营业额，但她却以一种堪称模范的和善态度来满足小顾客们的愿望，来应付他们变来变去的想法。她真的喜欢那些小坏蛋，雷曼先生想。他也因此对她产生了好感。我们都应该这样，他想，站在柜台后面的人就得这样，他想，柜台前面人人平等，我们不能先问别人是要贝克啤酒、百威啤酒还是恩格尔哈特啤酒[4]，更不能等着别人回答之后再决定自己的态度，不能这样，从这个女人身上的确可以学点东西，雷曼先生想，但这些想法并没有打消他的不安，他只盼着尽快端着他的咖啡去占领那个监测点。

“喂！喂！该你了。”

“他不还没完吗？”雷曼先生边说边指向一个小男孩。

“他还没做决定，”那女的笑着回答，“要什么？”

4. 恩格尔哈特（Engelhardt）：产于德国巴特黑斯费尔德的啤酒老字号，创办于1861年。

“请来杯咖啡。”

“自带杯子吗？”

“必须这样？”

“不是的，”女的说，“不过您得出两马克押金，我是怕您对价格产生疑问。”

“我明白。”说话间雷曼先生觉得肚子有点饿了。

女的端上了咖啡。“就这些？”

“不不，嗯，我来点——来点——”他的眼光在右手的陈列柜上扫来扫去，里面东西不多，只剩下几个小小的塑料盘子，上面摆着牛奶甜饭什么的，另外还有点酥炸鱼块，那东西还得先进油锅里炸一下，那时间可长了。“——我来点——嗯——那就——算了吧。”

“那边还有点蛋糕，别的就没了，小圆面包卖完了。”那女的很耐心地给他解释，雷曼先生有点不好意思，因为排在他身后的队伍早已一动不动了。

“好吧，就来蛋糕。”他赶紧完事。

“哈啰，雷曼先生！”

他回头一看，原来是老朋友尤尔根突然出现在身后。

“劳驾拿四瓶啤酒来。”

“再来四瓶啤酒。”他机械地对那女的说道。

“舒尔特海斯还是金德尔？”[5]

问得好，雷曼先生想。“舒尔特海斯还是

5. 舒尔特海斯（Schultheiß）和金德尔（Kindl）：柏林的啤酒老字号，创办于1842年。

金德尔？”他问尤尔根。

“随他妈的便。”尤尔根说。

“舒尔特海斯。”雷曼先生说。他觉察出后面排队的已经烦躁起来。

“再拿盒火柴。”尤尔根喊道。

“还有火柴，”那女的边说边把火柴放到柜台上，“别的不要了？”

“不要了，不要了。”雷曼先生显得很尴尬，他赶紧付钱。

“全他妈瞎扯淡。”尤尔根嘟嘟囔囔地在他身边冒了出来。他是来帮他端啤酒的。

“你在这儿干吗？刚才我们就看到你了。”他又补上一句。

“我们是谁？”雷曼先生问。

“别人和我。”尤尔根心不在焉地回答。

“嗬。”雷曼先生的话略带嘲讽。

尤尔根没有察觉。他们一起往外走，一出门他就高喊：“弟兄们，看看谁在这儿，雷曼先生！”

“哟！雷曼先生，我们刚才已经对你表示了钦佩。”

“那条时髦的游泳裤跑哪儿去了，我倒很乐意再细细地欣赏一番。”

尤尔根说的别人是指马可、克劳斯、米夏埃尔。他们坐在一张桌子边上等啤酒。雷曼先生跟他们都很熟，他跟马可、尤尔根一起在兔子酒吧干过。这个酒吧被埃尔温转卖了。埃尔温认为他们太钟情于免费啤酒；埃尔温的确是这么说的。埃尔温大学里读的德国文学，所以时不时地要来一句文绉绉的话。现在马可和克劳斯效力于尤尔根的店子，也就是垃圾酒吧，垃圾酒吧就在雷曼先生工作的蜂拥酒吧隔壁。尤尔根把他的店子命名为垃圾酒吧，无非是想气气埃尔温，因为两家店之间并不存在真正的竞争关系。垃圾酒吧总是在蜂拥酒吧打烊之后才热闹起来，所以通常都至少开到上午九点。在那儿的还有米夏埃尔，人称米夏，他和尤尔根、马可、克劳斯形影不离，但谁也闹不清他究竟靠什么挣钱，他大概做些记者活儿吧。雷曼先生来到他们的桌子坐下。

“瞧瞧，我们的雷曼先生又喝咖啡又吃蛋糕。”

“这又好看又营养。”

他们拿起自己的啤酒，为雷曼先生干杯。雷曼先生不在乎他们的废话。他们没有恶意，他喜欢他们。放在平时他会很高兴在这里碰到他们，尽管——说实在的——他几乎没有哪一天不在什么地方碰到他们。

“我从来都讲没有哪天下午可以缺蛋糕和咖啡嘛。”

“星期天尤其不能缺。”

雷曼先生现在面临的问题是，他很难从他所在的地方瞭望王子游泳馆的入口处。他当然别无选择，他只能跟他们坐到一起，他不可能独自坐到一张位置更好的桌子去，否则他如何跟他们解释呢?

“瞧瞧雷曼先生，总是一副运动姿态，总是全神贯注的样子。”

“你们都是白痴。”雷曼先生宽宏大量地说，说完又嘬了一口咖啡。他这模样叫大家看着很开心，大伙儿都乐了。

“你吃什么好蛋糕，”马可边问边弯腰凑近看，“看着像康德的物自体。”

“什么是康德的物自体？”

“忘了。和认识问题沾点边。”

“圆形蛋糕。那女的说是圆形蛋糕。”

“换了我，说话得谨慎，非常的谨慎。”

“你们到底在这里干吗呀？固定餐会，是吧？”

“每个星期天，”尤尔根说，“我们都来这里。马可还有一张卡。”

“拿来喝酒的吧？”

满桌哄然大笑。“瞎扯，”克劳斯边说边举起两只粗壮的手臂，“游泳，坚强如钢，坚强如钢。我们刚才还欣赏了你的英姿，你的动作真棒。你说说你干吗老往后靠？难道有什么幕后事情我们不知道吗？”

“我还以为看见了某某某呢。”雷曼先生的回答显得很随便。

“雷曼先生总能见到点我们没有看到的东西。怪不得他这么快就从游泳池里出来了，原来他是看见了点什么。”

“你是在搞超强训练吧，雷曼先生。”

“你别再他妈的说什么雷曼先生了。这没什么劲。也够烦人的，我是说游泳池。”

“是啊，星期天情况总是很恶劣。星期天是一个良莠分明的日子。”

“你们要老是星期天来，那可是咎由自取了。”马可边说边摸着戴在头上的游泳眼镜玩。

“你也是一个酷爱运动的人，”克劳斯说，“我再来一杯啤酒。谁还要？你呢，弗朗克？”

“免了，回头我还得干活。”

“大家都一样。”

“好吧。”

“你的杯子可以收了吗？”一个矮胖少年问。

“没看我还没喝完吗？”

“我以为你要了啤酒。”那小子说。

“你说说，你是在这儿偷听还是干什么的？而且我还有两马克押金呢。”

“知道，”那小子说，“所以才问嘛。”

“看嘞，卡尔来了。”尤尔根说。

雷曼先生朝尤尔根手指的方向看去，那的确是他最好的朋友卡尔，旁边是卡特琳，那个漂亮的女厨师。她一身黑色泳装，倾国倾城。

“他身边那个胖女人是谁呀？”马可问。

“现在我可以收这个杯子吗？”矮胖子不屈不饶。

“滚一边去。”雷曼先生说。卡尔和漂亮的女厨师经过小卖部，朝日光浴草坪走去。他没看她，她也没朝这边看。她肩上搭着一条白色毛巾，迈着笔直而优雅的步伐。雷曼先生不明白打着光脚怎么会走出这等风采。别的人，包括卡尔在内，走起路来都形同鸭子，唯有她仿佛迈着轻盈的舞步。

“哈啰！”雷曼先生朝那边喊，“哈啰，卡尔。”他暗中希望她也朝这面看。

“傻 ×。”矮个子少年骂道。

“哪个卡尔？”米夏埃尔问。他没戴眼镜。

克劳斯正端着啤酒回来。“咱们的卡尔？”他问道。

“对，咱们的卡尔。”尤尔根说。

“哦，咱们的卡尔。”米夏埃尔恍然大悟。

“哈罗，卡尔，过来一下。”克劳斯粗着嗓子喊。这下喊出了反应。两人都朝这边看。雷曼先生向他们挥手。卡特琳，那个漂亮的女厨师也挥手应答。他们俩说了点什么，然后就过来了。

“哈啰，”卡特琳说，“你真来了。”她站在他身边，还低头看他。幸好，雷曼先生想，我没穿那条新科恩游泳裤。

“你们这帮沆瀣一气的家伙又凑到一起了，”卡尔先和众人打招呼，然后朝雷曼先生的肩膀砸上一拳，“怎么样，已经像模像样地游了几圈？”

“他那样子俨然是克罗伊茨贝格的马克·施皮茨[6]”，马可不动声色地评论说，“刚才我们看见他了，他那样子才叫绝。”

“可你们现在坐在这儿喝啤酒。”卡特琳这话似乎是对大伙儿说的，但雷曼先生觉得是说给他听的。

6. 马克·施皮茨（Mark Spitz）：美国游泳健将，曾一人独得（1968 年和 1972 年奥运会）七枚金牌。

“不对，我只是喝咖啡。”他边说边指指他的杯子，杯子边上立着那瓶还没开启的啤酒。

“怎么回事，”克劳斯说，“我还以为你要一瓶呢。”

“不，我还得工作。坐下吧。”他对卡特琳说。她拉过一张椅子就坐，他最好的朋友也坐下了。

“这是什么呀？”卡尔指着雷曼先生的圆形蛋糕问。“圆形蛋糕，味道不错。”

“尽管吃。”雷曼先生说话的时候仍然盯着卡特琳看，她的目光也很耐人寻味。“回头我还得干活。”

“什么时候？”

“八点。”

“噢。有谁知道——”她问大伙儿，“——这里几点关门？”

“我想游泳是七点半结束，”马可说，“八点钟清场。”

“既然这样，就赶快去游一圈吧。”卡尔说。

“你今晚上还要干活？在哪儿？”卡特琳问。

雷曼先生给她解释了两句。

“嘻，也许我会去看一眼的。那儿好吗？”

“很难说。我没法判断。”雷曼先生说。

“好吧，”说着她站了起来，“我先去游泳，回头见。”她向众人告别，走了。

“这是谁呀？”马可问卡尔，“你在哪儿和她勾搭上的？”

“她是我们那儿的厨师。弟兄们，现在我也去游一圈，”卡尔边说边站起身，“这应该有益于健康。”

“瞧你那模样，”马可边说边打量卡尔那硕壮的身体，“你下水和众多的游泳者一比，恐怕就只算得上一台笨重的柴油发动机。”

“我们不看谁游得快，”卡尔竖着食指说，“我们看排水量。”

他跟在漂亮的女厨师后面走了，大伙儿都望着他的背影。雷曼先生再次问自己，卡尔一夜没睡怎么还如此活泼。也许是因为游泳吧，雷曼先生想，他对运动的嗜好可能超出了我的想象，他毕竟还有一张游泳卡。

“他想跟她怎么着？”马可问雷曼先生。

“问这个干吗？她在市场大厅饭馆工作。”

“这啤酒怎么办？”克劳斯问。

“给我吧。”雷曼先生说。

“现在可以把杯子收走吗？”那矮胖小子突然又钻了出来。

“行，拿走吧。”

“但是你还没喝完。”矮个子说。

“我以为你不要这啤酒了，”克劳斯说，“我想你还得干活。”

“你给喝了呗。”雷曼先生逗那矮个子。他扭头对克劳斯说：“给我吧，没关系。”

“傻 ×。”矮个子骂了一句，端着杯子走了。

“没关系，”雷曼先生又说一遍，“不是我的班。我还睡了一觉，被搞得迷迷糊糊的。嗐，”他若有所思地补上一句，“也许我应该躺在床上不起来。”

“下午睡觉感觉怪怪的，”米夏埃尔说，“老是做一些稀奇古怪的梦。”

第六章 晚餐

晚上，折腾了一整天的雷曼先生很高兴终于回到自己的工作岗位。其实他很乐意上班。每当他走进蜂拥酒吧那凉飕飕、阴森森的昏暗氛围的时候，每当他呼吸到一股熟悉的、由香烟味啤酒味脂粉味混合而成的味道时，他总有一种安稳的、老友重逢的感觉。下午当班的是两个男同，一个是大概两年前从东面跑过来的西尔维奥，另一个是他以前的男朋友斯特凡。一看雷曼先生前来接班，两人都兴高采烈。

“今天尽是迷人的客人，雷曼先生，真是令人心醉。”

“我叫弗朗克，你这个东德土老帽。”雷曼先生的愉快心情溢于言表。

“斯特凡，你可听见了，雷曼先生叫我东德土老帽。”

“别再烦雷曼先生了，他够不容易的。今天他有幸再次和埃尔温合作。”

“怎么又碰上埃尔温？”

“维伦娜今天不来。她不舒服，可怜的东西。”

“就没别的人顶替吗？”

“埃尔温好像人手不够。”西尔维奥说。“起初他还没有班给我上呢，现在他妈的遇到麻烦了。他九点钟来，是他让我转告你的。我得赶紧走了。”

“我也是。”斯特凡接着说。

“祝你和埃尔温合作愉快。”他们乐得哈哈大笑，把雷曼先生一个人留在柜台后面。

这时候酒吧里没什么生意。只有一个客人，他坐在吧台边喝小麦啤酒。雷曼先生已经认识他了，他经常坐那儿，叫福尔克什么的，专喝小麦啤酒。屋子外面的桌子边上也坐着几个，他们几乎是纹丝不动。马路上也是静悄悄的，空气又闷又热。稀稀拉拉的过路行人个个步履艰难，好似在水底爬行的蜗牛。今天晚上会很难受的，雷曼先生想。

第一个钟头潺潺流水一般过去了。雷曼先生喝了一杯又一杯的茶，吃了白天剩下的三明治。他最喜欢有些松软的三明治，而三明治在蜂拥酒吧待上漫长的一天之后就是这种效果。这是维伦娜做的，埃尔温的店子所出售的三明治几乎全都出自她的手，她也由此多挣一份工资。为了他雷曼先生的缘故，她给蜂拥酒吧的三明治抹了特别多的蛋黄酱。雷曼先生无所事事，只是偶尔从外面进来个把人拿饮料，或者是坐在吧台前面那个可能叫福尔克的再要一杯不加柠檬的水晶型小麦啤酒，或者是进来一个半大小子用银币买香烟。雷曼先生珍惜这时光，这使他有机会沉思冥想。他想了一会儿卡特琳，就是市场大厅饭馆那位女厨师。他又一次设想和她共同生活的情形，但他的想象无法深入。想象和一个在星期天去王子游泳馆、又并不十分在意他的女人过日子，这并不容易。她可能看我挺傻的，天晓得她还有什么怪癖，他边想边望着外面的马路。这种事情还是不知道为妙，想到这儿，他顺手拿了块抹布把吧台后面擦一擦。

老板埃尔温九点钟准时到达。随之而来的是一片忙碌。

“伙计啊伙计。”他边说边泡他的牛奶薄荷茶。雷曼先生最讨厌他这习惯，埃尔温身上还有许多讨人嫌的地方。“伙计啊伙计。”他又说了一遍，话音一落又唉声叹气。埃尔温是不折不扣的施瓦本人，也是标准的克罗伊茨贝格居民。他很早就来到此地，花了几年时间建立了一个小小的酒吧帝国。他的帝国西起约克大桥，东到西里西亚门。最近他还尝试在勋内贝格开酒吧，可是“那边的情况不一样”，他告诉雷曼先生，“那边做事没这么简单，必须拿点绝招出来”。在雷曼先生看来，这话其实也道出了埃尔温的本性。据说十五年前，也就是上大学的时候，埃尔温仗着一笔小小的遗产把他的第一个酒吧买了下来，然后他率领一伙精心挑选的大学生打工仔打败了当地的餐饮业。有人说他是百万富翁，但他的生活方式活像一个靠社会救济过活的人。现在他是满脸憔悴，胡子拉碴，头发也油腻腻的。他站在那里吸溜着他的牛奶薄荷茶，时不时地揉揉自己的泪囊，嘴里嘟囔着“伙计啊伙计”。

“埃尔温，”雷曼先生轻轻松松地问，“怎么了？”

“别问了。”埃尔温回答。

“你来这儿干什么呀？维伦娜病了？或者是别的原因？”

“全都犯神经。什么偏头疼啦，什么受不了天气啦，就跟我要和她们做爱似的。”

“哦。”雷曼先生和维伦娜做过一回爱，所以反应很谨慎。“那也可能是真的。很多人都受不了这天气。”

“那我呢？有谁问过我偏头疼犯没犯？”埃尔温稍做停顿了一下，把音乐声调大，同时又压低了嗓门。“这些人吸毒吸多了，我告你吧。”他说话的样子跟赌咒发誓似的。

“维伦娜不是这种人。”

“你懂什么，”埃尔温说，“即便你看到谁的鼻孔里飘出粉尘，你也不会想到那是在吸可卡因。你以为你是谁呀，雷曼先生？”

“你跟我你来你去的，但叫我雷曼先生，哪有比这更糟糕的组合，”雷曼先生说，“这种事情只会出现在德罗斯帕[1]的收款处。”

“你这人冥顽不化。你去参加私人聚会的时候会暗暗惊叹：嚯，他们精神真好啊。你哪儿知道背后的事情。你那懵懂无知的样子也的确很可爱。”

“得了，埃尔温，你又在胡扯了。”

“现在放的是什么音乐？你放的唱片？”

“不知道。”雷曼先生说，此前他一点都没有关注此事。和平时放的那种摇滚乐不同，这音乐没有唱词，只是嘣嘣作响。雷曼先生觉得无所谓，他对音乐一窍不通，照他看来，酒吧里放音乐只是方便大家心安理得地相互吼叫。

1. 德罗斯帕（Drospa）是一家价格低廉的杂货店。

“我不明白这是什么音乐。这还是西尔维奥和斯特凡选的唱片。”

“告诉你，男同们都是先锋派。这是仓库梦幻音乐[2]，雷曼先生。”

“弗朗克。”

“这是新玩意儿。他们做毒品生意，兄弟。我的一个哥们儿最近到勋内贝格参加了这么一个聚会，他们一口气搞了两三天，搞得遍地屎尿，最后竟然不嫌脏不嫌臭，在地上操起 × 来。”

“注意点，埃尔温，什么乱七八糟的，”雷曼先生说，“你想说什么呀？”

“弗朗克！”埃尔温竖起了食指。

“等一等。”雷曼先生说，其实他根本不想听答案。外面的人慢慢多起来，有的还找不到位子，有的进来了，但也有人端着啤酒三三两两站在马路边，或是干脆往公共汽车站的凳子上坐。雷曼先生先得伺候几个站在吧台前面耐心等待的客人。蜂拥酒吧的客人总是彬彬有礼的。埃尔温阴郁地点点头，自己却闲着。

“叫他们别待在公共汽车站。”埃尔温突然大叫，还噌地从他坐的高脚凳上跳下来。“巡警又会找我麻烦的。”

“他们也许是要赶车。”雷曼先生辩解道，他正忙着开瓶子收钱。

“这话朝柏林公交局说去，”埃尔温嚷道，“他们已经投诉我们了，这是巡警说的。知道吗，叫人关门他们可是易如反掌。”

“我的上帝，埃尔温，你现在放松点，”

2. 仓库梦幻音乐（Acid House）：二十世纪七十年代末出现的一种追求致幻效果的音乐。一度谣传这种音乐的诞生地——美国芝加哥仓库夜总会——曾经利用通风设备释放致幻毒品麦角酸酰二乙胺，所以得名仓库梦幻。

雷曼先生说，“你的火气太大。你可能太累了。”他架设起一座黄金大桥，想过渡到另一个话题。但埃尔温不配合。

“他们又在大搜捕了，勋内贝格的窝点已经给查封了，还不是因为毒品。”

“那是勋内贝格，”雷曼先生尽量给他降温，“克罗伊茨贝格这帮人最多吸食大麻。”

“还有这各种各样的脱氧麻黄碱。”雷曼先生把嘣嘣嘣音乐的声音越调越大，埃尔温不得不扯着嗓子喊，“他们在克罗伊茨贝格吸食什么样的脱氧麻黄碱，这个你知道吗，可卡因都甭提了，知道吗，如果这儿来个大搜捕，他们有什么东西搜不出来？”

店里要饮料的人越来越多，连埃尔温都注意到了，他跟着干了起来。让雷曼先生遗憾的是，手头的活儿并不妨碍埃尔温继续扯他的废话，尽管他讲得很不连贯。

“那帮用麻醉品的……有新出来的玩意儿，什么灵魂出窍迷幻药……还有那各种各样的人造毒品……”

雷曼先生不再听他唠叨。他认为埃尔温的问题在于他每到周一就看《明镜》周刊，而且太把里面讲的东西当回事。外面的种种迹象表明雷雨将至。人们走路的样子很滑稽，有点手忙脚乱的，雷曼先生想。附近一个消防队的救火车闪着蓝灯呼啸而过，接着又是一阵狂风，把路上的尘土和垃圾吹得四处飞扬，把遮阳伞撞得砰砰作响。

“埃尔温。”他打断了老板的话。老板还在唠叨毒品、唠叨别人要封他的酒吧等事情。“埃尔温，我去把阳伞拿进来。”

“好的，好的，”埃尔温大声应道，他刚刚给自己斟了一杯他自己命名的特酿白兰地，“好主意。你是我的得力干将，雷曼先生！”他举杯祝福雷曼先生。

雷曼先生去厨房里抄上一根长摇把就往外走。就在他卸伞的时候，天上洒起了雨点儿。在这种节骨眼上撤走别人的保护伞，受害者们当然要嘻嘻哈哈地给他起哄。转眼间下起了倾盆大雨，人们一窝蜂地往酒吧里冲，外面只剩下冒雨工作的雷曼先生和躲在公共汽车站里面的客人。他们挤作一团，同时又给雷曼先生呐喊助威。当大功告成的雷曼先生走进酒吧的时候，他已经被淋得精湿，让埃尔温看着不放心。

“伙计，我的天，你这样子可没法继续干活了。你都湿透了。我去上面给你拿件T恤衫来。”自从和老婆孩子分开后，埃尔温就搬到蜂拥酒吧楼上住了，这么住着方便。正因如此，他也只在这儿帮帮忙。特酿白兰地喝得埃尔温通体舒服，他的神情轻松了许多。“喝一口吧。”他晃了晃写有他名字的特酿白兰地酒瓶。

雷曼先生谢绝了烧酒，但很想穿那件T恤衫。为了埃尔温的遮阳伞去感冒一场，他觉得这实在是太离谱了。现在酒吧里面已经挤满了人，人们或是擦肩而过，或是相互避让，空气中弥漫着汗味儿和衣服淋湿之后发出的气味。气氛非常好，躲雨的共同经历有助于创造这种气氛，大家都开怀痛饮。雷曼先生对这没有意见。人多的时候，他很高兴站在吧台后面。他喜欢忙忙碌碌，喜欢手不停脚不住，这总比东站站西靠靠好吧，他又一次产生了这种想法，这时在吧台的另一侧已是热闹非凡，一些人在喊，一些人眼巴巴地望着他，还有一些朝前挤，站在第二排的只好挥舞钞票，人人都想引起他的注意，但他一眼就能看出谁是下一个，谁又在加塞儿。他绝对是个能人，他动作娴熟，而且用一种在酒吧业中无与伦比的速度来处理各种事情：他收拾啤酒杯，用苏打水和葡萄酒调配绍勒酒，给人往杯子里倒酒的时候根据熟识程度和好恶决定量大量小。他又算账又收钱又和熟人朋友打招呼，他还一会儿请这个一会儿请那个喝一杯——这些事情他都干得有滋有味。

过了一会儿，埃尔温出现了，一副感觉良好的样子。他红光满面，冲雷曼先生咧嘴一笑，把一件揉得皱巴巴的 T 恤衫塞到他手中。

“把衣服给换了，去厨房里吧，这里有我呢。”他宽宏大量地说道。

雷曼先生对他的承诺将信将疑，但说到底他也无所谓。这毕竟是埃尔温的店子。进了厨房，他看见用来装废旧瓶子的垃圾桶边上有一张二十马克钞票。这是埃尔温用来考验员工品行的，他这一招路人皆知，而且一再成为众人的笑柄。雷曼先生把钞票塞进兜里，脱下湿透的 T 恤衫。埃尔温给他的新 T 恤衫上面印着“斯图加特足球队：1983/84 赛季德国冠军”。埃尔温总有惊人之举，雷曼先生想。

当他回到吧台的时候，埃尔温正在给自己斟第二杯酒，吧台外侧的人却是叫天天不应，叫地地不灵。“穿你身上真棒！”他竖起了拇指大声说道。这个动作让雷曼先生感到很难堪。

“埃尔温，听我说，”他说道，“这二十马克是我刚刚在厨房里发现的，会不会是我的？我最近好像还真丢了二十马克。”

“二十马克？”埃尔温故作天真地问，随即掏出了钱包。他在里面翻了翻，说：“等等，不对，这可能是我刚才忘在那里的。反正这里没了。”

“忘在桶边？”

“是啊，不对，一定是掉下去的。”

“你拿二十马克钞票上厨房干吗，埃尔温？吸白粉？”

“去你的，胡扯什么呀。这是我的钱，真的。”

“此话当真，埃尔温？说到底这钱是西尔维奥和斯特凡的。刚才是他们俩当班。”

“不是，不是，”埃尔温真急了，“我敢肯定这钱是我的。”

“也许我们应该把钱存在这里，等问了他俩再说。”

“这事我来办，”埃尔温说着便伸手抓那钞票，“放心好了。”

雷曼先生没兴趣再玩这无聊的游戏了，他转身去招待客人。外面大雨如注，雷鸣电闪。酒吧里的人则是心花怒放，心驰神往地望着窗外。音箱里传出节奏均匀的嘣嘣嘣音乐，雷曼先生已经把音响设到自动回放上。这种时候没有人来也没有人走，大家都是待哪儿算哪儿，一醉方休，所以油然而生一种解脱感。这有点类似高温放假，只不过背景相反罢了，雷曼先生边想边朝地下室走，他赶着搬几箱啤酒上来。

到他上来的时候，埃尔温已经离开吧台，找到几个熟人划拳喝居默林酒[3]。雷曼先生越来越清楚地意识到，今晚余下的时间里他得一个人顶着干了。在随后的两个钟头里，外面依然大雨滂沱，看那架势就像是慈爱的上帝要一劳永逸地把克罗伊茨贝格冲洗干净似的，除了埃尔温率领酒吧里的衮衮诸公一醉方休，酒吧内外没什么动静。当一串消防车鬼哭狼嚎似的飞驰而过的时候，人们兴奋得狂喊乱叫，那个总是坐在吧台边上喝小麦啤酒、可能是叫福尔克的人想拉着雷曼先生谈天气。"如果雨点在地上、在水坑里打出了水泡的话，雨很快就会停，很快就停。"

雷曼先生点头不语，还送他一杯没加柠檬的水晶型小麦啤酒，以酬谢他的高见。没活儿的时候，他就望着雨幕发呆。夏天似乎就要过去了。这对他是件好事。虽说他喜欢夏天，这是柏林的黄金季节，他也死活不明白人们为什么专挑夏天外出度假，可话又说回来，夏天带有挑战意味，一到夏天雷曼先生就有压力，他不能辜负好天气，他必须伙同朋友们干点什么事儿，烧烤啦，郊游啦，湖边游泳啦……雷曼先生并不十分看重这些活动，他的朋友们同样不以为然，但由于从理论上讲是可以从事这些活动的，所以不做这些事情他便若有所失，感觉没有充分利用、甚至是浪费了晴好天气。这一年中剩下的时间倒没那么复杂。如果外面是一片灰蒙蒙、湿漉漉的景观，是——这样更好——一个寒冷的、被弄得脏兮兮的白色世界，他就可以心安理得地捧本书在床上消磨一天，一直磨到天黑上班。这么考虑问题其实没道理，他眼望雨幕，暗暗告诫自己。这跟

3. 居默林酒（Kümmerling）：一种健胃苦味酒。

谈论生活内容一样无聊，雷曼先生想，你以为不能辜负夏天，实际上你已经辜负了，你尽情享受夏天就是了，你也不会因此内疚，他想。嗐，夏天就要过去了，想到这里他竟有些伤感。这时一辆摇摇晃晃、灯火通明的双层公共汽车进站了。只有一个人下车，但雷曼先生一看那身段和走路的姿势就知道是谁。她没有披雨衣，身上穿着T恤衫和牛仔裤。一下车她就赶紧钻进站台躲雨。

他走到门口大声喊："卡特琳！"

她没有反应，虽然他很夸张地朝她挥手。可能不是她吧。"哈罗！哈罗！"雷曼先生再次扯尖了嗓子喊。

这回她跑了过来。真是她。她冲进酒吧的门洞，站到雷曼先生跟前。

"真倒霉，"她说，"我的鞋湿了。"

"想喝点什么吗？我在这儿干活，"雷曼先生说，"我得进去了。"他补上一句。他离她太近，连她湿热的头发气味都闻得着，这让他很不自在。

"本来我想回家，"她说，"我的头发湿了，脚上也湿了。"

"明白，"雷曼先生说，"是得采取点措施。绝对。"

她乐了，碰了碰他的胳臂。"你是个怪物，"她神秘兮兮地说，"你在这儿干活？"他们仍然站在门洞里，说话的时候她朝酒吧里面看了一眼。

"瞧，这就是蜂拥酒吧。"

“我还真不知道。我经常路过这里，拐角就是我住的地方。门口没有招牌。”

“是吗？”雷曼先生大为惊讶，虽说在这里干了好几年，但他从来没注意到。“应该跟埃尔温说说。”

“嗯，”她有点迟疑不决，“我想我得先回趟家。拐角就是我住的地方。”她又说了一遍。

“噢，是吗？”雷曼先生说。

“我最好先换身衣服。”

“嗯，应该这样。”雷曼先生说。

“没准儿我待会再来。现在到底几点了？”

“不清楚，”雷曼先生说，“十一点，十点半，谁知道。”

“都这么晚了？”

“是是，肯定是的，”雷曼先生说，“不过我们至少开到二点，多数时候是到三点、四点。”

“嗯，可是这——这对我来说也太晚了。”

“当然，是这样的。”雷曼先生说。他们还站在门洞里面，所以时不时地要进来个把人从他们两人中间挤过去，每当遇到这种情况，他们就尽量保证视线接触不被中断。“可是这才十一点，十一点半……”

“对，我先得换身衣服。我的头发也淋湿了。”

“好吧，”在她打量他的T恤衫的当儿，雷曼先生鼓起了勇气，“待会儿你真的再来，我会很高兴的。”

“真的吗？”她娇滴滴地问，还冲他莞尔一笑。

“当然，”雷曼先生说，“我要请你喝一杯。这件T恤衫不是我的，”他见她还盯着T恤衫看，就赶紧予以澄清，“这是埃尔温给我的。刚才我也被淋湿了。”

“嗯，这雨说来就来，”她说，雷曼先生真希望她是因为不想走，才跟他说这些没头没脑的话，“我刚从一个朋友那儿过来，在夏洛滕堡[4]。”

“夏洛滕堡，挺远的。”雷曼先生说。

“嗯，是够远的。”

“我说，”雷曼先生说，“我们不能待在这儿。我想我得干点活了。”

“嘿，这不是埃尔温嘛。”她边说边朝埃尔温挥手。埃尔温已经回到原位，倚着吧台站在那里。他木呆呆地朝这边看，脸上没任何反应。

“他怎么了？”

“说来话长，”雷曼先生说，“你先进来。”

“算了，我走了，”她说，“也许待会见。”

“好吧，”雷曼先生说，“也许待会见。”

她走了。雷曼先生也转身进去。

随后的一个小时过得平淡无奇。雨不知不觉地停了，酒吧客人一个个地往外走。埃尔温上了一趟楼，说是要洗个澡，下来的时候他又变得精神抖擞。他劝雷曼先生喝烧酒，雷曼先生却意志如钢，坚持喝茶，或者——按埃尔温的说法——红茶。施瓦本人把茶统统称为红茶，这种习性把雷曼先生气

4. 夏洛滕堡（Charlottenburg）：意为夏绿蒂王宫，西柏林的一个城区。

得快要发疯。昨夜的经历对雷曼先生是一个警告，喝烧酒不是什么好事。他现在都不敢肯定自己是否真的遇到一条狗，但如果真的存在这么一条狗，那么它一定还待在外面某个地方。或者在宠物收留所。他无论如何也应该保持清醒。快到一点钟了，对她过来的事情他已不抱希望，他拿了瓶啤酒犒劳自己。酒吧里面坐着稀稀拉拉的几个客人，该下班了。

他突然听到令人警觉的声音。因为酒吧里还放着嘣嘣嘣音乐——也就是埃尔温所说的仓库梦幻音乐，而且音量一点没小，所以冲突升级之后才惊动了站在吧台后面的雷曼先生。他发现埃尔温在和站在里头角落里的一个客人吵架。雷曼先生走了过去，以防万一。他对埃尔温不放心。他个子矮小，也说不上壮，可他一旦发起酒疯来，就什么事都干得出来。

“小子，把你的大麻烟给掐了，要不滚出去。”

“怎么了，这可是普通香烟。”

“想耍我，脑子不正常吧。不能在这儿卷大麻。你必须带着这玩意儿出去。”

“老家伙，我买了你们一瓶啤酒，你甭想撵我。”

“你以为我乐意让人来查封我的店铺，是吗？”

事情很滑稽，但显然具有观赏价值。剩下的五六个客人都饶有兴味地观看这两个笨蛋吵嘴。雷曼先生决定从中调解。

“听我说，埃尔温，让他喝完这瓶酒，他喝完就走。”

“你这废物，你想什么呀？”陌生人说道，“我看你们俩都是危险的怂包！”

这家伙让雷曼先生产生一种不祥之感。蜂拥酒吧的客人其实都很温和，但偶尔也来个把这样的人。这人雷曼先生以前从来没见过，但他感觉这是一个神经病。他的身量不是特别的高，体重不是特别的大，但他憋着一股凶狠劲，因此让人难以捉摸，也就是神经病。他绝非善主。尤其让雷曼先生感到不安的是，这家伙一直都在莫名其妙地、飞快地晃动他的脚。他富于进攻性，喜欢找茬儿，埃尔温这种傻人正好撞到他的枪口上。雷曼先生恨这个混蛋。

“算了吧，埃尔温，”他试图说服他的上司，“这样没意思。咱们反正马上就下班了。”

“这是我的店，我要这个小丑滚蛋。”

“你最好还是走吧，”雷曼先生对吸大麻的说，“你已经听到他说什么了。”

“我不会听这个侏儒吆喝的。”那家伙咬牙切齿地说。雷曼先生着急了。那人一副杀气腾腾的样子。

埃尔温倒不紧张。他揪住那家伙的衣领，想把他往门口拖。“现在你给我出去。”他话音刚落，事情就发生了。吸大麻的一拳砸到他脸上。埃尔温捂着鼻子，趔趔趄趄地往后退。雷曼先生的心早就急到了嗓眼儿上，憋在他心里的杀气一点不逊那神经病，他必须采取行动，而且动作要快。他动手了。他一把揪住神经病的耳朵猛扯。神经病嚎叫起来，痛得弯下了腰。雷曼先生却毫不手软，硬是把他揪得跪到地上，接着又扯着他往门口走。他走不快，因为那个嗷嗷大叫的家伙跪在地上走。怒气冲冲的雷曼先生边走边考虑如何让自己毫发无损地了结这屁事。

出门后这事情才麻烦起来。当他们走到酒吧和公共汽车站的中间位置时，雷曼先生站住了，他揪紧那人的耳朵，弯下腰和他说话。

“你听着，”他喘着气说，“现在你听好了。”

那人只顾哎哟叫唤。

“听我说，”雷曼先生吼道，“你在听我说话吗？”

“是的是的！放开我，你这傻 ×。”

“你看好了，”雷曼先生说。“我们还可以一直这么站在这儿。我也可以把你的耳朵扯下来。除非你发誓在我松手之后就立刻滚蛋。”

要求一个神经病信守立刻滚蛋的诺言，实在是可笑，雷曼先生想，很大度嘛。不过他又能做什么呢？假如我是看门的打手，雷曼先生想，我会把他揍瘪踩瘪什么的。但我不是打手，他想，这些事情超出了我的能力。

“行行行。”疯子喊道。

“你听好了，”雷曼先生试图给自己的话加重分量，“如果我放了你，而你在逃跑之外还有别的什么动作的话，我会把你打得稀巴烂，我会一掌扇到你的臭嘴，叫你……”——他热血沸腾，考虑如何顺理成章地把这句子说完——“……我把你揍瘪，”他在逻辑上倒退了一步，“我抽你，叫你……”——我看的都是些什么书啊，雷曼先生想，我这方面的知识太欠缺了——“……叫你分不清哪儿是哪儿。”嗐，他想，管他的。“听懂了吗，傻 ×？”

“懂了懂了！快松手，求求你。”

雷曼先生松了手。他明知不能这么做，又不得不这么做。那人刚一起身，便朝雷曼先生扑去。雷曼先生将他推开。

“我把你的脑袋拧下来，你这怂包。”

“滚蛋。滚，坏蛋，快滚。”

神经病再次扑上来。我的上帝，这下可糟了。他心里在想，脸上却已挨上一拳，紧接着又摔了个四脚朝天，躺在一个大水坑里。神经病骑到他身上一阵乱打。雷曼先生没觉得痛，他全力反抗。他特别想揪住神经病的耳朵，在如此紧急的情况下他也想不出更好的招数。这一次他却没有成功。战斗在突然间结束。不知什么东西把他的对手提溜起来。他一屁股坐起来，瞥见他最好的朋友卡尔。又高又壮的卡尔一只手逮住雷曼先生的对手，另一只手对其左右开弓。

“叫你再来，来，来！”他一字一顿地说，说一个字，那家伙便吃一耳光。最后卡尔把他朝车站方向一推，再撵上去朝他的屁股踹上一脚，将他踹倒在地。“你打了雷曼先生，”他喊道，“对你必须处以极刑。两次极刑！”说话间他把神经病高高举起，再一次扔向公共汽车站。雷曼先生觉得眼前的一切来得太突然，也有点过分，所以他想干预，想制止他的朋友，但是他感觉不太舒服，只好先在地上坐一会儿再说。“现在你来道歉，”他最好的朋友卡尔拖着神经病朝雷曼先生走来。“说个对不起！”雷曼先生费力地站起来。水坑把他的衣服弄湿了，T 恤衫被撕成了布片。“你耳朵背吗？”卡尔把那家伙甩来晃去，好像那是一件湿漉漉的茄克衫，跟着又凿他一个栗暴。“好了，”雷曼先生说，“让他赶紧滚开，这个傻 ×。”——“现在听好了，你这个小傻 ×，”卡尔几乎脸贴脸地对神经病说，“你真该庆幸刚才我不在。雷曼先生要动起了真格，你现在就只是一团肉泥了。滚吧，你这烂蛆虫。”他一把把那家伙推开。那家伙踉跄几步之后转过身来。他指着他们，沙哑着嗓子说道：“你们等着。”他说完就溜了。

“我的上帝，”卡尔说，“这都是从什么电影里面模仿来的？让我看你都成什么模样了？”他把雷曼先生拉过来对着近旁一个路灯的光亮，然后在他身上东拍西拍。“你们蜂拥酒吧的客人跟以前有点不一样了，是吧？”

“真他妈的，”雷曼先生说，“行了，别拍了。”

“总得有人帮你忙吧，”说着他最好的朋友卡尔从他的头发里捻出一片湿叶子，“我们进去吧，傻站在这外头有什么意思。”

他们走进酒吧。埃尔温站在吧台里头。他缩着头，拿冰块压在鼻翼上面。客人全都不见了人影儿，只有那个靠着吧台喝小麦啤酒的还在。他可能叫福尔克，正无动于衷地盯着杯子看。

“这儿还有屁的生意，”卡尔边说边走到吧台后面拿了瓶啤酒，“你也来一个，弗朗克？”

“行。”

“刚才这儿到底是怎么回事？”

“真他妈的，”雷曼先生的话音充满了沮丧，“大概是个神经病罢。实话告你，今天该我倒霉。”

“你得把身上穿的给脱了，”他最好的朋友卡尔说，“看这样你们都该下班了。你得马上回家，否则你会因为感冒丢掉小命。嘿，埃尔温，你也说句话。”

“现在我没法说话，”埃尔温瓮声瓮气地说，“这事怪我。那头该死的猪。”

“让我看看，”卡尔边说边把埃尔温的手从他脸上拿开，“不是很厉害。看看雷曼先生吧，他为你在泥潭里打滚，和邪恶势力搏斗。用拳头什么的。埃尔温，你应该拿你的特酿白兰地犒劳他。”

“我不想回家。”雷曼先生说。他觉得现在回家睡觉简直不可思议。“你待这儿干吗呀？”他问他最好的朋友卡尔，“你真的永远不用睡觉？”

“外面总有什么地方留着工作等着超人卡尔去干。我有一件值得庆贺的事情，所以跑来找你们这帮瞎起哄的。没想到你们已经折腾上了。埃尔温，你能不能拿件新的T恤衫给雷曼先生换上？”

“他身上这件就是我的。”

“这有什么好自豪的，”他最好的朋友卡尔说，“我们还有别的事要谈，埃尔温，我们先上去吧。你听着，弗朗克：我和埃尔温到上面去，马上给你拿件T恤衫下来。你把这儿收拾好了，等我下来之后，我们再去隔壁的垃圾酒吧喝酒压惊。我们必须庆祝庆祝，行吗？”

只要不回家，雷曼先生做什么都无所谓。

“你就动手干吧，”他最好的朋友卡尔说，“我马上就下来。把门关好。”

雷曼先生从里面把门闩上，把桌上的瓶子杯子收拢来刷洗干净，又把椅子扣到桌子上。最后打扫吧台。那个可能叫福尔克的小麦啤酒爱好者在一旁观看。

“耳朵揪得好。”他突然说话了。

“怎么说呢。”这话说得雷曼先生又舒服又难堪。

“可是你看到了吗？”另一个问。

“看到什么？”

“下雨的事情。”

“怎么了？”

“地上打起了水泡。喀嚓一下！雨停了！”

雷曼先生丈二和尚摸不着头脑，但他还是忍俊不禁。他笑个不止，最后连肚皮都笑痛了。那个可能叫福尔克的不知在什么时候跟着笑了起来，他笑得和雷曼先生一样歇斯底里。后来笑浪逐渐平息下来，雷曼先生擦掉笑出的泪水。“对呀，”他说，“喀嚓一下！雨停了！”话音一落他又是哈哈大笑。“你到底叫什么名字？”他利用喘息的机会问。

“赖纳。”小麦啤酒爱好者说完便哈哈大笑起来。

第七章 夜宵

当他们出现在垃圾酒吧的时候，众人一片欢腾。卡尔绘影绘色地描述雷曼先生如何勇敢地保护雇主，听得刚刚才开始过夜生活的尤尔根和马可入了迷。卡尔还说服埃尔温，让埃尔温揪着自己的耳朵向众人展示雷曼先生是如何对付其对手的。埃尔温在经历这场惊吓之后，不仅头脑清醒了一些，而且出人预料地请众人喝了一轮。尤尔根和马可兴致勃勃地观看埃尔温如何揪着鹅行鸭步、哭着求饶的卡尔绕着吧台走。

“干得真棒，雷曼先生，真棒。”

“这动作我得记下来。咱们应该将它命名为克罗伊茨贝格钳子，然后去申请专利。”这些话听得雷曼先生怪不自在。一来他仗着他最好的朋友卡尔的救助才逃过一劫；二来他讨厌打架，别人打架他也懒得看。打架很丑陋，也让人难堪，而且没有赢家。这回他是被迫参战——反正他是这种看法，这一事实给他的生活蒙上了一层阴影。迄今为止，他只是从那些在比蜂拥酒吧档次更低的酒吧干活的人嘴里听到过这等屁事。以前不用费多大劲儿就可以把神经病驱逐出蜂拥酒吧。这号人多半白天来，特别是在冬季快要结束，维也纳大街上的人变得蔫不唧唧的时候。发生身体接触的情况十分罕见，偶尔遇到，也是推出门了事。像这类拳脚相加的事情真还没见过……卡特琳——那个女厨师——说的话也许有道理，一辈子站吧台也许不合适。果真如此，他就必须改变他的生活。这个他可不愿意，他喜欢自己的生活，喜欢站吧台，对他来说，没有比站吧台更愉快的事情了。他也动脑筋想了想如果他从事本行——运输销售员又将怎样。结果，浮现在他眼前的情形是如此的怪诞，他自己稳不住乐了起来。

“瞧，他又乐了。”他最好的朋友卡尔提醒埃尔温，然后拍拍雷曼先生的肩膀。他们三个围坐在一张桌子边，那是一个昏暗的角落。“雷曼先生是道地的乡巴佬。不管出了什么事情，你给他一瓶啤酒，他立马情绪高涨。”

“管它高涨还是低落，”埃尔温逗趣儿道，“我给他拿一瓶来。”

“别价！”卡尔郑重其事地招呼埃尔温，说着便站了起来。他走路的时候身子有些发飘，但就一个三十六个小时没有睡觉的人来说，他的步伐还算相当地稳健。“该我请客了。有好事儿。”

他去了吧台。埃尔温把嘴凑到雷曼先生耳边。垃圾酒吧里面倒是听不见被埃尔温冠之为仓库梦幻音乐的蹦蹦蹦音乐，他们放的是破摇滚乐，但是他们把音量调得很大。

“喝小麦啤酒那家伙到底是谁？”埃尔温喊道，“别朝他看，就是吧台前面那个，他在我们那儿泡了好几个星期了。”

“他叫赖纳。”雷曼先生说。

“你怎么知道？”

“他刚才告诉我的。别对着我的耳朵吼，我难受。”

“这人怪怪的。”

“他当然是个怪物，满世界都是怪物。”说话间他最好的朋友卡尔回来了，手里端着啤酒，白兰地，一包炸土豆片。“卡尔，”雷曼先生问，“你还记得……”

“来，”他最好的朋友卡尔打断他的话，把土豆片扔到桌上。“都给吃了。想想电解质吧。电解质匮乏是喝酒人的大敌。脱水更甭说了。”他灌了一大口啤酒。“到明早你们就会感激我的。”

“卡尔，”雷曼先生揪着刚才的问题不放，“你还记得当初天天晚上跑到流沙酒吧一杯接一杯地喝小麦啤酒那个家伙叫什么名字吗，他叫什么来着？”

“你说的是施奈德·尤尔根。他怎么了？”

“施奈德·尤尔根，”雷曼先生转告埃尔温，“他也是这种人。他后来怎么样了？”他问卡尔。

“死了。”埃尔温抢着回答，他的眼睛却死死地盯着吧台边上那个人。

“怎么会这样？”

“我也不清楚，”埃尔温补充道，“管他的。反正那家伙有点不对劲。”

“说什么哪，”坐在对面的卡尔喊道，“施奈德·尤尔根怎么了？他哪儿不对劲？”

“他死了。”雷曼先生说。

“你们吃土豆片啊。”卡尔嚷道。他已经不管他们说什么了，他抓了一大把土豆片塞到嘴里。

“那家伙有什么呀，”雷曼先生对埃尔温说，“不就是泡泡吧喝喝酒嘛，有什么好稀奇的。说到底你还指这赚钱呢。”

“那家伙有点不对劲，”埃尔温说，“咱们得防着他。”

“埃尔温，你要真会看人，刚才你脸上怎么挨了一下？”

“他是探子，这我向你保证。他在摸我们的底。”

“我问你，弗朗克，”他最好的朋友卡尔说，“你和卡特琳之间到底有事儿没有？”

“干吗问这个？”雷曼先生的反应过于激烈，连他自己都觉得有点可疑。他感觉自己脸红了。“今天可是你和她一起去的王子游泳馆，难道没这回事？”他补上一句，但他马上意识到这是欲盖弥彰。一怒之下，他吃起了土豆片。

“碰上怪人，我一眼就能看出来，”埃尔温说，“这家伙我们要多加提防。如果谁说他是探子，我一点不觉得奇怪。他在查访酒吧的毒品问题。”

“雷曼先生，别紧张。”他最好的朋友卡尔对他乐呵呵地说，又拍拍他的肩膀。“这不是大不了的事情。不过你上王子游泳馆……”他比划一个动作，好像他在上一个灯泡，“……非常可疑，雷曼先生。”

“明摆的事情，”坐在另一头的埃尔温开腔了，“反正他哪儿有点不对劲儿。他跟施奈德·尤尔根不一样。”

“不就是他还没死呗。”雷曼先生刻薄地补充了一句。

“非常可疑。你去游泳！谁他妈的相信你会自愿去游泳。”

“我不是说这个，”埃尔温说，“这种事情开不得玩笑。”

“谁不知道你对游泳的看法。路人皆知的事儿。”卡尔说。

“干吗路人皆知啊？这有什么好路人皆知的？”

“他跟施奈德·尤尔根不是同类，根本没法比。见到施奈德·尤尔根，谁也不会想到他是探子。”

“埃尔温！”雷曼先生厉声喊道，“埃尔温，只有你才会猜想他是探子。这些毒品的屁事尽是瞎扯淡。果真有人在你店里吸大麻，哪个狗日的会感兴趣啊。”

“你懂吗……”

“我说路人皆知，指的是整个城市都知道。”卡尔拍拍雷曼先生的肩膀。

“就算，就算他们关了你的蜂拥酒吧，”雷曼先生接着对着埃尔温说，“你还有八个、十个或者多少个酒吧，蜂拥酒吧要关也就关一阵子，反正你富得流油，难道这点屁事也值得你挂在心上。”

“你这种人竟然去游泳，喔唷唷唷，我们认识多久了，雷曼先生？”

“你懂什么呀，你这异想天开的家伙，”埃尔温喊道，“你根本不懂。

一钱不值呵。店铺要是不运转，就一钱不值。”

“快六七年了吧，不，还要多，肯定有八九年了。你是哪年过来的？一九八〇年？”

“如果他们哪天扣你的营业执照，那么所有的店都要遭殃，小子。钱都砸在店里了，我手头压根儿没钱。全都砸里面了。”

“都九年了。我了解你，兄弟。你去游泳，只可能是因为那个女人，这也不是什么坏事。她正对你的口味。不过，你到底喜欢哪种女人？我认识你九年了，但我还真的不了解你的口味。我只知道你喜欢的女人臀部要比一般人丰满些。”

“如果我的店不运转了，被查封了，那么我卖也卖不出去。店封了，谁会给我钱。我烦透了，”埃尔温的话里带上了哭腔，“我真想甩手不干了。”

“她喜欢你，真的。你们别再犹豫了。她喜欢你。你的什么事情她都想知道。比如你平时都干些什么。她仔仔细细地盘问我，弄得我都有点烦了。”

“你都给她说了什么？”

“全是好话。”他最好的朋友卡尔掰着手指数数。“我说你是一个很有涵养的人，热衷于文化什么的，电影院啦，博物馆啦，以及所有的文化活动，她喜欢这些，这我敢肯定，我还说你学过正儿八经的专业，说你是干大事的人……”

“哎哎，行了……”

“不行，”埃尔温嚷道，“我可是当真的。我会卖掉这整个烂摊子。我从中得到什么呢？得个屁。”

“他要干吗？”卡尔想知道。

“他想把店全部卖掉。”雷曼先生说。

“说谁呀？”刚刚落座的尤尔根问道。

“埃尔温，雷曼先生说的。”卡尔说。

“真的？”尤尔根问埃尔温。“如果是真的，我倒想买下蜂拥酒吧。”

“这个我想得到，你这异想天开的家伙，”埃尔温一脸苦笑，“我宁愿放把火把店烧了，也不会让你得到的，你这不要脸的。”

“哎哟！”尤尔根哈哈大笑，还直甩双手，就跟烫伤似的。“说话好狠哪，埃尔温，话好狠哪。还有什么新闻？”他问众人。

“埃尔温认为吧台边上那个人是探子，”雷曼先生不怀好意地说，“他认为他们在暗访他的店面，准备扫毒什么的。”

“就是那个？他老是泡酒吧，喝水晶型小麦啤酒，”卡尔说，“有时他也去市场大厅。”

“对了，我就想说这个！”埃尔温嚷道。

“我哪知道，”尤尔根说着便转身看那人，“他也经常上我们这儿。看见他我怎么就想起施奈德·尤尔根。只不过他喝的是水晶型而不是酵母型小麦啤酒[1]。那家伙去哪儿了？”

“谁？”卡尔问。

“施奈德·尤尔根。”

1. 水晶型小麦啤酒（Kristallweizen）和酵母型小麦啤酒（Hefeweizen）的差别在于前者是过滤的，后者没有过滤。

“死了。”埃尔温说。

“真的？到底怎么回事？”

“不清楚。”

“哼……——就是说——探子……那他肯定有足够的经费。他从来不要发票。”

“他们上班的时候到底可不可以酗酒？”卡尔问。

“你是说探子？当然可以。”

“是个怪物。闹不明白。一个人怎么会做探子？”

“别急，”雷曼先生插话了，“你们凭什么说他是探子？”

“说不上来，”卡尔说，“但感觉他是个怪物。他老是喝不加柠檬的水晶型小麦啤酒。”

“可要是因为毒品的话……”尤尔根欲言又止。

“他们在勋内贝格关了两家店。他们已经动手了，”埃尔温在音乐的间隙小声说道。

“我想那只是一个窝点吧。”雷曼先生反驳说。

“什么，只是一个窝点？”

“埃尔温，几个小时以前你还讲他们查封了一个窝点。现在又说在勋内贝格被关闭的是两家店。”

“随便怎么说都行。你别这么去看，雷曼先生。”

“埃尔温，‘你’和雷曼先生是风马牛不相及的事情。”

“当心，”他最好的朋友卡尔提醒说，“他正朝我们这儿看呢。”那人转过身去，仰脖喝了一大口。他做事不露痕迹，雷曼先生想。

“他哪儿看得见我们，他已经醉得一塌糊涂了。”雷曼先生说。他有点可怜那家伙了。此人形单影只地泡酒吧喝啤酒不说，还搞得自己形迹可疑。“况且我们坐在暗处。”

“这才叫本事。”埃尔温故弄玄虚。

“我搞不懂。”雷曼先生无精打采地接上一句。他本想和他最好的朋友卡尔接着谈论那个漂亮的女厨师，谈谈她都问了些什么，可是这个话题又被打断了。

“他要吸毒的话，就不会这么快醉倒。”说完这话，尤尔根起身去拿啤酒。

“这下我可一点也闹不明白了。”雷曼先生说。他还清楚记得好几年前发生的事情：他灌了十瓶贝克啤酒再吸食大麻，吸过大麻之后他去赶夜班公共汽车，可他晕晕乎乎的，差点没上成车。

“没有谁会强迫你闹弄明白的。”他最好的朋友卡尔边说话边拍他的肩膀。“你的可爱之处在于你对毒品一窍不通，但你又什么都懂，这是实话。”

“也许应该找他聊聊天，”埃尔温心事重重地说，“别让他看出来。没准儿可以从他嘴里套出点什么东西。”

“这不好办。”卡尔说。

“嗯，是不好办。”埃尔温说。

“这事让雷曼先生去做。他最不起眼，”他最好的朋友卡尔说，“至少男人是这样看的。他在女人眼里却很光彩夺目。”一瞧雷曼先生有些生气，卡尔赶忙跟他挤眉弄眼，还朝他肩膀上捶了一下。

“他今天可是例外。”埃尔温说得很肯定。

“不，不，”卡尔说，“今天他恰恰很典型。今天恰逢雷曼先生光彩夺目。”

“雷曼先生知道怎么办。”埃尔温对端着啤酒走过来的尤尔根说。

“你们活见鬼了。”

“我根本不想喝啤酒，”埃尔温说，“我想来一杯那他妈的白兰地，但你别跟打发客人似的，给我来什么阿尔迪[2]的破东西。”

“我这就去拿，”尤尔根说，“先让雷曼先生把事情弄明白了。”

“我什么事情也弄不明白。你们活见鬼了。”

“雷曼先生是英雄。”尤尔根说。

“我们还需要炸土豆片。雷曼先生肚子饿。因为电解质混乱，”他最好的朋友卡尔一边说一边举起酒瓶。“为雷曼先生，为今天的英雄干杯。”

“一个孤独的骑士，一个勇猛的斗士，他在寻找那黄金国[3]。”自诩为影迷的尤尔根说。

“因为电解质紊乱。”埃尔温说。

“怎么回事？”

“我们不说‘电解质混乱’，我们说‘电解质紊乱’。”

“说得好，埃尔温。应该说：为雷曼先

2. 阿尔迪（Aldi）是遍布德国的廉价连锁超市。

3. 早期西班牙探险家相信在南美洲什么地方存在一个黄金国（Eldorado），一度曾前仆后继地寻找这想象中的天堂。

生，为今天的英雄干杯。”

“为雷曼先生干杯。”

他们叮当碰杯。雷曼先生嘴上没有抗议，心里却打着问号。如果英雄得到这般待遇，那么败将又该怎样呢？

“千万小心。”埃尔温说。

“说什么哪？”

“我是说刺探那家伙的时候要小心。那是个行家。从他身上其实刺探不了情报，他无非是面带傻相。”

“也许他真傻。”卡尔说出自己的见解。

“我们不妨叫他水晶赖纳，”尤尔根说，“以纪念施奈德·尤尔根。”

“施奈德·尤尔根怎么了？”卡尔问。

“死了。”

“为什么？”

“不知道。”

“也许是艾滋病。”卡尔说出自己的见解。

“我不相信他是同性恋，”尤尔根说，“我想实际上他什么都不是。你能想象施奈德·尤尔根和什么人发生性关系吗？”

“我都没法想象谁和谁能够发生性关系了。”埃尔温说。

“你要把握好时机。”尤尔根对雷曼先生说。

雷曼先生是下了班的人，他坐在温暖如家的垃圾酒吧，又喝了几瓶啤酒，所以他再度自我感觉良好。他吃了一些土豆片，随后就忘乎所以起来。

“要干就现在干。”他对大伙儿说。

“不行，这太显眼了。”埃尔温说。

“什么事？”卡尔问。

“我现在就去。”雷曼先生说。他想利用突如其来的昂扬情绪。“你们全是偏执狂。”

“我觉得你应该和她去看看电影。”卡尔说。

“看电影？”

“当然了。谈恋爱的都上电影院。”

“谁告诉你我在……”

“电影院。这是唯一重要的事情。电影院。又高雅又黑咕隆咚，你明白吗。”

“你说什么电影院？”尤尔根如梦方醒。

“看电影。雷曼先生应该很浪漫地去看看电影。”

“在紧急出口电影院有刘别谦电影回顾展，”尤尔根说。“《尼娜同志》，《存在或者死亡》，这些片子挺合适，这类玩意儿。”

“现在不能去，这太显眼了。”埃尔温喊道。雷曼先生就当没听见。

“我对她一点不了解，”雷曼先生提出质疑，“我哪能不管三七二十一地问她去不去看电影。”

“说说而已，”他最好的朋友卡尔反驳道，“幸福是一支发烫的手枪。”

“现在我得去了。”雷曼先生重复他刚才的决定。

“交给我来办吧。”他最好的朋友卡尔说。

“你要小心哪，”埃尔温叮嘱他，“尽量不露声色。”

“换了我是不会去的。”尤尔根说。

“电影的事我来解决。”他最好的朋友卡尔说。

“我这就去给大伙儿拿点啤酒来。”雷曼先生开始虚构他的间谍故事了。他起身朝吧台走去。他走得很慢，也不打眼。他感觉到众人的目光，同时很不愉快地察觉到埃尔温新给的T恤衫穿在他身上太小。他坐到一张吧台高脚凳上，紧挨着水晶赖纳，暗地里却在无聊地咬文嚼字：严格讲应该叫他不加柠檬的水晶赖纳。他对马可说：“我要三瓶啤酒，一杯给埃尔温的烧酒，一袋土豆片。”

马可说了点什么，大概是埃尔温和他的嗜好，雷曼先生只当是耳旁风。他试图和水晶赖纳进行目光接触，水晶赖纳却只是望着吧台后面的瓶子发呆。

“为什么地上打起了水泡雨就要停？”雷曼先生试图挑起话题。水晶赖纳没反应。雷曼先生小心翼翼地扯了扯他的袖子。“你说说看，这回说真的，为什么地上打起了水泡雨就要停？”

水晶赖纳看着他。这时马可把喝的都放到了吧台上。“记埃尔温账上。”雷曼先生看也没看就说道。马可又在扯埃尔温和他的嗜好，雷曼先生仍然不予理会。他看着水晶赖纳的眼睛，他不敢肯定水晶赖纳是否注意到他。“好像有点道理。”

水晶赖纳咧咧嘴。他笑得很机械，仿佛这是深思熟虑的一笑。

“我奶奶总这么说。”

“嗯，遇到这些事情，”雷曼先生说，“老奶奶们总有现成的说法。”

“地上打起了水泡，雨很快就停，我奶奶总这么说。”水晶赖纳干笑一声。“明摆的事情，为什么？”他追问道。

“什么为什么？”

“这个道理你想不通？”水晶赖纳问。

“对！”雷曼先生说。就水晶赖纳目前的状态而言，他这问题还有点锋芒。埃尔温的话有道理，雷曼先生想，这并不是因为他说水晶赖纳是什么探子，但确实不能低估水晶赖纳。

“下雨时间长了，地上就会出现水坑。”水晶赖纳说。雷曼先生发现他虽然灌了一肚子的小麦啤酒，口齿却很清楚。想到这儿，他突发奇想：也许正是柠檬让人口齿不清。这是我在最近十年里所产生的最愚蠢的想法，雷曼先生想。也许，他还在胡思乱想，他悄悄把小麦啤酒倒掉了。我可不能像埃尔温那样考虑事情，他在内心深处呼吁自己回到正确的轨道，否则我将一无所获。

“地上要没有水坑，怎么打得起水泡？”水晶赖纳继续说。“这合乎逻辑。而既然下了这么久的雨……”——他故意来个停顿，喝了口小麦啤酒，接着又舔舔嘴巴——“……地上都起了水坑，那么雨很快就会停止。”

“哦。”雷曼先生说。他本以为会听到一个比较玄乎的解释。“可要砸起水泡，”他提出了质疑，“天上就必须落大雨点。我想，如果只是下毛毛雨，水坑再多也砸不起水泡的。也许雨点在达到一定的厚度或者重量之后才能砸起水泡，才能成为气象预兆，表明雨就要停了。”

“无可奉告。”水晶赖纳说。

雷曼先生感到很失望。水晶赖纳没有显示出理论功底，他想，这无异于虎头蛇尾。这他妈的水泡问题毕竟是他开始谈的，雷曼先生想，他哪能这么轻易放弃呢。

“你是做什么工作的？”他改换话题。

“问这干吗？”

“你不是警察吧？”

水晶赖纳对此毫不诧异。他的眼光绕过雷曼先生，朝酒吧的黑暗处看。

“不是。”他稍停片刻才回答。

“那你做什么呢？”

“信息员。”水晶赖纳说得一字一顿，就跟在回忆什么似的。

他说的是实话，雷曼先生立刻作出了判断。假如有什么东西需要隐瞒，雷曼先生想，那他犯不着如此费神地回答这个问题。他想不出比做信息员更无聊、更古怪、更荒凉、更灰色的事情了。

“顺便说说，我叫弗朗克。”说着他从摆在面前的几瓶酒中抓了一瓶举起来。

“赖纳。”水晶赖纳说话的时候笑得如此爽朗、如此开心，叫雷曼先生感到自惭形秽。他们碰杯，水晶赖纳的杯子里已经没有什么酒了。幸好没放柠檬，不然的话最后这一口会酸得要命，那就像嘴里含着柠檬一样，雷曼先生想。“再来一杯？”他问。

“没意见。”水晶赖纳说。

“再来杯水晶型小麦啤酒，”雷曼先生对马可说，“不要加柠檬。”

“对。”赖纳说。

“还是记埃尔温账上。”雷曼先生告诉马可。然后他对水晶赖纳说：“我马上又得……”他似是而非地指了指酒和炸土豆片。“给那边的弟兄们捎过去。”

“明白。”水晶赖纳说。

“他们等着我呢。”

“明白了。”

“我这就过去。”

“全明白了。”

“如何？”雷曼先生刚一回来，埃尔温就发问了，“你们谈了什么？”

“东拉西扯。”雷曼先生边说边撕开土豆片袋子。

“为雷曼先生干杯。”尤尔根一边高喊，一边举起了酒瓶。

“为雷曼先生干杯。”众人响应，相互碰杯。

“到底有什么收获？”尤尔根问，“你们聊了老半天。”

“其实我还想跟大伙儿说说咱们上这儿庆祝什么。”卡尔说。

“他说什么了？”埃尔温问。

“我要举办一个展览，在夏洛滕堡。”

“他能说什么呀！”雷曼先生回答。说罢他抓了一把土豆片，再往椅背上一靠。

“在克内泽贝克大街。在画廊里面。”

“真的？”雷曼先生感到由衷的钦佩。

“那我们都得去，”尤尔根说，“去夏洛滕堡，我操……”

“说吧，到底有什么收获？”埃尔温锲而不舍。

“东拉西扯一通，下雨什么的。”

“你们就拉扯下雨的事？”

“埃尔温，”雷曼先生硬着心肠说，“这家伙怪怪的。”

“可不嘛。”

“他怪得很。”

“当然，现在你说说……”

“话不能这么说吧，”雷曼先生说，“他怪得很。”

“我也觉得，”尤尔根说，“这家伙哪儿有点不对劲。”

“说真的，他是探子吗？”埃尔温问。

“当然，”雷曼先生说，“他要不是探子，你们就叫我——嘿，叫什么呀，”他说，“就叫弗朗克吧。”

“我早就知道，”埃尔温洋洋得意，“我早就知道了！”

“在克内泽贝克大街，傻 × 们，在克内泽贝克大街。十一月份的事情。你们用不了多久就会跟我言必称‘您’了。”

“为雷曼先生干杯。”尤尔根高喊。

“为雷曼先生干杯。”众人齐声响应，杯子瓶子碰得叮当乱响。

第八章 星球大战

雷曼先生醒来的时候，天行者卢克正对着死亡星球哒哒扫射，想彻底击沉安放在死亡星球的薄弱环节——大概是一个通向发电机的竖井——的两颗水雷。雷曼先生因为自己还记得这一细节十分恼火。他飞过去了，雷曼先生想。在他入睡的时候，帝国的部队刚刚强行登上莱娅公主的太空船，此后又发生了一些事情。他扭头去看紧挨着他坐的卡特琳和卡尔。他盯着卡特琳看，卡特琳则盯着银幕看，嘴里还嚼着带咸味的爆米花，他对卡特琳已经迷恋到六神无主的地步。他在面料已经破损的椅子上蹭来蹭去，好让发僵的四肢放松放松，同时又悄悄问自己还能在她不知觉的情况下看她多久。这电影还要演多久呢，他又跟自己提了个问题，还早着哪，他自问自答，因为这是米诺瓦电影院搞的《星球大战》夜晚专场，三部《星球大战》片子一气演完，这是他最好的朋友卡尔安排的浪漫之夜的主要内容，如果他没搞错——他恨自己竟然记得这么清楚——的话，争夺死亡星球的战斗是第一个片子的结尾。

我不应该答应这事，雷曼先生想，这种事情不能让卡尔来操办。他这回之所以让卡尔操办，是因为他已经心灰意懒。在刚刚过去的漫长的四个星期里，他盼望以某种方式密切与卡特琳——市场大厅饭馆的漂亮女厨师——的关系，但终归枉然。他几乎采用了一切手段，他对她的了解也深入了许多，比如他现在知道她二十七岁，知道她来柏林是为了在艺术学院学习工业设计，他还知道她希望能够在明年凑齐申请材料，以获得入学资格。他了解她和她父母的过去，他对阿希姆有了前所未有的了解，他们一起聊过笑过，尤其是他们还以只有他们才擅长的奇怪方式辩论过，但是他们之间并没有发生任何真正推动事态发展的事情。他们两人偶尔发生的身体接触并没有超出偶然的或者友谊的范围，他们告别时的亲吻既没有如胶似漆，也从未引出过下文，他们之间既没有悄悄话也没有小秘密，特别是没有单独的约会。秋天到了。他不可能再打着休闲、调剂生活、了解城市的旗号，直截了当地请她到万恩湖或者泰格尔湖去玩，或者到兰德威尔运河划船。邀她看电影吧，雷曼先生又难以启齿。“一起看电影是个大动作，”他不得不给他最好的朋友卡尔解释，“但时机还不成熟。”卡尔一再表示、一再主动要求操办此事，他要搞一个浪漫之夜，他想充当电灯泡。“我来帮你，”卡尔说，“你已经山穷水尽了，我们都有需要别人帮助的时候，一个人不可能永远单枪匹马地去对付一切事情。对付这个女人更是如此，”补充这句话的时候他还拍拍雷曼先生的肩膀。“文化，”卡尔说，“文化加浪漫，在秋天就只好用这一招了。”陷入困境的雷曼先生只好应允。“这事交给我。”卡尔向他承诺，他的确也把事情给办了，这点必须承认。

他们先是看了一场早早开演的音乐会，这是马可和克劳斯所在的乐队奉献的。“音乐嘛，”他最好的朋友卡尔说，“能打开人的心扉。一场星期五的音乐晚会，非好好利用不可，”他说，“先听音乐，然后看电影，就得这么安排。”共度漫长的《星球大战》电影之夜则是卡特琳的主意。她对卡尔说过，她早就想把几部《星球大战》的片子一气看完。她是一个刚刚入门的科幻迷，这一发现让雷曼先生惊喜不已。这完全出乎他的预料。他们来啦，本来已经死去但又不想退出舞台的奥比旺正在对天行者卢克耳语，告诉他是相信上天的时候了。天行者卢克随后便推开瞄准器，采用老式做法，而雷曼先生知道——他恨自己竟然知道这个——这是一种会取得成功的做法。摆在首位的是文化，卡尔说了，别的事情随之而来。卡尔也相信上天，雷曼先生想。卡特琳，那个漂亮的女厨师，不停地嚼着爆米花，好像以后再也没有什么东西可吃了，但不管怎么说，今晚他已经和她有过一次短暂的交谈，尽管讨论的话题是怎么会有他妈的带咸味的爆米花。对雷曼先生来说，这是一个永远解不开的谜团。这话他也对她讲了，她却另有高见。这就是他们聊的内容。

“我拿啤酒去，”他最好的朋友大声朝他们这边喊，“你们还要吗？”

“当然要。”雷曼先生大声应道。

“你们能安静一会儿吗？”后面有人干涉了。真是废话，这电影院里哪有安静可言：有嘀嘀咕咕的，有大声嚷嚷的，有沙沙作响的，还有吸大麻的，笑个不停的，发笑的人经常在不该笑的地方使劲笑。就连狗也跑进来了。现在雷曼先生就看见一条狗，模样酷似他几个星期之前在劳西茨广场遇到的那只。雷曼先生没法细看，因为光线太暗了，而且这条狗在银幕前面从左向右匆匆跑过，但它和劳西茨广场那条狗一样，几根火柴似的细腿支撑着圆滚滚的香肠形躯干，它跑动的方式也叫雷曼先生看着眼熟。雷曼先生不知作何感想，于是又转眼看卡特琳。她正在点一支香烟，尽管她满嘴的爆米花。去他妈的狗，他心里骂道，他聚精会神地看她，直到他看得情意绵绵，连自己都觉得有些过分了。

“我也去，反正我要上厕所。”他说。但卡尔已经不见了人影儿。

“太有意思了！”后面又传来话音。这是女人的声音。可能是个《星球大战》迷，想到这个雷曼先生就忿忿然，这女的属于那种看电影时管不住嘴的人。“闭嘴，我想看电影！”他毫不客气地甩出这句话，说完就站了起来。这时死亡星球正遭受致命的打击，雷曼先生借助连串爆炸带来的光亮，顺利地走出放映厅。

卡尔站在收款台旁边的食品柜前面等他。“要贝克还是舒尔特海斯？”他问雷曼先生，问了便嘿嘿直乐，这个高明的玩笑让他笑弯了腰。他情绪饱满，浑身是劲，他用硬币付钱的时候，还愉快地摇晃他那沉重的身躯。他面前摆着三袋炸土豆片和三瓶啤酒。

“你买土豆片干吗呀？”雷曼先生有点不满。“她已经有爆米花了。”

“带咸味的爆米花，”他最好的朋友卡尔竖起食指说道，“你找了一个聪明的女人，亲爱的朋友。她想到了电解质！”

“她不是我找的。话可不能这么说。”

“哦，这倒是真的，不是你找女人。她们不期而至，爱情是一股从天而降的力量。”卡尔边说边递他一瓶啤酒。

“我不想进去了。没啥意思。我们干吗不去看《斗鱼》[1]，隔壁就在放这片子。”

“我说弗朗克，”卡尔说，“《斗鱼》，那叫什么玩意儿。”

“那片子不错，”雷曼先生为自己辩护说，“绝对属于最好的电影。”

“你已经看过一千遍了，哥们儿。如果说你在过去十年里没看过任何别的电影，我不会觉得奇怪。‘你是最好的情人，拉斯蒂·詹姆斯[2]’，”他最好的朋友卡尔说了一句台词，“你当然喜欢这套，你就是铁路大街的拉斯蒂·詹姆斯。可是女人的感觉不一样，信我的话，她们不会觉得那有多好。”

“我说的不是这个。马可和克劳斯他们那个乐队演的都是些什么玩意儿。我没见过比这更臭的了。”

“他们一直都很臭，”卡尔说，“前面那个乐队也是臭大粪。再前面那个也是。”

“这不是理由。这晚上没劲，这晚上。”

“是啊，有时候就得上刀山下火海。可是这个道理你不明白。你习惯了在女人那儿一帆风顺。”

“这种事都是他妈的十几岁的人干的，而且你又充当媒婆，这不叫人惭愧嘛。”

“告你吧，你在我这儿没什么好惭愧的。不过，行了行了，”卡尔边说边举起双手，

1. 1983 年上映的美国电影，导演弗朗西斯·福特·科波拉，讲述了 17 岁少年拉斯蒂·詹姆斯与哥哥“摩托车手”的叛逆故事。

2. 拉斯蒂·詹姆斯，《斗鱼》的主人公。

“都怪我。这是个馊主意。来，先喝啤酒。她也犯傻，这姐们儿。”

“此话怎讲？”

“怎么说呢，什么《星球大战》电影之夜，这全是她的主意。只有傻得要命的人才会冒出这种想法。特别是这隔壁就在放《斗鱼》。你倒是真正的影迷。而且肯定还有什么地方在放《吉他手约翰尼和吃醋的女人》。”

“本身也没什么好挑剔的。我指的是《星球大战》本身。各有各的爱好嘛。这也有点……”雷曼先生本想找点像模像样的论据，不料他的脑子转不动了，“就是说这有点那个。”

“哈哈。”他最好的朋友卡尔脱口而出。

雷曼先生感觉自己露了马脚。“也真他妈的没劲。”他补充道。

“你们在这儿干什么呀？”卡特琳突然出现在他们身边。

“聊得正起劲嘞，”卡尔说，“第一部已经演完了？”

“对，马上就放第二部，”她说，“但不知为什么，我觉得这第二部不是太好。”

“为什么？”雷曼先生故意唱反调，“第二部其实是最好的。如果你想想……”他没能往下说，因为卡尔用脚碰了碰他的胫骨，把话抢了过去。

“雷曼先生的意思是，”他最好的朋友卡尔说，“不管怎么说第二部也给观众提供了上厕所的绝佳机会。”

“你干吗总叫他雷曼先生？”卡特琳发问的时候用怀疑的目光打量

雷曼先生，“这个我早就想问了。”

“因为他有一点……”他最好的朋友卡尔做出一副搜索枯肠的样子，“……王者气派。他和别人不一样。他守护着一个秘密。”

“什么秘密？”

“得！”他最好的朋友卡尔把双手一举。“知道就好了。我建议去膀胱酒吧。”

“干吗去膀胱酒吧？干吗现在还去一个同志酒吧？”雷曼先生急了。

“你对这些人有看法？”卡特琳质问他。

雷曼先生暗地里直翻白眼。这些人。她说“这些人”，就是指同志们，“我为什么要对同志们有看法？我只是说那是一个同志酒吧。再说了，我们是同志吗？你是吗？”他拿食指戳点他最好的朋友卡尔的胸膛问——他自己都觉得太咄咄逼人，可他必须发泄愤怒，所以只好如此——“你是同志吗？不是。我是同志吗？不是。你是同志吗？”他问卡特琳，“你是同志吗？”

“喂，听我说……”

“既然我们不是同志，我们凭什么去同志酒吧？我们为什么不把同志酒吧留给同志们，为什么不规规矩矩地去普通酒吧，我是说，我们为什么要带个女的去同志酒吧？”

“喂，你听着！”

“你冷静一下，弗朗克，你给我冷静下来。膀胱酒吧挺好的。而且刚好碰上西尔维奥在那儿上班。”

“好吧。”雷曼先生说。对于这事他有不祥之感，但他提不出反驳理由。

他们到膀胱酒吧的时候，里面没什么生意。同志们也今不如昔了，雷曼先生想。卡尔直奔酒吧当中的一张桌子，让雷曼先生和卡特琳坐下。卡尔将三袋炸土豆片夹在腋下，去找在吧台后面和一个身穿皮衣的同志聊天的西尔维奥说话。雷曼先生有不祥之感。

“来这儿的全是同志吗？”卡特琳问。

“对。”

“他们的模样都很友善嘛。”

雷曼先生觉得这像是在和母亲聊天，他试图换个话题。

“你在不来梅的时候到底住什么地方？”他问。

“哦，”她给自己点了一支烟，“在哈施泰特。”

“在那儿什么地方？”

“赫茨贝格大街。和一个女友合住。”

“哦，”雷曼先生说，“那现在呢？”

“现在还能怎么着啊。”她没好气地说。这时卡尔已经回来了，他把三瓶啤酒放到桌上。

“西尔维奥见到我们并不高兴。”他说，话腔里带着得意，然后从卡特琳那里拿了一支烟。“他的老板更不高兴。他们不乐意我们吃自己带来的土豆片。”

“谁是他的老板？”

“就是站那儿和他闲聊的，那个身穿皮衣的乌茜姑娘，”卡尔说，“他们希望我们喝完这瓶啤酒就带着女人去别的地方。这酒他们都不要钱。我投桃报李，把土豆片送给了他们。”

“是啊，”雷曼先生说，“既然西尔维奥都这么说，也许我们就该当真。”

“不对，”卡尔说，“他不是这个意思。这都是因为他那个穿皮衣的傻 × 老板。西尔维奥刚来这儿，他是为了挣钱。”

“就因为我是个女人，对吗？”卡特琳火了。“真是欺人太甚。”

“当然，”雷曼先生说，“不过话又说回来，这也是一个同志酒吧，对吧？我认为搞同志酒吧的目的，就是让同志们单独呆在一起，反正我是这么看的。”

“但他们也不能因为我是个女人就把我们撵出去。”

“别急，”说完卡尔把酒一口喝干，“这地方谁也不能把谁给撵出去。嘿，你们看谁来了！”

雷曼先生朝门口方向看去，看见水晶赖纳走进来。水晶赖纳一眼认出了他，高兴地扬扬手。

“难道他也是同志？”雷曼先生大为惊讶。

“我认识他，”卡特琳说，“我以前见过他。”

“是啊，他是同志加探子。”说完卡尔嘿嘿笑起来。

水晶赖纳走到吧台，要了一杯小麦啤酒。然后就发生了雷曼先生一直担心的事情：他找他们来了。

“哈啰！”他招呼雷曼先生，听起来底气不足，雷曼先生顿生怜悯之心。

“哈啰，”雷曼先生说，然后很不情愿地补充一句，“坐吧。”

“嗬，够朋友。顺便说说，我叫赖纳。”他对大伙儿说。

“知道了，”卡尔说，“你常来这儿？”

“没有，怎么了？”

“随便问问。”卡尔回答道，脸上带着意味深长的微笑。“我们需要人去吧台给我们再拿瓶啤酒。我请客，但这次得请另外一个人去。”

“我去吧，”赖纳说，“没问题。”他起身走向吧台。手里还拿着他的小麦啤酒。

“我在哪儿见过他来着？”卡特琳看他走到听不见这边说话的地方时才问道。

“是个酒吧他都逛，”卡尔说，“到哪儿他都喝小麦啤酒。水晶型小麦啤酒。”

“还不加柠檬。”雷曼先生闷闷不乐地补上一句。今晚全他妈扯淡。

“你瞧瞧雷曼先生，”他最好的朋友卡尔对卡特琳说，“我们得赶紧让他高兴起来。”

“他怎么了？”她关切地问。

“不知道。怎么了，雷曼先生？哪儿出问题啦？”

雷曼先生把他偶然想到的一个问题说了出来。“我父母最近要来柏林，”他说，“坐大巴来。全包旅游。住选帝侯大街的一家酒店。他们周末过来。”

“这可是一件大事，”卡尔说，“你什么时候知道的？”

“记不得了，都好几个星期了。”

“所以你这么长时间都闷闷不乐？”

“为什么呀，这不也是好事儿吗？”卡特琳说。

“我得去选帝侯大街接他们，然后他们要看看柏林。”雷曼先生说。

“你真可怜，”卡尔说，“大约是在什么时候？”

“他们还想看看我工作的餐厅。”

“餐厅？”卡尔愣了一下，随即哈哈大笑。

“我告诉他们我是一家餐厅的经理。”

“这是编的吧，”卡特琳说，“对不对？”

“这就看你站在什么角度看事情了。”他最好的朋友卡尔说着便乐了。“蜂拥酒吧总有维伦娜做的超级三明治吧，那是雷曼先生最喜欢吃的东西。”

“有意思。”

“就这么随随便便哄父母，我觉得……”卡特琳不以为然地摇摇头。

“这是为了让他们高兴，”雷曼先生说，“如果我告诉他们我在一个酒吧工作，他们会很不高兴的，可如果他们听说我在一家餐厅工作，而且当经理，那么他们会非常高兴。他们只能接受这样的事情。经理，多好听的字眼儿，邻居问起来也好说。”

“当经理的确要好一些。”卡特琳说。

“我——”卡尔说，“——是经理。”卡尔笑岔了气。

“经理哪儿好哇，”雷曼先生边说边给他捶背，“经理算个狗屁。”

“哎哎，”卡尔开心地说，“你没错，可是你有必要讲这种话吗？你可别把伸过来救你的那只手给咬了。”

“这个比喻不恰当。”雷曼先生说。但他马上又想起劳西茨广场咬警察那条狗：狗所做的，就是卡尔所说的。但他从来没跟卡尔说起过这事。不知什么原因，他没跟任何人说起过这事，就连卡尔也没有。“为什么呀？”

“你别装傻了。我知道你为什么要跟我们讲这事情。你无非是希望到了那天我去市场大厅上班，然后你带着你的父母来美美地吃一顿，我乘机向他们讲述你是一个多么好的上司。这么安排有道理。到底在什么时候？”

“十月底。”

“十月底！你真是庸人自扰，雷曼先生。这还有整整一个月哪。你以前总是今朝有酒今朝醉，现在你这是怎么了？这水晶赖纳端着啤酒跑哪儿去了？咳，他在那儿和西尔维奥还有那个穿皮衣的同志废什么话呀？他们是要理顺三角关系还是怎么的？”

他们朝吧台看去。水晶赖纳跟西尔维奥及其上司正聊得火热，西尔维奥正在给他打一杯水晶型小麦啤酒。三瓶正儿八经要来的啤酒已经摆在吧台上。

“西尔维奥的脑子也不行了，他也不想想水晶赖纳喝他妈一杯水晶型小麦啤酒得搞多久，”卡尔说，“水晶赖纳干吗又要了一杯，他刚才不是喝了一杯吗？”

水晶赖纳回来了，但屁股后面跟着西尔维奥。雷曼先生有种不祥之感。水晶赖纳坐下来分发啤酒，然后又走开。

“各位，听我说。”西尔维奥来了个尴尬的停顿。大家都盯着他看。“我倒不想说什么，”他终于往下说，“可是德特勒夫，我的头儿……”

“他叫德特勒夫？”卡尔高声打断了他的话，“这乌茜姑娘果真叫德特勒夫[3]？太棒了！”

“别这样，”西尔维奥很难为情地央求道，“闭上你的嘴，卡尔。是这样的：他说啊，你们喝了这瓶啤酒可真得走了。你们要愿意早点撤呢，也可以连瓶子一块儿拿走。你们的确也应该早点撤。他说啊，这是同志酒吧，所以他不需要非同志到这里搞定期聚会。”

“对不起，西尔维奥，”雷曼先生说，“我们马上就走。”

“如果我们愿意，我们马上就走，”卡尔说，“我是说，我们不是可以随便打发的门外汉。我了解有关饭店和餐馆的法律。同志们并不享有特权。我也不会把你的德特勒夫赶出市场大厅饭馆。”

“我们马上就走。”雷曼先生说。

“如果我们愿意，我们马上就走。”

“反正我没想到这会成为一个问题。”卡特琳说。

“这不是什么想没想到的事情，”卡尔扯着嗓门儿朝众人说道，“那个穿皮装的乖乖脑

3. 德特勒夫是一个常常让人联想到男同的名字。

子里想过什么呀，他只想操屁眼儿，把他的鸡巴操成一根巧克力棒。”

“卡尔，”西尔维奥绝望地说，“别他妈的捣乱了。”可是现在说什么都晚了。

身着皮装的同志从吧台那边向他们走来。他至少和卡尔一样高，体重则比他重一个级别。他的肚皮如同一个大气球，挂在他的黑色紧身皮裤上面。

“诸位明白了。你们该走了，”他说，“把酒瓶拿上，全都出去。但是，小麦啤酒杯要留下，这胖娘们儿要带走。”

雷曼先生火了。他怒火中烧。他恨这个世界和满世界的陷阱，他恨必须予以考虑和重视的各种狗屁后果，他恨自己的预感和谨慎，他恨天行者卢克，恨水晶赖纳，恨策划这场闹剧的卡尔，他尤其恨德特勒夫，因为这人侮辱了他心爱的女人——卡特琳。他感到心头的火气直往上蹿，他知道自己现在不宜开口，知道自己一开口就会制造而不是消除麻烦，但是他必须采取行动，骨鲠在喉不吐不快，他必须叫德特勒夫知道分寸。

“滚一边去吧，傻 ×，不然我上安监局举报你。”他咬牙切齿说道。说话时他呼吸急促，心跳加快。这是胡闹，他想，这是何苦呢。

德特勒夫嚯嚯一笑，再低下头看他，仿佛他是门前的一泡狗屎。“我当是谁呀？是局长大人吗？是哪个行业？阴门黏液舔食者行业，是吗？”

这下坏了，这下坏了，雷曼先生想。他站起身，使出浑身的力气，一拳砸向德特勒夫鼻子。德特勒夫巍然不动，他的手轻轻一拨，便瓦解了雷曼先生的攻势，然后从容不迫地要扇雷曼先生一个大巴掌。这下坏了，雷曼先生想，这下坏了。他抓住德特勒夫的手，逮着一根指头就咬。他咬着很舒服，他感觉到颌部肌肉的运动，咬呵咬，当这只肉乎乎的大手在他眼前蹿上蹿下、扭来扭去的时候，当那个叫德特勒夫的家伙的巨大力量把他拖过来又甩过去的时候，他仿佛听到自己的牙齿在格格作响。我已经咬到他的骨头了，他脑子里朦朦胧胧地冒出这个念头，对于四周爆发的激烈运动则视而不见。酒吧客人一个个地跳将起来，一张张椅子被掀翻在地，德特勒夫发出杀猪般的嚎叫，卡尔、卡特琳、西尔维奥以及别的一些人全都跑过来，试图把两人分开。抬眼望去，只见一个以雷曼先生和德特勒夫为核心的庞大人堆，在拉锯、在奔波，可对于他——咬着手指不放的雷曼先生——来说，这一切又算得了什么。他在孤军奋战，他有牙齿，有颌部肌肉，他嘴里还有一股叫他永志不忘的血腥味道。“松开他，松开他，”卡尔对着他的耳朵喊，“他已经吃尽了苦头，松开他。”

他终于松了口，事情戛然结束。他们站在外面的大街上挥舞着拳头，而当德特勒夫的嚎叫在远处逐渐消失的时候，雷曼先生和他的朋友们正从奥兰治大街朝阿达尔伯特大街[4]方向大步流星。他听见有人喊叫，还看到卡尔把一个跟着他们追的人扔进了一个门洞。他们拐过街角，个个都在大口喘气，他只顾呸呸地啐着德特勒夫的血和血里的金属味道。

4. 得名于普鲁士王子、海军元帅海因里希·威廉·阿达尔伯特(1811—1873)。

“干得好，干得好。”他听见卡尔这么说。抬头一看，见大伙儿聚集在灯火通明的土耳其旋转烤肉店里面：卡尔，西尔维奥，抽抽搭搭的卡特琳，还有正在安慰她的水晶赖纳。雷曼先生对水晶赖纳这一举动不以为然。

“倒霉，倒霉，倒死霉，”西尔维奥搂着他的肩膀说道，“你没事。”他莫名其妙地补上一句，这话听得雷曼先生心里暖洋洋的。

“大伙儿都得喝烧酒，这么下去可不行。”他最好的朋友卡尔嚷嚷开了，对于刚刚发生的事情他毫无触动，反倒情绪高涨，计上心来。“赶紧走。别再东想西想了。请大家安静。我有个主意！跟我来。”

他们跟着他走。运动对大家都有好处。他们疾步行走，气喘吁吁，也许因为太累，也许因为太激动。走路的时候总有一只脚着地，为了消遣雷曼先生边走边想，所以跟奔跑不一样，走路不同于奔跑，走路绝对不会出现双脚同时离地的情况，他想，两者的根本差别在于此，根本不在于速度，他边想边随大伙儿跟在他最好的朋友卡尔后面往前走。他们疾步紧随，沿着阿达尔伯特大街穿行克罗伊茨贝格购物中心，然后横穿斯卡利采大街进入海军上将大街，他们顺着海军上将大街来到波光粼粼的兰德威尔运河，过桥之后跟着格林大街走，最后在卡尔的指挥下，向左拐进了萨沃伊酒吧。在雷曼先生看来，这里傻里傻气、荒唐透顶，所以是一家非常典型的克罗伊茨贝格 61 区酒吧。他都好多年没去那儿了，他也从来没喜欢过那地方，光是那张台球桌就叫他受不了。他们还铺了地毯，这在雷曼先生眼里是天大的谬误。不过卡尔心里有底，雷曼先生想，卡尔做事胸有成竹，他想。他突然觉得自己像个逃难的，我们就像来到61区避难，我们背井离乡，来到萨沃伊酒吧，他想，不过这时他已经靠着一张桌子落座了，他最好的朋友和一个站在吧台后面的女人聊天，他似乎跟她很熟。他们一行人个个呼哧喘气，大汗淋漓，卡特琳也没再哭了，水晶赖纳也没再安慰她，或者说他没有再做自己所以为的事情，而这，雷曼先生想，就得谢天谢地了。

"喝！"卡尔把几个白酒杯子摆到桌上。"诸位，干杯。"

众人仰脖干杯。

"我的上帝，"卡尔说，"我慢慢老了，不适宜参加这种激烈的集体活动了。"

"对不起，"雷曼先生对西尔维奥说，"真的对不起，西尔维奥。那不是我的本意。"

"没事儿了。"西尔维奥说，他的脸色有些发白。"那家伙活该。他是个大傻 ×。"

雷曼先生看着西尔维奥，看见西尔维奥筋疲力尽的样子，他顿时生出怜爱之心。他和西尔维奥从来没打过什么交道，他们偶尔一起干活，但西尔维奥在蜂拥酒吧多数时候是和斯特凡搭班，除此之外他们之间就没什么关系了。尽管如此，雷曼先生想，西尔维奥还是一个好伙伴，他很忠诚，也勇敢。"我真的很抱歉。"他重复刚才的话，因为他不知道还有什么可说的。"我们本来应该去别的地方。"

"都是我的错，"卡尔扯着小闷雷似的嗓子说，"我他妈不是人。"

没有谁反驳他。“好了，好了，”卡尔一边说话一边举起双手，“有谁想踹我的屁股？”他噌地站起来，转身弓腰，把一个大屁股对着大家。“来吧！机不可失，失不再来。”

这下把众人逗乐了。卡特琳也不例外。雷曼先生盯着她看，她也看他，面部表情意味深长。“你疯了。”她轻声对他说。突然他感觉她的手碰着他的大腿了，但只是蜻蜓点水一般。

“大伙儿犯不着为雷曼先生的未来担忧。”卡尔说。随后他招呼吧台：“来瓶香槟！快！”

吧台后面那女的让瓶塞砰地一声飞射出去，然后端着一个盘子走到他们桌前。盘子里面放着五个杯子。“我来吧。”卡尔对她说。她把盘子放到桌子上，走开之前还很温柔地摸摸卡尔的头。

“有一点总是清楚的，”他斟香槟的时候又说了一遍，“我们犯不着为雷曼先生担忧。”

“为什么？”水晶赖纳问。雷曼先生觉得他在这儿根本就没有资格提问。

这下可把卡尔问愣了。回答这个问题的时候，他就跟看一根冷冰冰的咖喱香肠似的看着水晶赖纳。“雷曼先生创造出一套全新的格斗术，他有了专利，你这傻帽。他先发明克罗伊茨贝格钳子，然后又找出了对付克罗伊茨贝格钳子的招数。真棒。”他把杯子发给众人。“我们只希望那傻 × 没得艾滋病什么的。”

这话叫大伙儿都傻了眼。雷曼先生也大惊失色。

“他没有艾滋病，”西尔维奥说，“他刚刚测过。”

“干吗没有？”卡尔反驳道。雷曼先生觉得卡尔太过分了。

西尔维奥似乎毫不介意。“他从前得过乙肝。我说从前，指的是同志们还不清楚他的病情的时候，他说，正因如此他采取了预防措施。他还说，这么做反倒救了他一命。”

卡尔举起了杯子。“那好，”他说，“为乙肝干杯。乙肝有乙肝的好处！”

大家的看法一致。但雷曼先生还是满心沮丧。不管浪漫之夜多么浪漫，雷曼先生认为，浪漫之夜的结尾不应演变为咬着一个同性恋酒吧老板的手指不放的场面。哪有这么开始谈恋爱的，想到这里他抬眼看卡特琳，卡特琳则用微笑回应他的目光。他再次感觉她的手碰到他的大腿。她很耐人寻味，他想。特别、特别地耐人寻味。

“弗朗克，你得高兴起来，”卡尔用小闷雷似的嗓子对他说，“浪漫之夜刚刚才开始。待会儿我们还要去星球轨道酒吧，现在太早了。那里有雷曼先生所说的嘣嘣蹦音乐，而且花五马克就可以享受矿泉水。”他嘿嘿一笑。“文化，没有比文化更重要的事情。”他回头对西尔维奥说：“我要找埃尔温谈谈，然后你就可以多上几个班，这样问题就解决了。反正他的客人越来越少。”说完他轻轻地摸摸西尔维奥的头。他总是胸有成竹。

“我饿了，”卡特琳说话的时候看着雷曼先生，“饿得还挺厉害。奇怪，这个时候……”

“我也一样，”雷曼先生赶紧说，“我知道哪儿还有饭吃，运河边上有一家。”

“是的，”卡尔又发话了，“你们俩去吃点东西。我们的赖纳……”他朝赖纳背上捶了一拳，“还有西尔维奥留在这里，待会儿我们好好去逛一下星球轨道酒吧。不过我们先来一瓶香槟和一杯水晶型小麦啤酒，你看如何，赖纳？”他又朝赖纳背上捶了一拳，但没想到用力过猛，竟让赖纳做了个前扑姿势。

“其实我也饿了。”水晶赖纳说。

“瞎扯，”卡尔嚷道，“你老老实实待这儿。这里有很好吃的法国三明治什么的。”他翻翻眼珠。“你老老实实待这儿。饿得不行了，你就再来一杯小麦啤酒。这东西顶得上半个面包。”

“对。”西尔维奥说。

他们和大伙儿继续喝了一会，卡特琳不经意似的把手放到雷曼先生膝上，一动不动地放着。好不容易出来之后，两人顺着运河走，她还主动挽起他的手臂。挽臂的时候她看着他，他也看她，她冲他笑，他也冲她笑。这一切都是那么默契那么自然。我们没有步调一致，我们的步调恰好相反，雷曼先生想，她出右脚，我出左脚，这样走路才不摇晃，他想，两人步调一致的时候身体会摇晃，但如果她出左脚我出右脚或者我出左脚她出右脚，走起路来就稳稳当当，他想。卡尔要么是个天才，雷曼先生想，要么是个直觉发达的白痴。但结果恐怕都一样，想到这里，他对卡尔充满了感激。

第九章 香烟

雷曼先生躺在她身旁，吸着烟。他其实不爱抽烟，一抽烟他就头晕，不过现在抽烟倒无所谓。一是他脑子里本来就已天旋地转了，二是她嘴里也叼着烟，三是抽烟的时候他的双手还有点事情可做，不必没完没了地在她光溜溜的身体上摸来摸去。如果他现在不是在吸烟，他的手就肯定在忙于摸索，哪怕这只是因为他觉得赤条条地躺在她身边太不可思议，需要不断通过触摸来确认事实。有鉴于此，香烟于他可谓求之不得。吸上烟后，他更觉得自己在腾云驾雾。这是一种幸福的眩晕，他陶醉其中，无暇琢磨他那交织着幸福与恐惧的复杂情感。

他侧身看着她，把烟灰抖进搁在她双乳之间的烟灰缸。她眯缝起眼睛，把烟雾吹到他脸上，再莞尔一笑。“你总是心想事成吗？”

“谁说的，干吗问这个？”

“不知道，我觉得你像一个心想事成的人。”

“嗐，反正我要求不高。”

“要求不高？”她把烟灰缸放到旁边地板上，翻过身来看着他。“要求不高？你上我这儿也是要求不高，是吗？你可别说这不是你想要的呵！”

雷曼先生看着她，没吱声。有些问题还是不回答为妙，他想。不知道其用意何在的时候，他想，更不能随便回答。

“这可是你想要的。”她调皮地说，说完就照着他的胸脯来一通粉拳。“你一开始就这么计划的。”

“怎么说呢，”雷曼先生字斟句酌起来，“计划？话不能这么说吧，计划，这听起来太老谋深算了……”

“我认为他们低估了你。”

“我爱你，你知道的，这个最重要。”行了，雷曼先生一边暗自感叹，一边摩挲她的额头，再捋捋她的头发，终于说出口了。

“他们以为你没什么本事，”她接着说，“这就是你的秘密。”

“什么秘密？”

“所有人都低估了你。”

“我有什么好低估的。我是怎么样，就怎么样。”

“同意，不过你是谁呀？这个我还想搞清楚呢。”

“可以把烟灰缸递我一下吗？”

她把烟灰缸递给他，他把烟掐了。“我不想让你失望，”他小心翼翼地说，“但没准儿我就是你见到的样子。”

“你从来就没想过做点别的什么事情吗？我相信你在哪方面都可以成为人材。”

“成为是什么意思？说我可以成为什么，就等于说我现在什么都不是。我可不这么看。”

“你刚才的话可是当真？”

“什么话？”

“你真的爱我？”

“是啊，当然了。这话我不会到处追着人说的。”

“我也不希望那样。”她笑着说，说完又是一通粉拳。两人闹着打着，最后用接吻结束了打闹。她趴到他身上。这使他呼吸有些困难，他却毫不在意。

“我不知道我是否爱你，”她说，“我的意思是，”她赶紧纠正，“我相信我爱你，但是我没有坠入情网，你要明白我的意思就好了。”

“我不明白。”

“怎么说呢，我肯定是爱你的。但是我没有直接坠入情网，那可是另外一回事。”

“两者有何不同。你爱谁你就坠入谁的情网。”

“不对。”她支起身子，严肃地看着他。她的头发在他的眼睛上面扫来扫去，弄得他痒酥酥的。“爱是细水长流的日常状态。可如果你坠入情网，你会赴汤蹈火，你就活在当下，就是当下的状态。”

“哦，”雷曼先生说，“你是说一个是急性的，一个是慢性的，是吗？”

她想了想。“对，有点这个意思。”

“一个像肺炎，一个像慢性支气管炎，是吗？”

“这让你一说就不浪漫了。”她俯下身子，在他身上狠狠地嘬了一口，留下一块印记。“好了，”她说，“你现在被打上了烙印。”

“你老是这么干？”

“对。”

“这绝对很浪漫。”雷曼先生说。他们相拥狂吻了一阵，然后她才从他身上爬下来，穿上浴衣。

“你饿吗？”她问，“我饿得要死。我做点什么吧。”

她消失在厨房里。雷曼先生坐起来环顾四周。他们一进门就打开的电视仍然开着。不过他们做爱的时候竟然还抽出时间关掉了声音，这是明智之举，因为雷曼先生觉得耳朵里听着医生和病人对话很难专心做爱。

她的房间把他迷住了。房间结构和他自己的一间半中较大的那一间类似，从他看得见的地方判断，他们两套房子的结构一样，可在别的方面就存在天壤之别了。在她这里，一切都是完美的。房间的陈设非常温馨，甚至有几盏吊顶灯，有插着花的花瓶，有一张正儿八经的床，样样东西都干干净净、整整齐齐，保养很好的几件家具搭配得十分协调，书全都规规矩矩地摆放在一个名副其实的书架上面。她把生活安排得井井有条，雷曼先生想，他对此十分着迷，尽管这也使他失去了一点勇气。每当他去设想和她共同生活的情形时，他的眼前总是浮现出她那具有或者说追求目标和意义的生活，那是一种井然有序、包含有许多重要事情的生活。可一旦反观自身，他就发现在他的生活中原本就不存在这些事情，他也说不出生活的意义和目标所在。更糟糕的是，他对这些东西毫无兴趣。

他往身上披了点东西，走到书架前面检阅她的阅读材料。那上面全是她必备的读物：介绍设计和设计师的书，艺术书籍，展览会目录，德国和美国作家的长篇小说和诗集，人们想读书的时候拿他们的书来读。她的读物搭配得挺合适，这让雷曼先生深感不安。厨房里飘出炒土豆的味道。她可能总是把吃剩的煮土豆留起来做炒土豆，雷曼先生想，他倒是喜欢这样，因为假如他做饭而且用土豆来做的话，他也会这么干。不过这种情况几乎没有出现过，他难得做一次饭，而且从来不用土豆。就算他煮了土豆并把吃剩的留下来，用不了多久土豆就会在冰箱里逐渐发霉长毛。有朝一日他会将它们扔掉，他会边扔边发誓今后再也不留吃剩的土豆了。当他从书架上抽出几部大开本艺术书籍之后，发现后面还有几本花花绿绿、印着烫金字体、已经被翻得稀烂的袖珍书。那是几本爱情小说。“布鲁斯·阿尔特金森是一个成功的男人，他身材高大匀称，正值壮年，”雷曼先生读着其中一本的封底文字，“他拥有一个男人所梦想的一切：一个理想的职业，一幢位于圣莫尼卡的豪华别墅，一艘停泊在棕榈滩岸边的帆船快艇。没人能想到自从他妻子两年前去世后，他的脑子里便萦绕着阴郁的自杀念头。这时，桑德拉走进了他的生活，这是一个热爱生活，但同样隐藏着一桩见不得人的秘密的年轻女人……”雷曼先生听到她的脚步声，赶紧把书放了回去。他舒了口气。

“你想在床上还是在厨房里吃？”她问。她一只手端一个盘子。

“在床上，”雷曼先生说，“这种时候我选择床上。”

她乐了。“嗯，时候不早了。你本来打算什么时候走？”

“本来我是不打算走的，”雷曼先生说，“我总是当晚班。”

“我上午必须去市场大厅饭馆。不过你可以待在这儿。”

“好的。”雷曼先生说，暗地里有些诧异。她把盘子递给他，俩人在床上开吃了。她做的是一种农夫早餐拼盘[1]，也很可口。当他跟她要调味沙司的时候，她没觉得这是扫她的面子，她让他去厨房拿。“把那瓶土耳其调味沙司拿来，”她说，“那是最好的，真辣。”

吃完饭，卡特琳定好了闹钟，然后在他胳臂上躺了一会儿，把一条腿搁在他身上。房间里没有灯光，只有电视屏幕那跳跳闪闪的光亮。就在雷曼先生快要眯盹儿的时候，他突然发现她在哭。

“嘿，你怎么了？”他很温柔地问。

“你好棒，弗朗克，”她赶在抽噎的间歇说道，“真的。你是个绝好的情人，真的。可是……”她吸吸鼻子，坐了起来。

“可是什么？”

“我感觉……说不清楚，这不会有好结果的。我相信你的期望有点太高，也许吧。”

“我甚至没期望在你这儿得到吃的。这么看来……”

“也许我们俩应该试一试，”她说，“但这会有好结果吗？”

1. 农夫早餐拼盘（Bauernfrühstück）：常见的德式早点，用土豆、肥肉、鸡蛋、洋葱翻炒而成。

"会的，"雷曼先生说，"为什么就没有好结果呢？"

"因为你太与众不同。还因为你不捡土豆。"

"你是说存土豆吧。"

"不，是捡土豆。天气越来越热，孩子在学校不好好学习。"

"这有什么关系，"雷曼先生说，"留级就是了。大家都留级。"

"你不是，"她边喊边捶他，"你不是。我也不是。"

"我操。"雷曼先生喊了一声，接着便醒了。电视里正在播放什么游行的画面，他旁边躺着卡特琳，她轻轻地打着鼾。

这就好，雷曼先生想，转眼他又睡着了。

第十章 选帝侯大街

几个星期之后，当雷曼先生到达维滕贝格广场的时候，他的情绪坏透了。在他看来，维滕贝格广场是选帝侯大街的起点，尽管这一段叫做陶恩沁恩大街[1]。他现在是去看他的父母，他们住在选帝侯大街的一家酒店里。他昨晚上酒喝得太多，觉睡得太少，但这本身说不上有多么不好，他已经习以为常了，叫他感觉很不好的是，他不得不离开熟睡的卡特琳，他为此痛心疾首，因为她的睡态不是他所希望那样可以经常欣赏的，而且他在她那儿过夜的机会越来越少，他也很愿意跟她共度早上的时光。“真遗憾，”当他宣布自己必须早早出门去选帝侯大街看望父母的时候，她对他说道，“不然我们上午还能干点什么。”可是，从她的话音里听不出发自心底的遗憾，这让从心底里感到遗憾的雷曼先生暗暗吃惊。本来他倒是很愿意坐在从格尔利茨火车站到维滕贝格广场的地铁里冷静地思考一下这个问题，他这么做，只是为了——苍天在上——让卡特琳和他成为真正的情侣，而不是逢场作戏。在

1. 得名于1813年1月13–14日在维滕贝格指挥普鲁士军队打败拿破仑军队的普鲁士将军陶恩沁恩（1760–1824）。

过去的几个星期里，他们其实一直在逢场作戏，而由于他们的关系似乎没有任何变化，雷曼先生听着这话感觉更不好。谁愿意守着一个塞得满满的冰箱忍饥挨饿呢？坐着地铁从格尔利茨火车站驶向维滕贝格广场的雷曼先生想出这么一个比方，但他随即又嗤之以鼻，这太不浪漫了，他想，哪能这么看问题呢。后来他又不得不集中精力去管别的事情。

他在别的方面也很不顺利。譬如他没有时间购买地铁车票，因为他刚到格尔利茨火车站就碰上列车进站，他只好无票乘车。他一点都不喜欢这种做法，因为他在这些事情上不走运，他已经有一桩骗取公交运输的罪过记录在案了。尽管如此他还是硬着头皮上了车。对他来说，不迟到是挺重要的一件事情，但这不是因为怕父母生气。他要是迟到了，他们当然要生气。真正的原因在于他从来不迟到。他厌恶迟到，他厌恶迟到甚于厌恶无票乘车，厌恶自己迟到甚于厌恶别人迟到。碰上别人迟到他一点不生气，自己守时才是头等大事，况且他一向守时。就这样，他毫不犹豫地登上了地铁。其实他的时间还早，确切地讲是太早，因为他是将近十点的时候到达格尔利茨火车站的，而他和父母约好十一点见面。要说赶到选帝侯大街，他的时间还绰绰有余，尽管他坐的是地铁一号线，尽管在他眼里这一号线是丁零哐啷的老破车，慢得要命，还塞满了精神变态者和精神分裂者，今天——恰逢他赶赴选帝侯大街，恰逢他处于宿醉状态——他尤其烦他们。由于无票乘车，他一路上非常的紧张，他暗中发誓再也不受窝囊气，特别是柏林公交局查票员的窝囊气。

这些废话连篇、制服很不合身的家伙，时不时地封锁地铁所有的出口，或者在人满为患、慢如蜗牛的列车中挤来挤去，逐个查票。如果不是因为同样喋喋不休、爱读《图片报》、找路找得人晕头转向的出租司机更叫人讨厌，他会毫不心痛地花钱打出租，使自己逃脱柏林公交局制造的悲惨世界。

当他终于到达维滕贝格广场车站，照他看也就是到达选帝侯大街的时候，他下了车，汇入地下人流，疾步奔赴光明，尽管那只是维滕贝格广场的光明：由于西柏林商业中心和其他建筑物的存在，维滕贝格广场构成了悲惨世界的开端。从维滕贝格广场可以望见远处那些虎视眈眈的建筑，如荒唐的欧洲中心，如更加荒唐的纪念教堂，还有那些冠名为什么莱瑟什么施蒂拉的鞋店。维滕贝格广场还是选帝侯大街灾难的序幕，在这里已经可以花一马克买选帝侯大街公共汽车通票。这种票他很想买，因为他想合法地乘车完成余下的路程。他走到街对面的公共汽车站，但站台上的人很多。这里一如既往地挤满了人，而且是那种每逢周六就一窝蜂地朝选帝侯大街跑的人，雷曼先生死活也想不通他们为什么这样做。

他刚到站台就有一辆挤得满满登登的公共汽车进站。一看自己即将搭乘如此拥挤的汽车，雷曼先生心里有些发憷。不过他未能成行。因为在他刚要上车的时候，司机却带着居高临下的厌倦表情冲他摆摆手，然后关上了车门。雷曼先生看了看不远处的一个公共时钟，现在是十点二十分。时间还够，等下一班车，他安慰自己。他必须到选帝侯大街施吕特街[2]口，这倒是不远，他想，必要时也可以走着去。想到这儿他就像吃了一颗定心丸。幸好他非常清楚他的目的地，他已借助黄页[3]和柏林市区图确定了父母下榻的酒店所在位置。为保险起见，他还给酒店挂了个电话，谁知道对不对呢，他想，选帝侯大街那么长，其长度足以和它的愚蠢程度媲美。又一辆公共汽车来了，他也上了车，可是司机拒绝因为这一马克的通票收一张二十马克的钞票。

“您拿这张钞票在我这儿买不到票，”司机说，“我没有义务为二十马克找零钱。”

“这钱没问题，”雷曼先生说，“这是德意志银行发行的二十马克钞票。”

“我没有义务给您找零钱。”

“谁说的？”

“《公交运输条例》说的。听好了，要么给零钱，要么下去。”

“但是《柏林公交局公交运输条例》也说了，您要是没法找我零钱，您就必须给我一张说明余额的收据，好让我拿着收据到克莱斯特广场兑钱。”雷曼先生讲话有根有据。有一次他在地铁默肯大桥[4]站等车，无聊之中他通读了挂在站内的《柏林公交局公交运输条例》。

“我可没时间写收据，”司机说，“您要么给零钱，要么下去。”

“您违反了贵公司制订的《公交运输条

2. 得名于雕刻家和建筑师安德烈亚斯·施吕特（1659–1714）。

3. 黄页专门收录一个城市的服务行业及政府部门的电话及地址。页面为黄色。

4. 得名于1813年10月大会战期间普鲁士军队打败拿破仑军队的默肯小镇。

例》。”雷曼先生说。

司机将车熄了火，交叉起双臂。“我有时间。您要不马上下车，我就叫警察。”

“刚才您还说没时间。这到底是怎么回事？”

“下去，不然我叫警察了。”

车上有人开始抱怨了：有的喊“把这傻瓜撵下去”，有的嚷“我们可没有一整天的时间来奉陪”。

这样不行，雷曼先生想。不能跟蠢人置气。他还很及时地想起他们尚未解除禁令，他们依然禁止他进入柏林公交局大楼。既然如此，最好别去较真儿，尽管从法律上讲他对这件事情所持的立场无可挑剔。

“想知道自己是谁吗？”下车后他大声喊。

“不需要。”司机关上门，车走了。

“你是个大傻×！”就在车门嘎吱关上的一刹那，雷曼先生冲司机吼道。但是这无济于事了。

这正是他预料之中的事情。他还没等真正走到选帝侯大街——他刚刚到达维滕贝格广场，就遇上他妈的麻烦了。他设想自己到什么地方换换钱，或者坐地铁三号线到乌兰德大街[5]，但他马上又打消了这个念头。在他看来，今天的柏林公交局已经病入膏肓。现在是十点二十五分。如果我现在走快点，他想，我还是能够准时到达酒店的。太好了，时间还早，雷曼先生边走边想。今天去和父母见面，他本来希望至少在路上可以放松

5. 得名于德国诗人路德维希·乌兰德（1787—1862）。

放松。他都想好了，如果去得太早，他就在酒店附近找个地方喝杯咖啡，到了十一点整——他也不愿意太早进去，他知道什么时候需要从容不迫——再迈着轻盈潇洒的步伐进入酒店的早餐厅，走向翘首等待的父母。

但是他也知道什么时候需要抓紧时间。现在他就脚下生风地行走在陶恩沁恩大街。这并非易事，因为在这个地方根本就不可能比众人走得更快。雷曼先生感觉这芸芸众生拖着步子逛陶恩沁恩大街，就是为了折磨他。他汗流浃背，嘴里小声骂着。他在人流中窜来窜去，一会儿要避让眼睛东张西望、嘴上叽里呱啦、走路总是至少七人一排的游客，一会儿要绕过裹着裘皮大衣、享受养老金的老太太，一会儿又遭遇成群结队、变化莫测的青少年：他们常常在他试图超过去那一刹那，突然止步或者变换方向。这样的青少年满大街都是，尽管走得很快，雷曼先生还是注意到他们大都穿着一样的运动服，背上印着“柏林·1989年德国体操比赛”的字样。他的心情当然不会因为看到这些东西而好起来。如果他们玩体操也跟走路一样，想到这里他不禁义愤填膺，那您就晚安吧，德国体操比赛，您就滚蛋吧，德国体操运动，他想，他们都得掉下高低杠，他们连跳山羊都不会，他们又吃药丸又用兴奋剂，结果适得其反，雷曼先生想。等走到布赖特沙伊德广场[6]的时候，他彻底傻眼了。这里是——他小声嘟囔着——“选帝侯大街嘤嘤嗡嗡的游客和纳粹遗孀”与陶醉于广场摇滚音乐会的摇滚发烧友们汇合的地方。

6. 得名于社会民主党人、反纳粹烈士鲁道夫·布赖特沙伊德(1874—1944)。

这可不行，雷曼先生想，不能再走了。我得坐公共汽车，他想，不然我会变成见人就杀的神经病。他找到一个报刊亭买了一包烟，然后便点上一支。现在他不仅有了零钱，而且可以在吸烟——自从四个星期之前在卡特琳那里开始吸烟之后，他再也不觉得吸烟有什么困难——的时候尽情地想卡特琳。尽管存在这样那样的问题，但他觉得和她在一起还是挺好，或者说可以好起来，或者管它什么样子。出门之前他给她一个吻，吻她的时候她很满意地咕噜了两句。想到这里，他精神抖擞起来。现在来杯咖啡倒不错，他想，环顾四周，他却看不出哪儿可以让他立马喝上一杯咖啡。在他踩灭烟头的时候，已经十点三十五分了。他走向布赖特沙伊德广场汽车站。这回上车非常顺利，他买到了一马克的选帝侯大街通票。

“不过这只能坐到阿登纳广场。”多嘴多舌的司机对着他的背影提醒道。

“知道，知道。”雷曼先生不耐烦地回答说。他压住心头的火，虽然他很想多说一句，骂他们搞他妈的挂羊头卖狗肉的把戏，因为阿登纳广场当然不是选帝侯大街的终点，干吗要把这破玩意叫做选帝侯大街通票什么的。这些话他本来可以说给司机听的，但他现在觉得这关他个屁事。双层公共汽车的底层塞满了人，雷曼先生往二层走，上去之后他勾着腰找空座，可他不仅没找到位子，而且被汽车摇得——汽车已经启动了——头晕。雷曼先生知道二层是不允许站人的，所以他直奔车厢尾部的楼梯，但是那儿也站满了人。雷曼先生不得不弓着腰坚持站到约阿希姆斯塔尔大街站。汽车停稳后，他才往下面走，走着走着他却被身后那些拼命往外挤的人挤出了车外。他只好耐心等着他们下完之后重新上车。

“请您注意，上车必须走前门。”一个声音从车内的扬声器传出。雷曼先生闹不明白怎么回事。

“我拒绝发车，”扬声器中喊道，“上车必须走前门。”

现在对什么都满不在乎的雷曼先生再次下车，他走到前门排队。上车后他向司机出示他的选帝侯大街通票，司机摇摇头。

“这只能用一次。”他说。

“这可是我刚刚从您这儿买的。”

“谁知道。”

“我刚才下车只是为了给人让道。我一直在车里，我是说，这是我刚刚从您这儿买的。”

“谁都可以这么说。一马克。”

是可忍孰不可忍。敬酒不吃，雷曼先生已经怒火中烧，就吃罚酒，他想，要打开天窗说亮话，要老账新账一起算，要一刀两断，要撕破脸皮。他冲司机笑笑，把车票放在收款机上。

“给，好人。”他说。

“这又是什么意思？”

“怎么说呢，”雷曼先生和和气气地说，“您这张漂亮的车票我拿来没用了。劳驾您给回收一下。我现在拿一马克买一张新的，对吧？”

“一马克。”司机点点头。

“这是二马克，好人。”雷曼先生边说边把一个二马克硬币放在旧车票上面。“这些都归您，拿去好好地享受一天吧。不，”他摇摇手，“我不想要您的车票了，谢谢您的辛苦劳动。”

说着雷曼先生跳下了车。他再次转身朝司机挥手。“那二马克不仅仅是您的劳动所获，”他说得很诚恳，“您的确是一个伟大的战略家。开车吧，您可没有一整天的时间来跟我扯皮。”

司机看看钱，又看看雷曼先生，想说点什么。他那搜索枯肠的样子叫雷曼先生看着很开心。他打了一个驱赶的手势。“快走，”他喊道，他蓦地想起当年在国防军服役时的情形，所以补充道：“快去！快回！”他不再理会愣在那里的司机和他的公共汽车，一个人神气活现地朝前迈步行走。

事情还有救，但时间很紧了。对面的公共时钟显示十点四十分。雷曼先生穿越约阿希姆斯塔尔大街，但他尽量不让映入眼帘的克兰茨勒咖啡厅败坏自己的情绪。在他眼里，这个咖啡厅是选帝侯大街俗不可耐的象征。他大步流星，专挑狗屎多、一般人避之唯恐不及的人行道外侧走。旅馆、车行、肉排店、纳粹遗孀扎堆儿的咖啡馆、纪念品商店、旧杂商店、搞骗钱赌博游戏的，全都一闪而过。他在一步一步地接近目标。由于击败了公共汽车司机，他现在又亢奋又乐观，他相信自己还是可以按时赴约，说不定还能提前几分钟到达父母所在的酒店。其实这一天也不见得有多糟糕，他一边走，一边愉快地思考，他也利用这时间再一次把卡特琳往好处想，再一次去回忆她赤身裸体的样子。

然后他就撞见那条狗。这是位于克内泽贝克大街[7]和布莱布特罗伊[8]大街之间的一家珠宝店门前：只见珠宝店的门一开，一条狗便带着嗷嗷惨叫滚到了人行道上。也许有人踢了它一脚，这个雷曼先生没看清楚，不过当它滚落到正在欣赏珠宝店橱窗的纳粹遗孀堆里的时候，它的屁股倒是一扭一扭的。狗一挣扎起来，就和雷曼先生四目相对了。瞪着我干吗，想到这儿，雷曼先生停止了脚步，瞪着我干吗？没错，就是劳西茨广场那条狗，它正拖着形似香肠的肥硕身躯向雷曼先生步步逼近。雷曼先生做好了呼救的准备。也许这附近有警察，他想，他们老在这一带捉那些搞赌博游戏的骗子。但这狗已来到他跟前，砰地坐在地上望着他。

“别再来那一套啊，”雷曼先生小声对狗说，“别再来那一套啊。”

但是这条狗没有发出狺狺低吼。它只是——这样子换到别的任何一条狗身上，他都会觉得亲切又可爱——偏着脑袋看雷曼先生，目光很柔和。

“你在这儿不走运，是吧？”雷曼先生说。

狗把头偏向另一侧，发出吱吱欢叫。

“嗐，”雷曼先生说，“我必须赶路。我有急事。”

雷曼先生慢慢挪动脚步，狗没有任何反

7. 得名于普鲁士陆军元帅卡尔·弗里德里希·封·登·克内泽贝克（1768—1848）。

8. 得名于德国画家格奥尔格·布莱布特罗伊（1828—1892）。

应。走出几米之后，雷曼先生回头看了一眼。狗依然端坐在原地，巴巴地望着他的背影。

“抱歉了，”雷曼先生对着狗喊，“我有急事。”离他最近的公共时钟显示差八分十一点，他知道还来得及。

第十一章 酒店大堂

“儿子，你出汗了。还赶上这么不好的天气。你会感冒的。”

“嗯，”雷曼先生一屁股坐到一个圆沙发上，“我不得不走路。公共汽车老不来。”

“所以你就这么玩命地跑？你身上都有味儿了。”

他的父母没有在早餐厅里，这也没什么好奇怪的，因为他们今天清晨才上路。他们坐在酒店大堂的藤编组合沙发椅上，沙发上有五颜六色的靠垫，他们俩身穿大衣，父亲连帽子都还没摘，看那样子就像是两个因为不知道是否还有去西面的火车而茫然无措的难民。雷曼先生很久没和他们见面了，上次是什么时候他还得好好想想。既然排除了圣诞节，大概就是父亲的六十大寿。这已经一年半了。

“你们路上还顺利吧？”

“一言难尽。”父亲笑笑。雷曼先生发现父亲已是满头白发，这反倒使他显得精神。他也不像从前那么胖了。但他一脸倦容。“这得看你怎么想了。我们三点半就起床了。”

“光把人凑齐就耗了不少时间，”他母亲说，“他们先到伐尔，然后横穿不来梅，反正上哪儿都把我们拉着，我们家离高速公路很近。”

“高速公路到处都有，”他父亲说，“他们在哪儿上高速公路倒无所谓，管他在瓦尔，在赫墨林根，还是在塞巴尔德斯布吕克，就是在阿尔斯滕也没什么。”

“在阿尔斯滕也有人上车，”母亲说，“我们甚至经过了草莓大桥。然后是那帮东德警察，费了老长时间，真是太可怕了。他们竟然随便检查……”

“也许我应该弄杯咖啡来，”雷曼先生问，“你们要咖啡吗？”两人都点点头。

“我要加牛奶的。”父亲说道。

雷曼先生朝总台走去。从前他们是不会要咖啡的，他想。绝对不会。他们不似从前那么倔了，他想。他问总台值班的女的：“这儿可以要咖啡吗？”

那女的摇摇头，但又告诉他可以让隔壁送过来。雷曼先生对这女的立刻产生了好感，因为这不是选帝侯大街的做派。他要了三份咖啡，再回到父母那边。

“你身上的味儿可真是够大的。”母亲在他坐下的时候说道。

“对不起。”雷曼先生说。他早上没有洗澡，身上穿的又是头天晚上在蜂拥酒吧穿过的衣服。“这肯定因为出汗了。出门前我还得干点活。路上又出了不少岔子。咦，”他转换了话题，“你们为什么坐在大堂里面，我是说，你们怎么还穿得这么规规矩矩的？为什么没进房间？”

“没必要，”说话时父亲摆摆手，“房间也不怎么样。”

“哎哎，”母亲说，“走这一趟也不贵呀。来回的车费再加夜房费，总共才 100 马克，这真是便宜得离谱。还包括免费乘车游览市容呢。”

“乘车游览市容？”雷曼先生问。

“说的就是嘛，”母亲说，“全都包括在里面了。游一圈三个钟头。”

“那你们马上又得走了。”雷曼先生说。他不清楚自己应该窃喜还是应该生气。

“我还以为你和我们一块儿去呢，”母亲说，“那多好哇。”

“怎么说呢，”一想到游览市容，雷曼先生不寒而栗，“游览市容，你们知道的，这……”

“这些地方他全都熟悉，”父亲插话了，“他在这儿生活这么久了。要是在不来梅我也不会跟着去游览市容。”

“干吗不去，那说不定很有意思。”

“我哪知道。”雷曼先生说。一想到坐着双层公共汽车摇摇晃晃地去浏览市容，参观查理检查站之类的景点，他就心烦意乱，“这更适合游客、外地人什么的。”

“算了吧，”父亲说，“他不需要这个。”

“但这样我们可以在一起呀！”雷曼先生的母亲非常固执。

雷曼先生瞅着他们，心里有点难过。不管相隔的时间长短，他每次见到父母都是这种感觉。

她想跟从前一样，他想。“我们今天晚上一起吃饭，”他说，“我专门订了张桌子。你们好看看我工作那家餐厅。”

“今天晚上？”母亲很诧异，“不是还有杂耍剧院那档子事儿吗。”

“杂耍剧院？”此时此刻雷曼先生完全是另外一种心情。

“别老提傻问题，”母亲说，“那地方你可不能跟着去。只有我们团里的人可以去。说是座位有限什么的。”

“等等。”雷曼先生说。他现在不敢肯定自己是否正确估计了母亲的感情。“我们通了好几次电话。你们说无论如何也要看看我工作的地方。你们还想和我一起吃顿饭。现在都怎么了？”

“他是对的，玛塔，”父亲说，“这我可跟你说过。我们是这么约的。”

“今天晚上？”

“当然了，明天晚上我们就走了。”

“我忘得一干二净了。”

“他已经订好桌子，我们必须去，”父亲的话说得斩钉截铁，“你怎么样，弗朗克？”

“很好。”雷曼先生说。

“当然我们也可以去吃饭，这样更好，杂耍剧院就算了。”母亲说。

“公司情况如何？”

“我只是说，既然都包括在内了……”

父亲又一次摆摆手。这个动作雷曼先生已经注意到了，这是新生事物。“全变了，你肯定都认不出来了。走了不少人。”

雷曼先生很内行地点点头，他在父亲工作了四十年那家公司学过运输销售。“今非昔比，是吧？”

父亲同样点点头。他是一个人占着一个双人沙发，所以就摊手摊脚地坐在上面。“他们刚刚建议我提前两年退休。”

“结果呢？你干吗？”

“没门儿。”父亲瞥了妻子一眼，“我的脑子可没出毛病。”

“那样的话他成天都在我面前晃来晃去的，”雷曼先生的母亲说，“这也得先慢慢适应。”

“用不了多久我就只需工作二十五个小时了。走着瞧……”

“嗐，”雷曼先生说，这些东西他听起来有点像是来自外星球的消息，“这总比四十小时好。”

这时一个身穿制服的服务员从酒店的大门进来。他端着一个银质的大盘子，用询问的目光看着总台，有人朝雷曼先生指了指，他便走了过来。

“三份咖啡，”那人说，说“咖啡”的时候他带着高雅的法语腔，“是您要的吧？”

“对，对。”雷曼先生回答说。他满心欢喜。这很有档次嘛，他想。服务员动作优雅地把盘子放上茶几，雷曼先生一把抓起账单。他不想让母亲看到在这种地方消费是什么价钱。

“一杯，两杯，三杯。”服务员一边念，一边从盘子里拿东西。这是三个——雷曼先生一眼就看出来了——银质的小咖啡壶，几个贵重或者看似贵重的陶瓷杯子及银质调羹，一个带夹子的糖盒，一个盛着鲜奶油的小罐子。也许选帝侯大街并没有多差劲，雷曼先生想，他们有那么一种派头。他们决不会给你上小塑料盒包装的牛奶，至少这个地方不会出这种事，他马上修正自己的说法，因为他在选帝侯大街也有过截然不同的体验，同样是在选帝侯大街，当初——那是他和那个热衷于电影的女朋友在一起的时候——就有人一本正经地问过他要的卡布奇诺里面是加鲜奶油还是加牛奶。

“太好了！”母亲很高兴。

服务员看着很和气很干净，他的皮肤晒得很黑，脸上带着微笑，雷曼先生很大方地给了他小费。他父母往咖啡里面又兑鲜奶油又扔方糖，雷曼先生什么也没加。

“我说弗朗克，”母亲喊他，“你什么时候开始抽烟了？”

“抽得很少，”雷曼先生说，“只是喝咖啡的时候抽一支。”

“今晚上我们无论如何也要和他一起吃饭。这也舒服点，”父亲说，“杂耍剧院的破玩意谁看哪。”

“据说是什么异性装扮者来表演，”母亲说，“这在别的地方可看不到。”

“怎么是异性装扮者？”雷曼先生问，“我还以为是哈拉尔德·荣克主演的什么剧呢。”

“哈拉尔德·荣克？”母亲很诧异，“他和异性装扮者可没什么关系吧。”

父亲乐了。

“你在电话里讲是哈拉尔德·荣克主演的什么剧。”

“你说那个啊，不对不对，是异性装扮者的节目。”母亲说。

“有人让我问你好，”父亲说，“是勃兰特夫人。”

“谁是勃兰特夫人？”

“咳，对了，她以前叫……反正以前都叫她多尔曼小姐，她认得你，她是做会计的。”

“哦。”雷曼先生说。他当然记得多尔曼小姐，因为是她夺去了他的童贞。“她还在那儿？”

“还在，还在，她结婚了。但没小孩。”

雷曼先生用怀疑的目光看着父亲。父亲嘴角上又浮起一圈意味深长的微笑。他很神秘，雷曼先生想，可能我一直低估了他，想到这儿他感到很欣慰。

“这咖啡可真好，”母亲说，“孩子已经把钱付了”，她对丈夫说。“都到这份儿上了。”

“谢谢，弗朗克，”父亲说，“你真好。”

“是啊，还真是的。”母亲又强调一番。

雷曼先生心里很不是滋味儿。他不希望父母感觉非谢谢他不成。这样总觉得哪儿别扭。

“你现在有女朋友吗？”

“玛塔，够了！”父亲接过话头，然后转身对雷曼先生说，“她一路上都在我耳边唠叨，从赫尔姆施泰特到这儿都在问：弗朗克有没有女朋友呵，他会不会给我们介绍一下呵……”

“问这有什么不好。他又不是什么同性恋。”

“谁也没这么说。”

“嗬，难道是我说的？”

“我根本就没说。是你说起的。”

“我只是说我们可以问一问。”

“不可以的，这不合适。”

“你们现在别争了！”雷曼先生说。他注意到大堂里的人越集越多，他们的年龄和他父母相仿。他推断这些人在等待十二点，游览活动就要开始了。

“听我说，”他采取主动，“接下来咱们怎么安排？我是说，既然你们今天晚上还要和我一起吃饭，游览市容我就免了。今天晚上反正是在我的餐厅，或者说是我管事那家餐厅，”我的上帝，他想，这话多拽呀，他们会认为我脑积水的，“这也是我们早就说好了的。”

“对！”母亲说。

父亲点点头。“反正傍晚的时候我先得睡一会儿，”他说，“游这一趟肯定会把我彻底拖垮。不过现在我最需要的，就是坐车兜风。”

“餐桌我订在八点。”

“这么晚，”母亲说，“还是吃热的！”

“别说废话了，”父亲说，“我们在家里吃饭也不比这早。”

“当然早了，我们总是在《每日新闻》[1]开始前就吃完了。”

“没错，可是我们也不是在柏林看《每日新闻》。”

“这倒是。”

雷曼先生叹了口气。“我把地址给你们写上。”他去总台要了纸和笔。那女的粲然一笑，看得他骨酥肉麻。选帝侯大街也不是什么都坏嘛，他一边朝父母坐的地方走，一边大发感慨。只要离开街面，只要避开纳粹遗孀扎堆儿的咖啡馆就行。

“这是地址，”他重新坐下，把纸条放在父母面前，“这是在克罗伊茨贝格。”

“上帝呀，”母亲说，“那儿要是出现骚乱怎么办。”

“得了吧，”父亲说，“这都是好几年前的事情了。”

“这种事情随时可能发生。”母亲俨然老于世故。

“嗯，是这么回事，”雷曼先生铁下心来，“不过你也得考虑一点：赫墨林根、新法尔、塞巴尔德斯布吕克、阿尔斯滕几个地方加起来才有克罗伊茨贝格那么大。”

“真的。”

“你们跟出租司机说一声就行了。”雷曼先生说。

大堂里已经站满了人，雷曼先生犹如芒刺在背，因为他老觉得别的大巴游客在观察他们。这些人还不习惯同车的在游玩的地方认识个什么人，他想。在他们眼里我父母就算专家了。因为他们有一个没出息的儿子。也是因为喝

1. 德国电视一台的晚间新闻联播。晚上8点钟开始，为时一刻钟。

了这杯咖啡，他想。

“你抽烟竟然这么厉害。”

“让他抽吧。”

“出租车到处都有。”

“没问题，”父亲说，“我们又不是第一次打出租。”

一时间他们谁也没说话。雷曼先生看出父母着急了。游览车可能马上就走了。父亲在看手表。

“几点了？”雷曼先生问。

“十一点四十。”父亲说。

“对不起，我就不去了，”雷曼先生说，“反正这对我没什么意思。”

“对，别去了，”父亲说，“换了我也不会去。”

“走一趟可以看遍所有景点，”母亲显得很无奈，“这也是必要的嘛。”

“我们全看，”父亲说，“你不会漏掉什么的，”说话的时候他拍拍妻子的膝盖，“回头我们比弗朗克和他哥哥还了解柏林。”

“他现在怎么样了？”雷曼先生问。

“哦，你是说曼弗雷德，”母亲说，“在纽约那地方，他会很顺利吗？”

“他也许圣诞节要回来。”

“你会在圣诞节回来一趟吗？假如你哥哥也在我们那儿的话？”

“当然。”雷曼先生说。

“我想我们该走了。”父亲说。周围的人也不再盯着他们看，而是一窝蜂地朝门口涌去。父母站了起来，雷曼先生跟着站起来。

“八点，说好了？”雷曼先生说，“我等你们。”

“放心吧，放心吧。”父亲说。母亲一把搂住他。“我还没有好好问候你呢，”说着她紧紧地拥抱儿子，“我们现在又分别了。”

“我们晚上还见面呢。”雷曼先生说。

“好吧。”说着父亲拍拍他肩膀。

雷曼先生让父母和他们的同车旅伴先走。总台那个女的再次对他粲然一笑，以示送别。他报以长长的注目礼，然后走出酒店。当他从游览车旁边走过时，坐在二层窗口的母亲敲了敲玻璃，冲他挥挥手。

雷曼先生也挥手。突然间他觉得有点难过，后悔没有跟着父母去游览。这绝非因为他在乎查理检查站、勃兰登堡城门、柏林墙，以及观光沿线别的景点。但他的确有点难过。我变得脆弱了，他想。他点上一支烟，然后才走到街对面去赶公共汽车。

第十二章 晚宴

当雷曼先生在八点整走进市场大厅饭馆的时候，他的父母已经到了。他们的桌子位置很理想，既没挨厨房和卫生间，也没紧靠大门，他们和他最好的朋友卡尔聊得正起劲。卡尔的穿着似乎很考究：他穿了一件雷曼先生从未见过的黑色西服。西服过于肥大，穿他身上松松垮垮，一看就是二手或者三手货。西服底下是一件白衬衣，衣领上打着蝴蝶结。他这模样十分怪诞，仿佛是一只在洗衣机里被甩干之后提出来的巨型企鹅。雷曼先生真想扭头就走。

“他来了！”当他来到桌子前面的时候，母亲说道。

“哈啰，头儿。”他最好的朋友卡尔一边问候，一边向他伸手。

“别嬉皮笑脸的！”他没好气地来了一句，然后坐下。

“我们刚才还纳闷你去哪儿了。”母亲说。

“现在是八点整，”雷曼先生说，“你们来早了。”

“出租车开得很快。”

“这一趟游得怎么样？”

“很累人！”父亲说。

“这柏林墙啊……”母亲边说话边忧心忡忡地摇摇头。

“这是菜单，头儿。”卡尔打断了他们的谈话，将一本菜单递给他。雷曼先生的父母一人拿了一本。卡尔点燃一支蜡烛。在这地方也找不出第二根蜡烛。雷曼先生发现卡尔的指甲很脏，他暗地里问，这究竟是因为自己当上这假经理之后明察秋毫呢，还是因为他最好的朋友卡尔不似从前那么注意了呢？

“你用不着叫我头儿，”雷曼先生说，“顺便说说，这是我父母，这是卡尔·施密特。”

“我们什么都知道，”母亲说，“我们已经聊了好一会。”

“很好嘛，”说罢，雷曼先生低头看他的菜单，“你们喝什么？”

“我们已经要了，”母亲说，“施密特先生给我们推荐了点东西。”

雷曼先生满脸疑惑地望着他最好的朋友卡尔。卡尔正好站在他身后，魁梧的身躯投下一块巨大的阴影。卡尔咧咧嘴。“我推荐的是好酒，头儿。”

“什么好酒？”雷曼先生有点生气了。开点玩笑他不反对，但这种玩笑不是精雕细镂的产物，这是用大锤砸出来的。

“红酒。”卡尔使劲挤右眼，“没剩两瓶了。一九八五年的。”

“哦，是那个……”雷曼先生说，“那就每人来瓶矿泉水吧。你们已经看好菜了？”他问父母。

“没有，”父亲不解地说，“这里做什么事儿都很快呀。”

“我去换瓶。”卡尔说着便走开了。

“这年轻人真好，”母亲说，“你给我们推荐什么？”

“烤猪肉不错。”

“烤猪肉，”母亲说，“烤猪肉，这我自己也可以做。这儿就没有特色菜？”

“这家餐厅的烤猪肉非常有名，”雷曼先生煞有介事地说，“这城里的人都知道上这儿吃烤猪肉。有的上午就来了。别的地方可吃不到这么好的烤猪肉。”

“好吧，可这烤猪肉……”母亲噗嗤一笑，“……也可以去我那儿吃。”

“这里的烤猪肉绝对一流水平。不然你就点鱼吧，”雷曼先生试图抓根救命稻草，“看这儿！”他伸手给母亲指菜单上的鱼类。“鳟鱼，鳕鱼，鲈鱼，一应俱全。再不然——”他不怀好意地补充道，“——来点素的吧，母亲。”

“我想我还是来烤猪肉吧。”父亲说。

“我也一样。”雷曼先生说。

“那我也来烤猪肉。”母亲说，“对吧。至于素食，我可是一窍不通……”

“你不然来一份咖喱炒绿仁儿。”雷曼先生建议道。

“不用，不用，既然你说烤猪肉……”

“来了！”卡尔突然冒出来。他从雷曼先生身后弯腰将一瓶葡萄酒放到了桌上，他那件没有系扣的西服上衣在雷曼先生脸上扫来扫去。“这可是很高级、很高级的东西啊。”

“杯子，矿泉水。”雷曼先生说。

“明白，头儿。”说罢，他最好的朋友卡尔走开了。

“换瓶不是这样的，”父亲边说边端起瓶子来研究，“这酒也不是八五年的。”

雷曼先生真想问父亲什么时候变成品酒专家了，但他稳住没问。卡尔送来了杯子和矿泉水。

“烤猪肉做得好吗？”雷曼先生的母亲问他。

“岂止好，”卡尔说，“大家都说是一首诗。”

“起酥皮的？”

“等等。”卡尔又走开了。雷曼先生眼瞅他闪进了厨房，预感到将有一场恶作剧发生。随后卡尔的确和卡特琳一道出来了。

“他怎么不知道是否起酥皮？”母亲抱怨说，“他应该知道。”

卡特琳来到他们桌前。“能为诸位效劳吗？”她问。

“这烤猪肉起酥皮吗？”雷曼先生的母亲问。

“当然了。”

“为什么当然？反正我是从来不管酥皮不酥皮。我嫌麻烦。”

“这酥皮呀，”卡特琳笑着说，“人们太把它当回事了。”

“顺便介绍一下：这是卡特琳·瓦尔默斯，”雷曼先生说，“本餐厅厨师，这是我的父母。”

“说到烤猪肉，您的儿子是个大行家。”卡特琳一本正经地说。

“您请坐。”说着他母亲从旁边的桌子拉了一张椅子过来。假设我父母生活在这里，雷曼先生想，他们将是地道的克罗伊茨贝格人。他们如此无拘无束，我还真没见过。

“我可不能待久了。”卡特琳在雷曼先生的母亲旁边坐下，然后将脸上的一缕头发捋上去。

“反正我从来不做酥皮。”他母亲回到刚才的话题。

“我也一样。”卡特琳说。雷曼先生不清楚这场面还会变得多么难堪，还会向什么方向发展，所以他决定放松一下，他开始往杯子里斟酒。

“我也来一点。”卡特琳说。

猫在附近偷听的卡尔即刻端着第四个葡萄酒杯跑来。

“你可以长时间地离开厨房？”他母亲问。

“反正头儿在这儿。”卡尔插话了。

雷曼先生把杯子里的酒一口喝干，接着又给自己倒。要应付这种场面，没有酒精根本不行。

“那当然。”

“我要是不做酥皮的话，一半的人都会嚷嚷要带酥皮的，”说话时卡特琳看着雷曼先生，“您简直没法想象那些人上这儿来捣些什么乱。”

“嗷，可怜的姑娘，”雷曼先生的母亲边说边轻轻拍她的手臂，“这我可以想象。给素不相识的人做饭肯定不容易。”

“来吃烤猪肉的人最坏。”卡特琳说。

“噉，我不应该向您提那个问题。”

“不，不，您这一点问题没有。”

“我现在可以下单了吗？”卡尔还站在那里。

“你怎么想现在下单，”雷曼先生尖刻地问，“你拿单子去干吗呀？去厨房？那儿有人吗？”

“凡事都得讲规矩。这可是你奉行的最高原则，头儿。”

“这个道理他一再给我们讲。”卡特琳帮腔道。

“那我就要烤猪肉。”他母亲说。

“我也是。”雷曼先生的父亲说。

“三份烤猪肉，”雷曼先生说，“但必须带大家都很当回事的酥皮。”

“我总加点蒜汁。”他母亲说。

“我也一样。这个重要得多。”卡特琳说。

雷曼先生举起杯子看着父亲。父子俩咣当碰杯。与此同时，他所爱的女人和身为他母亲的女人聊得热火朝天，她们的话题是大蒜及其用途。

“这里的生意总这么冷清？”他父亲询问道。

“不是的，晚些时候才会热闹起来，”雷曼先生说，“到九点钟这里会爆满。”

“但不是所有客人都用餐吧？”

“不是。”雷曼先生承认。这时候他看见水晶赖纳又在吧台边上占据了一大块地方。“即便他们吃饭，主要还是靠酒水赚钱。”

“我也这么想，”父亲说，“嗯，谁都要喝酒。这么说你来这儿还算有运气。”

“好了，我得下厨房了。”卡特琳说着便站了起来。

“跟您聊天真好。”雷曼先生的母亲说。

“您的儿子，”她重复先前的话，“是个大行家。哪方面都是。”说罢，她走了。

“她这话是什么意思？”母亲问雷曼先生。

“不知道，”雷曼先生说，“有时候我觉得应该把他们全炒了。”

“说是餐厅……”说话时母亲的身体微微前倾，以便好好看看这个地方。“这地方倒像一个酒吧。不是谁都用餐。”

“哪能强迫人人用餐呢？”雷曼先生说。他喝了酒，喝得还快，所以开始冒傻气了。“酒精的热值高。”

“朋友们。”他最好的朋友卡尔又出现了，把一小筐面包和一小罐抹面包用的猪油放在桌上。“嘴里来点嚼的。再撒点盐上去。想想电解质吧。”

“这年轻人真好，”雷曼先生的母亲望着卡尔的背影说，“可也有点怪。他哪儿不对劲儿吗？”

“很难说。你们周游这一圈到底怎么样？”

“真可怕。”母亲伸手拿面包。“到处都是要命的围墙，你在这儿怎么活啊，这真是可怕。反正我在这地儿活不下去。”

“我们没有水深火热的感觉。我们毕竟还是可以出去的嘛。”

“可你总有身陷囹圄的感觉吧。这堵墙无处不在，缠来绕去的。”

“瞎说。”雷曼先生对这些屁话不感兴趣。到柏林来的人，尽讲这千篇一律的废话。“如果不来梅的什么地方有一条路到了尽头，你眼前出现一堵墙，那么你不会马上觉得自己身陷囹圄吧。”

“这可是两码事。”

“没错。但受苦的是那些人，是生活在东面的人。修这东西的意图不在于妨碍我们出去，而在于阻止他们进来。但对他们来说，进来当然意味着出去。”

“嗯，”母亲说，“现在他们都想出来，这个我们天天都看得见。”

“那边闹得很厉害，”父亲说，“已经势不可挡了。”

“当然了，”雷曼先生说，“可这和西柏林的生活有什么关系呢。那边的事情我们这儿一无所知。”

“反正我不能待这儿。我觉得自己在囚笼中生活。”

他们就一直这么聊着，直到卡尔把烤猪肉端上桌。这一次他规规矩矩的，没有嬉皮笑脸。可能是因为埃尔温来了。埃尔温和他说了两句话就坐到吧台边后面，和水晶赖纳尽量保持距离。

“味道真好，这烤猪肉。”母亲说。

“嗯，味道好极了。如今没有什么餐厅会做烤猪肉了。”父亲说。

“我说嘛。”雷曼先生说。

“这里的待遇还可以吧？”父亲问，“作为经理什么的……”他带着耐人寻味的笑容补充道。

雷曼先生在回答问题之前盯着父亲看了看。父亲是有那么点变化。他面带倦色，但也显得更加睿智。也许我真的低估了他，雷曼先生想。

“经理没什么了不起的。”他说。说话间卡尔又冒出来，他把新要的一瓶红酒放在桌上。

“得得。”卡尔一边对雷曼先生的话表示不以为然，一边转身离去。

“没什么了不起的，”雷曼先生重复刚才的话，“管点采购、结算什么的……算是挣点外快。”

“这话什么意思？”母亲的耳朵很尖。

“我的意思是，”雷曼先生火了，但他首先恨自己，因为是他自己说起经理这档子事的，“我其实也就站在吧台后面给人倒喝的，这总比跑堂儿什么的强吧。”

“可是弗朗克，你也用不着生气呀，”母亲说，“我讲错什么话了？”

“我可没说你讲错了什么话。”

“克服困难才是最重要的，”母亲说，“反正我觉得这儿挺好。这比在高级餐厅里舒服多了。在那种地方，谁也放不开，感觉一点不舒服。瞧这里的人，全都大大方方的。”

“对，没错。”

“我也有同感，”父亲说，“就图个高兴……”他放下叉子给众人斟酒。“这葡萄酒味道不错。但不是八五年的。”

“这酒为什么应该是八五年的呢。”雷曼先生突然来了好情绪。他们在乎个屁呀，他想，至于我干什么，他们有个屁兴趣。“什么经理不经理的，我刻意这么强调，无非为了让你碰见杜内坎普夫人的时候有点聊的，”他对母亲说，“你对我说过，有一次杜内坎普夫人问你我在做什么，你都不知道说什么好。”

“我也的确不知道。”母亲说。

“味道好吗？”埃尔温问。他突然出现在他们面前。

“这是埃尔温·凯谢勒，”雷曼先生说，“这是我父母。”

“哦，真好，你们好。”埃尔温说。

“埃尔温是这儿的老板。”雷曼先生说。

“烤猪肉做得很好，”母亲说，“酥皮也做得好。”

“我不想打扰诸位，”埃尔温说，“不过我可以跟你说一句话吗，雷曼先生，我是说，如果你吃完了的话？”

“当然可以，”雷曼先生嘴上应着，心里却打着问号，“我就来。”

“他为什么又喊‘雷曼先生’又说‘你’，”等埃尔温走开之后母亲问道，“这不是乱弹琴嘛。”

“我知道，母亲，我知道。”

他们安安静静地吃了一会儿。“真好，又看到你了，”父亲冷不丁地说，“我也不知道你在这儿的具体情况，不过看来你混得不错。”

“我也这么看，”母亲说，“这都是些好人。”

“绝对是！”父亲说。

“就是这柏林墙看着别扭。噢，对了，”母亲冷不丁地叫了起来，

“我们还有点事想和你谈呢。”

“你们等一下。”雷曼先生表示歉意。埃尔温要和他谈话，这使他心里面七上八下的。他站起身，端着葡萄酒杯去找他的上司。埃尔温又坐到吧台边上，他喝着加牛奶的薄荷茶，眼睛却盯着水晶赖纳不放。雷曼先生走过水晶赖纳身边的时候，水晶赖纳很友好地招呼他，他无可奈何，也很友好地招呼水晶赖纳。咦，他心里很纳罕，这人怎么突然闯入我的生活了？

“这个水晶赖纳我越看越别扭。”雷曼先生刚一过来，埃尔温便说道。“嗯，”雷曼先生说，“我也一样。”

“我想知道他要干什么。”埃尔温说。雷曼先生趁埃尔温观察水晶赖纳的工夫，仔细观察埃尔温。埃尔温有些显老，情绪很糟。不过他在头脑清醒的时候总是这样。

“埃尔温，你看这儿，”海迪突然出现在他们面前，“我在垃圾桶那儿找到的。是你的？”她拿着一张五十马克钞票扇来扇去。埃尔温把价格抬高了，雷曼先生想。

“嗷，是的。”说话间埃尔温赶紧把钱塞进兜里。

“经理当得怎么样？”海迪问雷曼先生，“不过你父母人真好。”

“经理？”埃尔温一头雾水。

“我什么也没说。”海迪说着便走开了。

“你找我来不是说水晶赖纳的事情吧。”雷曼先生转移话题。

“你从什么时候开始抽烟了？”

雷曼先生看着自己刚刚点着的烟。“抽着玩，”他说，“言归正传吧，埃尔温。”

“是卡尔的事情。我很担心，”埃尔温边说边揉眼睛，“你也许知道他到底怎么回事？”

“他会有什么事？卡尔一切正常。”

“天晓得，他好像垮了。不似从前了。”

“什么不似从前了？”

“真他妈的，”埃尔温说，“在我这儿干活的人，就数卡尔时间最长了。卡尔和你。”他赶紧补充。

这个转折叫雷曼先生觉着别扭。他不喜欢跟埃尔温亲近。

“我们已经合作多长时间了？”埃尔温问。

“记不得了，九年吧。”雷曼先生说。什么合作，这绝对用词不当，他想，不过现在也不是思考阶级斗争的时候。“埃尔温，出了什么事，你就直截了当说吧，说伤感话的机会还有的是。”

“是卡尔的事情，”埃尔温说，“他什么地方有点不对劲儿。前天他把进货的事情忘得一干二净。他压根儿就没来。近来所有账目都有问题。”

“卡尔不会耍你的，埃尔温，”雷曼先生说，“这个你放心。”

“不，我不是这个意思。伙计啊伙计。”他又揉他的眼睛，仿佛那是他的命根子。“我真替他担心。我也不能让他当领班了。他彻底垮了。他越陷越深。看看他现在这副模样你就明白了。”

“你是说那身西服吧，”雷曼先生大事化小，“他这么做，只是为了跟我和我父母开个玩笑。不值一提的小事儿。或者你认为他这身打扮看着烦人？”

“谁他妈的在乎他那身西服，”埃尔温说，“虽然他这模样也够他妈傻的。不过你看见他的指甲了吗？还有，一半的客人没喝的，因为他什么都忘或者随你怎么说吧，你以为这些事情我不知道？”

“你想想看，埃尔温，”雷曼先生招数已尽，“我们在一起都多长时间了？”现在轮到我说伤感的话了，他想。“你了解卡尔。现在他的事情多得要命，他马上要在夏洛滕堡办展览，如果现在他脑子有点乱，那也不足为怪。”

“是的，我也这么想过。这也没什么关系。但长此以往可不行。我并不想炒他鱿鱼，”埃尔温说，“我只是在考虑往后这段时间你能否在这儿管管事儿，卡尔就让他去蜂拥酒吧。”

“不行，不行，”雷曼先生赶紧推辞，“不行，我没兴趣。我认为，我觉得让卡尔去蜂拥酒吧是对的，这是件好事，不过当这儿的什么经理可绝非本人的专长。况且还有好多别的人呢。海迪怎么样？”雷曼先生抬眼望她，她正好朝他们走来。

“要什么呀？”她问。

“我很想来个大杯的啤酒，”雷曼先生说着就把葡萄酒杯子往她面前推。“我喝不了葡萄酒。喝着上脑。”

“扎啤吗？”

“对，今天例外，”雷曼先生说，“但是我要一大扎。”

“不过只有零点四升的了。”海迪说着走开了。

“海迪不行，”埃尔温看她走远听不见的时候才说道，“她应付不了。”

“你想想，埃尔温，”雷曼先生说，“我们可是生活在二十世纪啊。”

“我已经问过她了，”埃尔温说，“她没兴趣。”

“那你就再问问斯特凡和西尔维奥，”雷曼先生建议说，“让他们俩随便哪个和卡尔换。不然你自己干吧。然后我和卡尔一起在蜂拥酒吧上夜班，这样就万事大吉了。”

“天晓得，”埃尔温说，“反正他有点不对劲儿，我真替他担心。”

雷曼先生看着埃尔温的眼睛，他没看出一丁点虚伪。但这可能是假象，他想。反正他还从来没见过埃尔温真正替谁担心，除非他碰上一个叫埃尔温·凯谢勒的人。不过这件事情他似乎很当真。

“既然如此，我就更有必要和他一起干活了。”他说，“不是还有斯特凡吗，他可一直盼着当经理什么的。”

“嗯，这也许成。也许你应该到你父母那边去了。”说话时埃尔温还给他甩头示意方向。雷曼先生朝他父母坐的地方望去，一看那形势，他简直难以相信自己的眼睛。他不仅看见卡特琳重新坐到他母亲身边，而且聊得眉飞色舞的，就连水晶赖纳也凑过去了，水晶赖纳还坐在他的位子上和他父亲交谈。

“我想也是。”他说。

“我和卡尔谈谈。”埃尔温说。

“好吧，对他可别太凶了，”雷曼先生说，“他没有过错。”

他回到桌子边。“你坐的是我的位子。”他对水晶赖纳说。水晶赖纳一脸无辜地望着他。

“噷，我不是故意的，对不起。”说着水晶赖纳站了起来。

雷曼先生坐到自己的椅子上。椅子是热的，这一发现使他很恼火，我的椅子让水晶赖纳坐热了。“别忘了你的小麦啤酒。”他拿起杯子递给水晶赖纳。水晶赖纳犹疑不决地站在他身边。“如果我坐着的时候有人站在我身边，我就有点紧张。”他又来了一句。水晶赖纳还是不走。他点点头，从旁边一张桌子拖了把椅子，一屁股坐了下去。他倒是坚忍不拔，雷曼先生想。

“嘿，弗朗克，这儿的气氛还真是不错。刚才什么事？”父亲问。

“没什么，店里的鸡毛蒜皮的事情。”雷曼先生说。

“我能效劳吗？”卡尔问。他突然出现在他们眼前，还低头看水晶赖纳。“这里面没剩下什么了，”说着他一把将杯子从水晶赖纳手里夺走。“这都成白水了。跟我来，吧台有新鲜的。我还想问你点事。”

水晶赖纳起身跟着他走。

“他去哪儿？”坐在对面的卡特琳问。

“不知道。”雷曼先生没好气地说。

“好了，”卡特琳站了起来，“我又得去一趟厨房。”

“烤猪肉做得太好了。”他母亲对着她的背影大声说。

今天晚上，雷曼先生想，是我最近所经历的最莫名其妙的晚上。

“今晚上真好玩，”母亲对他说，“有这么一帮朋友，你的日子挺美的。”

“是，是。”雷曼先生说。

“不过我们还有事情要跟你说呢。”母亲说。

“什么事？”

“怎么说呢，”父亲说，“我们想让你帮个忙。为了姥姥的事情，你得帮我们做点事。”

“为了姥姥的事情？”

“我们很难办，”母亲说，“这件事情我们要做就得明天做，可时间太紧了，大巴明天傍晚就往回开。”

“你要是能帮个忙就太好了，”父亲又添上一句，“小事一桩。”

“什么事？”雷曼先生问，然后给正在收款台摸摸索索的卡尔打手势，让他给众人上白酒。

“你得去一趟东柏林。”

第十三章 艺术

"他们要你做什么？"卡尔没有听他说话。雷曼先生手足无措地站在卡尔的工作室里。这是位于居弗利大街[1]的一套商住两用房。住房的卷帘式百叶窗老是闭着，卡尔喜欢就着灯光工作，他——就像他自己所说的——"对狗日的白天没兴趣"。里面很热，到处拉着电灯，到处摆着新创作的雕塑或者叫抽象雕塑，或者随便卡尔怎么称呼他用各种废旧金属焊接起来的玩意儿。雷曼先生搞不清楚自己应该待哪儿，因为卡尔忙不迭地在几件艺术品之间跑来跑去，手持喷着火焰的焊枪东滋滋西点点。在这种情况下根本没法说话。雷曼先生也找不到烟灰缸，他吃不准这烟灰抖到地上是不是合适。

"我还是改天再来吧！"雷曼先生大声喊道，尽管他很高兴终于见到他最好的朋友卡尔。自从那天晚上在市场大厅饭馆接待雷曼先生的父母以后，卡尔便消失得无影无踪。这都五天了，此间他一直在他的工作室忙，他想最终完成夏洛滕堡的艺术展览所需要的东西。

1. 得名于亨利·安德烈·德·居弗利（1785–1869），法裔德国人，柏林市政府穷人事务局主管。

“这他妈的。”他最好的朋友卡尔关掉焊枪，把护目镜从头上扯下来扔到一个角落里。“全都不成。”

“你不是已经完成几个作品了吗？”雷曼先生说。他对这些东西不感兴趣，卡尔也知道这点，所以他从来不要求雷曼先生讲述自己的印象，雷曼先生也求之不得。雷曼先生的哥哥搞过类似的事情，尽管他的成果要——至少当时是这样——明显一些，他的东西就已经让雷曼先生云里雾里了。总之他对艺术没感觉，但他很尊重那些献身艺术的人，其实他尊重所有能够全身心地去做什么事情的人。

“这他妈的。”他最好的朋友卡尔直挠头发。雷曼先生这才注意到他出了多少汗：他的头发湿漉漉的，豆大的汗珠一道道地从两鬓流到下巴。“这全是臭狗屎，”他说，“你都可以拿走。”他用脚踹他的一件作品，踹到那个沉重的金属物体开始摇晃才罢休。

“没劲！”雷曼先生说，他了解卡尔的火爆脾气。“这是官样作品。”

“官样作品。说得对。官样作品！”卡尔的话音中流露出苦涩，“你真是一针见血。”

“展览到底在什么时候？”

“十一月十一号，还有八天，去他妈的八天。昨天画廊来了个女的，觉得全都很好。那傻娘们儿说那些话，全在我的预料之中。”

“你应该高兴啊。要干就好好干吧。”

“你不懂。刚才你说什么来着？你要做什么？”

“我得去东柏林。”

“干吗呀？”

“因为我姥姥的事。她突然对东面的亲戚大发慈悲。”

“你们在东面有亲戚？”

“这我以前也不知道。是我母亲的一个什么表妹，刚刚满六十岁。我姥姥无论如何要给她五百马克。”

“不能邮寄吗？”

“不知道。我姥姥说什么也要让我们亲手转交。她说那边风云变幻的。我父母来的时候也没兴趣到那边去。”

“嗯，去东边。”卡尔若有所思。他从放在工作凳底下的一个箱子里拿出两瓶啤酒，然后用螺丝刀开启瓶子，打开之后递了一瓶给雷曼先生。“换了我，同样没兴趣。你什么时候去？”

“星期天。后天。”

“他们把强制兑换[2]所需的钱给你了吗？”

“别提了，我父母对这些事情一无所知。”

“强制兑换的损失挺大的，”卡尔说，“你还得提前去哈勒滨河大街，到德美友好图书馆[3]旁边那个破地方去拿多次通行证什么的。”

“这我已经有了。我只需要给她打个电话，”雷曼先生说，“我说的是我母亲的表妹。她住在东面什么地方。如果跟她在亚历山大广场什么的碰头最好，那样的话我把钱一给她就可以打道回府了。”

2. 两德统一前，西德人如果到东德旅游，就必须每天按1：1的价格将20个西德马克兑换成20个东德马克。

3. 德美友好图书馆（Amerika-Gedenkbibliothek，简称AGB）位于兰德威尔运河北岸，藏书全部由美国政府赠送。

“你还得先把东德马克挥霍掉。那是不允许带进西德的，”卡尔说，“事情没那么简单。如果你想把那钱喝光，那你的身体必须处于最佳状态。我本来很愿意跟你一道去的，可是我得干活。”

“卡特琳想跟我一起去。她说这肯定很有意思。她盼着这一天。”雷曼先生刚刚在她那儿过了夜，说到东柏林的时候，她简直乐开了花。总算可以看看这个城市的另一半了，她说，一看她高兴雷曼先生也跟着高兴，所以他忍着没说她其实连这个城市的这一半都还不了解。他很高兴能够邀她搞点她感兴趣的活动，但由于她乐开了花，去东面的事情面临失控的危险。她甚至问到雷曼先生的姨妈——不管母亲那个表妹应该如何称呼——是否可以陪她游览市容。

“我去过那边。”卡尔边说边拿锉刀在一块金属上面东锉西锉，发出的噪音不知杀死了多少神经细胞。“那边和星期天的斯潘道[4]一样无聊。”

“你去过斯潘道？”

“怎么可能，看在上帝的面上！没去过也都知道那里的星期天是怎么回事。和东面一模一样。我是和你哥哥一起去东面的，那是在你过来之前不久。他现在到底怎么样了？”

“不清楚。我最近听说他的艺术搞得不太顺利。他说，德国人在纽约没人理，所以他考虑过是否有必要用荷兰人的身份另起炉灶。”

“他的买卖可是做得不错的呀。”

“那是表面。靠画廊和相关的东西支撑起来的。”

4. 斯潘道（Spandau）：柏林西北郊的古镇，距离市中心约12公里。该地因拥有一座八百年的城堡并关押过纳粹德国副元首鲁道夫·赫斯而出名。

"在纽约开画廊，这已经显示出实力了。可要赚不了钱，也够他妈糟糕的。"

"可能吧。"

"那他现在靠什么生活呢？"

"做白铁工、水暖工什么的。"

"白铁工？"卡尔大惊失色，"白铁工？我不相信。你哥哥是白铁工？"

"我想，更有可能是水暖工，"雷曼先生说，"他反正会焊接。他们那边区分得不那么严格。"

"雷曼先生！"卡尔满面悲愤，捏着焊枪对着一个角落喷射火焰。"你知不知道你在说什么？你哥哥！白铁工！在我眼里，他曾经是最伟大的艺术家！"

"他说其实也没有多么严重，"雷曼先生说，"我相信他钱挣得不少。"

"弗朗克！"卡尔抓着他的肩膀，悲痛欲绝地看着他的眼睛。他在小题大做，雷曼先生想。他最好的朋友卡尔眼睛红红的，身上还发出刺鼻的汗臭，就跟几天没洗澡似的。他操劳过度了，雷曼先生想。"弗朗克！"卡尔又说一遍，"你哥哥属于天底下最伟大的艺术家。我真是这么看的。如果连天底下最伟大的艺术家，都不得不为了生计去当水暖工，那么这将是我所知道的最最悲哀的事情。"

"怎么说呢，他也搞点创作，"雷曼先生试图补救，"他用不着一直工作。他们没分那么清楚。但他现在画了不少东西。"

“作画？你哥哥？”

“对呀，我想是的。油画什么的。据他讲，这主要是为了消遣。”

“作画？消遣？”卡尔摇摇头。

“你急什么呀？我是说你很快就要去夏洛滕堡办展览，你由此可以好好挣一笔钱，这么讲有什么问题？”

“我在谈你的哥哥，雷曼先生。”

“是啊。”说到这里雷曼先生觉着自己想哥哥了。他要在这儿，什么事情都会好一点，他这么想，但不知道为什么。“也许我应该给他打个电话。也许他的情况又好起来了。”

“画画！画油画！我想我见鬼了。”

“为什么不可以画油画？”

“在活着的装置艺术家里面，你哥哥是首屈一指的。这不是瞎说。你还记得我当初把他那玩意儿夷为平地那件事吗？”

“当时我没在场。我是在那以后不久来柏林的。”

“对，是这么回事。”卡尔新开了两瓶啤酒，“那是在海军上将大街的展览上，在那个奇怪的画廊。那玩意儿立在一块什么水泥板上面，没有别的加固措施。我们几个喝着喝着就醉了，我照着那玩意儿一阵乱砸。那东西应该值五千马克，上面标好价的。那时他刚刚开始走红。五千马克哪。我却将它夷为平地。彻底毁了。我问他我是不是欠着他五千马克。那玩意儿——这也必须考虑——也的确做得好。真的很好。可他只是说：去他妈的，我另外做一个。这就是你的哥哥。”

“他的确很酷。”雷曼先生承认。

“岂止酷。这么个人如今却在纽约焊接暖气片。”

“也许他觉得好玩呗，”雷曼先生说，“我是说，如果他真的很酷，他也许就不会对这种屁事儿大动肝火。至少他在跟我说起这事的时候情绪并不坏。他还说，如果他假冒荷兰人重起炉灶的话，他马上就可以画大火腿了。”说到这儿他乐了。卡尔却乐不起来。

“这是一个悲哀的故事，雷曼先生。”

“谁知道，”雷曼先生说，“也许你比我哥哥把事情看得还严重。”

“你是什么意思？”

“说不上来，只是感觉如此。你这么大动肝火，我觉得莫名其妙。”

“过来，我给你看点东西！”他最好的朋友卡尔走到工作凳跟前，上面立着一个用废旧金属搞的大型作品，卡尔抱起来就往地上摔，将这玩意儿摔成了好几块儿。“这东西耗费了我两天的工夫。但是毫无价值。”

“为什么没价值？”

“因为它是臭大粪。那个也一样。”他最好的朋友卡尔走过去一脚踢翻了一个摆在地上的抽象雕塑。然后他转过身来，带着奇怪的表情看着雷曼先生，仿佛眼泪就要夺眶而出。

“行了，够了，别胡闹了！”雷曼先生大声叫喊。卡尔的举动让他吓得够呛。“这不是瞎闹吗！这他妈的乱来有什么用？这纯粹是胡闹！”他走到卡尔跟前，紧紧抓住他的手臂。

“雷曼先生，我告诉你吧。要是你哥哥把两根暖气水管焊接在一起，或者随便他做点什么东西，都会比这个烂摊子更有价值。”

“别使劲夸张。”雷曼先生受不了这他妈的澎湃激情，他的朋友说话所带的哭腔也很刺激他的神经。这不是我熟悉的卡尔，他想。“你无非太紧张了，”他说，“你应该好好睡一觉好好吃一顿什么的。你现在搞这些，都很了不起。”

“你根本不懂。你知道什么呀？”

“我当然不懂。可你也一样。你最没资格评判他搞那些玩意儿。因为你缺乏距离。这些事情就由它去吧，这几天别再想了。咱们马上得走了。”

“去哪儿？”

“上班，你这糊涂虫。我们马上得去蜂拥酒吧当班。也有你。这样你可以换换脑筋。有时候我觉得埃尔温的话有道理，我们是应该替你担心。”

“他说了这话？”

“对。”

“他更应该替他的肝担心。”卡尔突然又轻松愉快起来。“在蜂拥酒吧当班？”

雷曼先生叹了口气。“对。蜂拥酒吧。”

“我忘得一干二净。”

“当然了。”

“其实我还得在这儿接着干。”

“瞎扯！你最好还是跟我一块儿去蜂拥酒吧。干点正经事才能打消你那些破念头。”

“听我说，弗朗克，”他的朋友卡尔一声叹息，又把他沉甸甸的手臂搭在雷曼先生肩膀上，“你知道我特别喜欢你什么吗？”

“不知道。”

“你和艺术，和这整个烂摊子一点不沾边。你如此……如此……”卡尔闲着那只手在空中挥舞，仿佛要在空气中逮住一个合适的词儿。

“乏味？”雷曼先生提出了建议。

“不，不是乏味。只是如此……如此单纯，叫人耳目一新。”

“对，”雷曼先生愉快地应答，“很多人都这么说。但你应该马上冲个澡，施密特先生。你身上有味儿了。”

“瞧，我想说的就是这种性格。”

“我知道。”

第十四章 重新搭档

雷曼先生很高兴又和他最好的朋友并肩工作。这是我盼望已久的，他想。他站在吧台后面看着卡尔，看他如何高高地撅着他的肥屁股，一瓶一瓶地往冷藏柜里放啤酒。他们一如既往地接了班，客人不多，但也给了他们热身的机会，以便他们能够好好应付每个周五晚上都会出现的热闹场面。和卡尔一起干活，最叫雷曼先生感到舒服的，就是他们俩的默契。做什么、谁来做，全都不言而喻。他们就像一个马达里的两个非常协调的活塞，只要它们干起活来，一切都运转正常。从前他们肯定是这样的，现在好像又和从前一样了。从他们上一次在吧台后面并肩战斗至今，已有整整两年了。朋友之间就应该这样，雷曼先生想，不论相隔多久，一旦重逢或者重新在一起工作，大家又感觉不曾分离，他一边想一边和卡尔一道开啤酒、打牛奶咖啡、倒烧酒。

十点以后酒吧的客人多了起来。由于是星期五，许多被卡尔称作周末酒徒和业余酒徒，与平日的可疑人物济济一堂。展望即将到来的周末，他们兴高采烈，酒吧的气氛也因为他们的狂欢而空前热烈，有插科打诨的，有哈哈大笑的，他们的声音与震耳欲聋的背景音乐交织在一起。马可和克劳斯把这音乐称为先锋摇滚乐，这是卡尔挑选的。在此之前，卡尔却把那几盘被他斥之为“海可的狗屁”的磁带藏进厨房冰箱里。雷曼先生在最后关头阻止了他，使那几盘磁带逃脱了葬身垃圾桶的厄运。

“你不能这么干！”雷曼先生对他说。这是他今晚第一次在心头产生疑惑。为音乐动气，这不是卡尔的性格。

“这全是破玩意儿。”

“为什么，你不也老去星球轨道酒吧吗？那儿一直都在放他妈的嘣嘣嘣音乐。埃尔温还说那是音乐的未来。”

“埃尔温懂什么。不能因为都有嘣嘣嘣，就认为是一回事。嘣嘣嘣和嘣嘣嘣不一样。”

“没错，可这磁带是海可录的，你哪能不管三七二十一就给扔掉呢。”

“去他妈的海可。这是臭大粪。”

“卡尔！别胡闹了。”

这件事情就以卡尔把磁带藏进冰箱而告终。他的举动虽说异常的幼稚，但也并非一点都不符合他的性格，所以雷曼先生很快就把这事给忘了。可真到酒吧人多的时候，又出现一些让雷曼先生感到诧异的事情。一是卡尔在干活的时候喝了太多的啤酒。二是他打了一个瓶子。再就是他因为脚踩踏板的时候却没能打开垃圾桶而大发雷霆。有一下他又气又急，干脆把他本想打扫的烟灰缸扔了进去。再者，他一次又一次地去地窖，还啰啰嗦嗦地向雷曼先生解释说，他这样做是为了拿一些据说用得着的东西，小麦啤酒啦，杯子啦，或者别的什么东西。这纯属多此一举，因为雷曼先生没有问他为什么，而且什么时候都不会问。单个看来，这些事情倒不是多么地不可思议，凑在一起，却叫雷曼先生不免诧异。后来埃尔温也到了，他想找卡尔谈话。他们到楼上埃尔温的房间去了，与此同时，楼下吧台前面却挤满了争先恐后要饮料的人。一看这情形，雷曼先生不得不暗地里问是不是大伙儿都发疯了。

不过卡特琳也来了。她搂着他的脖子，在他嘴上咂了一口。她还从未当人面对他如此亲热，她也不愿意在众目睽睽之下这么做，所以雷曼先生又惊又喜，惊喜之中他随随便便地把五瓶啤酒免费奉送给正好来吧台要酒的客人。卡特琳靠着吧台站了一会儿，看他怎么干活，他则尽量保证和她的谈话不被打断，可是要做的事情实在太多。两人在笑嘻嘻地相互嚷嚷几句废话之后才意识到在这种情况下没有什么非说不可的话。

埃尔温和卡尔谈笑风生地走下楼来，他们的谈话似乎没有涉及严肃话题，至少他们没有翻脸。卡尔马上去干他的活，雷曼先生忍不住问他和埃尔温有什么好谈的。

“嗷……！”说话时卡尔咧嘴一笑，还马上给自己开了一瓶啤酒。“恐怕你不相信，但是埃尔温已经成为艺术收藏家。他想跟我这儿买点东西，给他在夏洛滕堡新开的店用。”

他这话听着够别扭的，雷曼先生想。要是在以前，卡尔会换一种说法，他想，以前他会说：这笨蛋想跟我这儿买点东西。现在他竟然说什么“恐怕你不相信”，说什么“艺术收藏家”，这是什么意思啊，雷曼先生想，他为什么这样说话，雷曼先生心里这么想，嘴上却只说：“看这样子，夏洛滕堡似乎成为你的使命了。”

“看来如此，看来如此。”

雷曼先生本想和卡特琳聊聊卡尔的事情，也许她看出点他所忽略的蛛丝马迹，女人有时候要细心一些，他想，可是她已经在这一片混乱之中消失得无影无踪。后来他看见她站在紧里头同克劳斯和马可聊天。这俩滔滔不绝，一望而知她跟着他们谈起音乐来了。她适应得很快，他想，她跟谁都处得来，她比我更外向，他想，什么东西都让她觉得很新鲜很刺激，她这么做，他想，自然有她的道理。他回想起自己刚到柏林的情形，这是很久以前的事情了，当时他才二十一岁，现在他即将三十而立，他决心要变得更外向一些，更主动一些。否则就老了，想到这儿，他给自己倒了杯啤酒。

然后那些波兰人进来了。他们一共五个。首先进入雷曼先生眼帘的，是一个庞大的低音提琴的琴头，这东西就像是自个儿要往人堆里挤。一个漂亮的金发女人紧随其后，她带着浓厚的波兰口音问是否允许他们演奏点音乐。雷曼先生求之不得，马上关掉了震耳欲聋的背景音乐，酒吧里的喧闹声随之小了许多。客人们稍稍后退，给音乐家们——他们总共四个：一个拉低音提琴，一个扯手风琴，两个弹吉他——腾出了一小块地方，于是他们开始表演了。他们演奏的，是一支很特别的曲子，有点民歌风格，雷曼先生开动脑筋，想搞清楚这是不是波尔卡，波尔卡这个词是不是和波兰有点什么关系。在蜂拥酒吧客人的耳朵里，这是一种非常陌生的音乐，但谁也不反感。相反地，大家似乎很欢迎换换口味，说话的人越来越少了，有几个还合着拍子点脑袋。如果会点音乐，还真是不错，雷曼先生想，这肯定好玩。这时卡特琳不知不觉地来到他身边，她挽着他的手，笑盈盈地看着他。

“也许我们应该跳跳舞。”她说。

“不，”雷曼先生表示反对，“不，这不行。我对跳舞一窍不通。”在众人面前跳舞，他想着都怕。

“嘿，来吧。”雷曼先生心里展开了激烈的思想搏斗。他倒是希望自己现在能够这么胡闹一下，可这舞怎么跳哇，他可是一点也不知道。

“我不会，真的不会，我跳舞笨得要死！”他想了想，又说：“对不起。我知道，这很可悲，很让人失望什么的，我也不想煞风景，可惜我就是这样子。”

“嘿，来吧！”说话时她用手勾着他的屁股。“其实很简单，这么摇一摇就行了。”

雷曼先生心有余而力不足。扭屁股他就不会，动腿又动脚或者动别的什么部位，而且要同时动，而且要在众目睽睽之下动，这个他连想都不敢想。幸好吧台对面的人正向他挥手、挥钞票或是做其他的动作，以便引起他的注意，他有了摆脱尴尬的正当理由。

“我得干活了。”他如释重负地说，然后把她抱起来转一圈再放下。

“这够了吧，”他说，“我真的又得干活了。”

“好吧，”她笑着说，“那就算了。”她好像并不十分在意，这叫雷曼先生看着心安。由于卡尔不知溜到哪儿去了，他只好一个人钉着干。

波兰人赢得了许多掌声，他们加演了一曲，接着又是一曲。雷曼先生本来就因为卡尔迟迟不露面而有些恼火，一看这种场面，心里不免厌烦起波兰人来。许多客人大概也有同感罢，波兰人的表演不似开始那么好玩了，大多数人重新关注实质问题，纷纷示意要啤酒。当雷曼先生终于发现卡尔的时候，他正在和卡特琳跳舞。他跳舞的样子很古怪，因为他一只手紧紧地搂住她，将她稍稍拔起，使其双脚离地，另一只手则在空中做划船的动作，他和她就这样跌跌撞撞地在人群中穿行。这是我发明的技术，雷曼先生想着有点来气，无非做了点改进。他也不会跳舞，他想，可人家跳了，这倒令人佩服，从他那里总还可以学到点东西，他想。波兰人停止演奏之后，他才把她放到地上，两人一边哈哈大笑一边相互捶背。雷曼先生不喜欢他们这样。可当他最好的朋友回到吧台的时候，他做出一副若无其事的样子。卡尔举起一瓶新开的啤酒祝福他。

“够分量的，你那小情人，”卡尔挤眉弄眼地对他说，“你比我想象的要强壮许多。”

雷曼先生用探询的目光看着他。平时他不这么说话。他说这些下流话干吗？他想，但是他在他最好的朋友的脸上没有发现任何阴险、恶毒或者别的迹象。但是他不明白卡尔为什么一会儿冲他咧嘴笑，一会儿朝他挤眼睛，而且没完没了。卡尔还跟一头牲口似的淌大汗、喘粗气。

“是是是，”雷曼先生说，“但最好别说她是我的小情人，至少别让她听见。我相信她不爱听这话，回头她会找我算账的。”

“我沉默不语，形同坟墓。”他最好的朋友说得激情澎湃，还把两根手指压到嘴唇上面。“我三缄其口。”

雷曼先生真不知道这他妈的是什么意思。“说说看，卡尔，你是不是面临什么危机？我是说，出了什么事吗？”

“会出什么事？”他最好的朋友卡尔反问道，说完又冲他咧咧嘴，“万事如意。”随后他却一阵怪笑，雷曼先生听着有点变态。他的怒气随即化为乌有，他感到了不安。卡尔太累了，他想，身体也不好。可能今天活该卡尔倒霉。

这时，端着帽子挨个收取演出费的金发女人来到雷曼先生跟前。雷曼先生从钱箱中拿出十个马克给她。她接过钱，然后问雷曼先生想不想去波兰度度假。他笑着摇摇头，告诉她说自己已经好几年没度假了。“我不适宜度假。”他补充道。

“每个人都适宜度假，”说话时她带着怪异的表情直勾勾地看着他的眼睛，“你必须歇一歇了。瞧你这样子多累。”她冲他笑笑，拿了一个文件夹出来。“你可以租，有各种各样的房子，随你选择。”她打开包，雷曼先生看到几张贴在纸壳上放进去的照片，照的是几幢紧挨着草地和森林的房子。

他说了声“真漂亮”，因为他不知道还能说什么。而且他决定从现在起对这些事情采取更加开放的态度，他认为自己可以去试一试。他递她一支烟，她拒绝了。

“我自己有，比你的好，”说着她自己拿了一支烟出来，“全是漂亮的房子，漂亮的风景，你可以去度度假，带几个哥们儿，带上你的女朋友。”

“怎么说呢，”雷曼先生说，“现在是秋天，这不是度假的时候。我是说他妈的天气什么的。”

“冬天特别的漂亮，”她说，“雪很漂亮。我把我的号码给你。”

她拿了一个垫啤酒杯的纸垫，在上面写了一个长长的电话号码。“这是我在波兰的号码，”她说，“我经常在这儿。你打电话找伊尔济耶塔就行了。”

往波兰打电话竟然如此简单，这让雷曼先生有些惊讶。这毕竟是一个生活在铁幕之下的国家，想到这儿他觉得必须给东德的亲戚打个电话。“不需要签证吗？”他问。

“签证不是问题。”她笑着说道，依然直勾勾地看着他的眼睛。她离雷曼先生太近，雷曼先生相信都可以闻到她的头发味道了。“没有民主德国那么严重。”

“好吧。”雷曼先生说。他不知道还能跟她聊什么。“看情况吧。”

她拿一根手指按到他胸脯上。“你应该去。瞧你这样子多累。波兰离这儿不远。”

“是的。”雷曼先生承认这一事实。说着他突然意识到自己从未考虑过波兰的问题，“真的不远。”

“你也得做点别的事情了。”说话时她又奇怪地看着他。雷曼先生觉着胃有些难受。

埃尔温突然出现在他们面前。“雷曼先生，去帮帮卡尔，他尽捣乱。”他说。

“为什么？”

“谁知道为什么。伙计啊伙计，我真正开始替他担心了。”

“你得休休假，”波兰人对他说，“瞧你这样子多累。”

雷曼先生撇下这两人去瞧卡尔。卡尔无动于衷地擦着咖啡机，他的身后却有一帮人嚷着要饮料。

“你怎么了，卡尔？”他问，“你干吗擦咖啡机啊？你可以待会儿再擦呀。”

“这东西脏兮兮的，”卡尔头也不抬地说，“我马上就弄完了。”他擦得一板一眼，就跟马上有人要来检查咖啡机似的。雷曼先生没兴趣和他争论，赶紧去照顾客人。可是他爱莫能助，因为没有贝克啤酒了。

“卡尔，我们需要啤酒。”

“我先得把手头的事做完。难道你们这些年就从来没擦过咖啡机吗？”

雷曼先生不知所云。

“啤酒，卡尔，我们需要啤酒。”

“是是。”他最好的朋友卡尔嘴上应着，手里的活儿照样干。

这就像满地躺着血流不止的伤员，雷曼先生叼上一支烟，开始思考卡尔的问题，急救人员却在擦洗救护车。这就像有人抢银行，他快步走下地窖的时候脑子里依然在思考，警察却在刷他们的制服。这就像轮船即将沉没，这是他一只手拿一箱啤酒，顺着梯子跌跌撞撞往上走时想出来的比喻，船员却在清洗甲板。

上来之后，他直接把箱子里的啤酒卖给客人，尽管有几个自以为是的家伙抱怨说不够冰。“啤酒不是拿来冰的，而是给人喝的。”他拿埃尔温的老话来回敬他们，这是他和卡尔在仗义酒友酒吧干活的时候听到的，因为埃尔温一开始就放弃了冰箱之类的奢侈品。说着他自己都乐了，但这并未消除他内心的不安。卡尔依然一板一眼地擦着咖啡机，他的肥屁股占去一大块地方。以前总是卡尔负责添货，他也很上心，今晚的啤酒早就应该添上了，但他熟视无睹，且不说他还一趟趟地跑地窖，乱七八糟地取了些东西。这的确叫人担心，叫人非常地担心。我们俩的关系不如从前了，雷曼先生想，想到这儿他很难过。我们曾经是好搭档，他想，但这一去不复返了，我们曾经是绝佳搭档，他想，就像邦妮和克莱德[1]，迪克和杜夫[2]，西蒙和加丰克尔[3]，萨柯和万泽蒂[4]，或者是——想到这儿他不得不承认这最符合事实——布德·斯潘塞和泰伦斯·希尔[5]。人到三十真他妈没意思，他想，你开始拥有过去，拥有过去的美好时光，还有他妈的烦恼。

---

1. 邦尼和克莱德（Bonny und Clyde Sacco und Vancetti）：同名美国西部片的主人公。

2. 迪克和杜夫（Dick und Doof，意思是“大胖子和大笨蛋”）：同名德国无声电影的主人公。

3. 西蒙和加丰克尔（Simon und Garfunkel）：双人均为同名乐队的创始人。

4. 萨柯和万泽蒂（Sacco und Vancetti）：同名美国电影的主人公。影片根据轰动一时的萨柯－万泽蒂案（均为意大利裔美国人）改编而成。

5. 布德·斯潘塞和泰伦斯·希尔（Bud Spencer und Terence Hill）：意大利电影演员。曾在七十到八十年代合作拍摄了许多戏仿西部片的滑稽影片。

为了多拿一些啤酒，他又去了一趟地窖。等他上来的时候，卡尔正在擦杯子，这比擦咖啡机强一些，不过照样荒唐。雷曼先生有足够的时间把啤酒放进冰箱，因为多数人有了啤酒喝，尽管是没有冰镇的啤酒。陆续有客人起身离去了，今晚蜂拥酒吧的黄金时段就算告一段落，人们继续游荡，去其他的酒吧，去迪斯科舞厅，去夜总会或者是雷曼先生不知道的一些地方。剩下的有二十或者三十个人，他们没有别的酒吧、迪斯科、夜总会可去。几个波兰人也在，他们占了一张桌子，坐在那里喝酒休息，那个金发女人则忙于向埃尔温和卡特琳讲述在她的家乡度假有哪些好处。这时水晶赖纳也从门口进来了。雷曼先生把酒和杯子往他面前一放便撒手不管了。他应该自己动手。他应该给自己斟上没有冰镇的啤酒。

“这儿怎么样？”水晶赖纳一边问，一边老练地往杯子里倒小麦啤酒——这是雷曼先生让给他的美差。

雷曼先生本想问这儿如何关他什么事，最终却只说了声“一切正常”，然后就去帮他最好的朋友擦杯子。虽然这是无用功，但总比陪水晶赖纳说话强。

“他们在说什么呀？”卡尔问雷曼先生，还甩头示意方向。他指向波兰女人、埃尔温以及卡特琳扎堆儿的地方，水晶赖纳也凑过去了。几个人正埋头看照片。

“她出租房子，度假用的房子，”雷曼先生说，“在波兰。”

“波兰是个好地方。”卡尔一本正经地说。

“为什么说波兰是好个地方？”

卡尔想了想，冲他咧嘴一笑，“不知道。”

“那你干吗要说波兰是个好地方？”

“我哪知道。我干吗不可以说？”

“谁要说什么东西好，就必须摆出充足的理由。”

“你这是怎么了，老朋友？你什么时候开始这么较真儿了？”

“我不是较真儿。”雷曼先生话虽这么说，但他不知道为什么自己要揪着这个话题不放。“我不过想知道为什么说波兰是个好地方。我的意思是，谁要说什么东西好，就得说出理由。”

“弗朗克，”他最好的朋友放下正在擦的杯子，“别死脑筋了。我只是随便说说而已。”

“嗯，可这是为什么呀？”

“弗朗克，”他最好的朋友卡尔边说边摇头，“有时我真替你担心。”

“说得好，”雷曼先生说，“说得好。我不知道波兰好不好，但是你说得好：你替我担心！”

“总得有人替你担心吧，”说罢，他最好的朋友卡尔摸摸他的头，“但撇开这点不谈：重新和你一起干活还是很愉快的。”

“是的，”雷曼先生说，“很愉快。”

第十五章 首都

砰的一声，门关上了，剩下雷曼先生一个人。他很清楚自己的当下处境不是太好，说白了，是很糟。我自个儿往粪坑里跳，雷曼先生想，还迫不及待地往里跳。他倒很愿意抽一支烟，但他不知道他们是否允许，看样子是不行的，因为目力所及——如果在一个仅有一张桌子两张椅子一根氖光灯管的狭小空间里还说得上目力所及的话，根本见不着烟灰缸。雷曼先生深信不惹这些人为好。这个房间没有窗子，门的内侧也没门把。

就这么着了，雷曼先生一边想，一边努力回忆事情的来龙去脉。开始还一切正常。他们认可他柏林的身份证，在他的多次往返许可证上没发现什么问题，还给他换了钱。感谢上帝，卡特琳走的另外一个检查站。她只有一本西德护照，所以省去了多次往返许可证那档子事，另一方面却给她带来了什么签证费用问题，雷曼先生不太清楚这事情，但这他妈的也无所谓，他想。现在他枯坐在弗里德里希火车站的一个没有窗户的房间里期待下文，她则很可能站在上面，也就是东柏林的土地上等待他。但愿，他想，她不要在上面打听我待在哪儿，假如真是她在上面我在下面，没准儿是我在上面她在下面，他想，他仿佛觉得自己被关在一个地窖里，但这个谁也说不准的，他想，由于在弗里德里希火车站跑上跑下一番折腾，他已经失去了方位感。

就在他快要通过这没完没了的检查站时，突然有一个穿制服的人过来问他有没有什么东西需要申报，雷曼先生答应说："没有，据我所知没有。"穿制服的是一个慈眉善目的胖子，听到这话，他对雷曼先生说："您跟我去一下隔壁房间。"到了隔壁，他让雷曼先生将衣兜翻过来，把东西放到桌上。那五百马克本身不是什么问题，雷曼先生想到这儿就窝火，钱本身并不是什么证据，他想。麻烦在于这五百马克还在父母给他的信封里面，信封上有他姥姥用令人叹服的苏特林字体[1]书写的东德亲戚的姓名和地址，老太太还特意在"东柏林"底下划了一道横线。在这些身着制服、把雷曼先生捏在掌心的人看来，此举真是滑天下之大稽。

鉴于这愚蠢之举，雷曼先生想，他们会判我二十年牢狱的，愚蠢嘛，雷曼先生想，就应该受到惩罚，我这人恰恰太蠢，实在太蠢。穿制服的不动声色，没有哈哈大笑什么的，只听他说了一句："哟，咱们这都是些什么东西呀？"然后就不见了身影。过一会儿他回来了，将雷曼先生带进另一个房间，把他按到这张椅子上面，再从外面把门锁上，所以他现在坐在了这里。不要遮遮掩掩，雷曼先生正在绞尽脑汁地思考对策，直截了当地说出真相，他想，这将化解敌意，这至少是

1. 苏特林字体是由德国版画家路德维希·苏特林（Ludwig Sütterlin）创造的字体。1935 年至 1941 年间曾作为标准字体在德国的中小学教授。

最简单的办法，说别的更傻，他想。他倒不担心自己被戴上镣铐送到西伯利亚去，这种事多半不可能，他想，但是眼下的尴尬处境使他深感压抑。我只好等他们发慈悲了，他想，我得装傻，但是我这傻也不是装出来的，雷曼先生想。

门又开了，另外一个穿制服的人走进来。他将一个巨大的打字机抱到桌上。“您坐着别动。”说着他走了出去，回来的时候他手里拿着几张纸，还有雷曼先生的信封和各种证件。他把这些东西分门别类地、整整齐齐地摆到桌上，然后坐下，与雷曼先生四目相对。

“我们开始吧。”他说。

“好的。”

“这钱是怎么回事？”

“是我姥姥给的。她要我带给一个亲戚，她住在东……歟……”——雷曼先生还来得及缓和东西方关系——“……住在民主德国的首都。”

“你说的就是这位女士……”——这位公务员做出费力阅读的样子——“……看着真费劲儿，谁写的？”

“我姥姥。”

“那位女士的名字大概是黑尔佳·贝格纳，她是民主德国的公民？”

“当然，我想是的。”

“你想是的，这是什么意思？”

“怎么说呢，既然她住在你们民主德国，就应该是民主德国公民。”

“放规矩点。你和她是什么亲戚？”

“我相信她是我母亲的表妹。”

“你相信？”

“对。”

“你相信是什么意思？”

“就是我其实知道的意思。”

“你的姥姥呢？她叫什么名字？”

“玛加蕾特·毕克。”

“您叫雷曼？”

“对。”

“那这中间是什么关系？”

“怎么说呢，反正我的母亲娘家姓毕克，我的姥姥娘家姓施密特，而她的一个——我觉得是——妹妹嫁给了一个叫贝格纳的人，我认为是这样。”

“您认为是这样？”

“怎么说呢，只有这样才讲得通嘛。假设我母亲的表妹是我一个舅爷的女儿，那么施密特就是她的娘家姓，那么她必须嫁人才能叫贝格纳。否则我们就不是亲戚。”

“您想捉弄我？”

“不，不，不敢。”

“您以为这是闹着玩的？”

“绝对不是。”

“您以为我在这儿开玩笑？您以为这是在喝咖啡、吃蛋糕，我们无非是聊聊天？您以为……”这位官员的嗓门儿越来越高，脸也涨红了。他还年轻，雷曼先生想，但他应该注意自己的血压，“……您可以违反民主德国的关税及外汇管理规定，可以在这儿东拉西扯扯过去，是吗？”

“可是这问题都是您提出来的呀。”雷曼先生嘴上这么说，心里却告诫自己装傻得有分寸。这边的人脸皮太薄，他想，他们动辄发怒，这对他们来说是家常便饭。

“所以你就特意把这个信封插到大衣内兜里面，好让我们在对您实施搜查的时候找不到？”

“绝对不是，”雷曼先生予以反驳，“这不是事实。您问问您的同事。我毫不犹豫地把东西掏出来放到了桌子上。我根本不知道这钱会成为一个问题。”

“海关官员问您有没有东西需要申报的时候，您怎么不声明带了钱？”

“我不知道这个需要说明。我怎么会了解这里的关税条例。”

“您既然不了解这里的关税条例，那您为什么还试图把这钱从海关走私进民主德国？”

“我根本就没试图走私钱。问我有没有东西需要申报的时候，我只是说‘据我所知没有’。我只说了这个。别的没说。我也的确不知道。我怎么可能想到还有东西需要申报？我是指，说真的吧……”雷曼先生的身子微微前倾，想营造更加亲密的气氛，“你以为，如果我想走私一点我不需要走私的东西，我就会把东西装在一个信封里面，信封上面还用我姥姥又粗又大的字体写着收款人的地址等玩意儿？”

“您别忘乎所以，”坐在对面那位呵斥他，“您最好让我们来评估事实。您恐怕还没有完全认识到您把自己弄到了什么境地吧？”

“可是我什么也没干啊。”

“您呆在这儿，我马上就来。”

“我可以抽支烟吗？”

“不行。”

五分钟后那位官员又进来了，而且一进来就发问，仿佛他不曾离开似的。

“在被问及是否有东西需要申报的时候，您为什么不向海关人员询问规定，就是说，您为什么不先把这个问题搁置一边，你为什么不在进行否定之前先打听一下有关规定？”

雷曼先生开始喜欢这人了。他有两下子，他想。

“我并没有在这个意义上否定问题，”他说，“我说了‘据我所知没有’。这其实可以间接理解为一个问题，但至少也表明我不知道规定，所以绝对不能假设我是在搞恶意欺骗或者类似的事情，我一点都没隐瞒……”

“没有！”海关官员打断了他的话。

“怎么回事，没有？”

"'没有，据我所知没有'，这是您说的话。您说的是'没有，据我所知没有'。不只是'据我所知没有'。您说的是'没有，据我所知没有'。"

"是的，话自然得这么说了，我的意思是，说'据我所知没有'之前，总得先说个'没有'，我们当然不能把这个阐释成什么绝对的否定，否则就有点用心险恶了。"

"您说险恶用心是什么意思？您想指责德意志民主共和国的海关人员具有险恶用心？"

"绝对不是。"

"那您为什么提到险恶用心？"

"我是泛泛而论。"

"雷曼先生！"

"什么？"

"您语无伦次。"

"是的，我这处境很不寻常的，这可不是天天都会碰到的，碰上就得糊涂。遇到这种情况下，谁又能避免语无伦次呢？"

"处在您这种情况，谁也不应该语无伦次，因为这与事情的严肃性很不相称。"

"当然也可以这么看问题。"

"您是一个人吗？"

"是的，当然了。"

“为什么说当然。没有带上几个朋友或者是你的女友？”

“没有。”

“就是说没有同伙？”

“我说，从您刚才问的和我说的推断，您这个词可用得不很恰当啊。即便我和几个朋友或者一个女朋友同行，就是说到民主德国的首都什么的，那也远说不上他们是我的同伙。其实根本就不存在什么同伙问题。因为我并非知法犯法、并非蓄意冒犯您的法律，这点我想强调一下，这一点我可是不吐不快。既然就连我都不能被视为一个有意识去触犯法律的人，那么我不可能有什么同伙，说我有同伙又有什么意义呢。”

“就是说没有陪同？”

“据我所知没有。”

“您又来了？”

“又来什么呀？”

海关官员叹了口气。“问这些何苦呢，”他说，“我们最好做个记录。”他把打字机拉到自己面前，把一张纸夹进去。然后开始敲打。他用——正如雷曼先生看到的——两根手指。铅字连动杆时不时地卡在一起，他不得不把它们分开。他似乎并不因此而烦躁。他都习以为常了，雷曼先生想，这且得搞一会儿。

“好了。审讯弗朗克·雷曼，独立政治实体西柏林公民的记录。”海关官员念给他听。“日期？”

“十一月五日，”雷曼先生主动说道。

“对。姓名？”

“您不是已经写上去了吗？”

“姓雷曼，名弗朗克。”海关官员对他的提示不予理睬，把名字敲了上去。

他们进入审讯记录的正文。每写一个句子，海关官员和雷曼先生都有一番讨价还价。这篇最后由雷曼先生签名的文字很简短，大意是：雷曼先生承认自己违反了德意志民主共和国的关税条例和外汇管理法，但是他希望说明已经确认他并非蓄意为之这一事实。

“不知者并非不为过。”雷曼先生签字之后，海关官员忍不住发表了高见。

“当然了。”雷曼先生说。

“您在这儿等着。”说罢，海关官员走了。

过了半个小时或者雷曼先生所感觉那么长的时间，他又进来了，但不是一个人。和他一起来的，是一个穿制服的长者，肩章上别的东西要多一些，此人带来飕飕一股凉气。

“站起来！”他说。

雷曼先生站了起来。新来这人手里捏着一张纸，现在他开始朗读其内容。

“对于弗朗克·雷曼，独立政治实体西柏林公民，联邦德国不来梅人，一九五九年十一月九日生，特做如下处罚决定：由于违反德意志民主共和国的关税条例和外汇管理法，特别是第……”

他一口气念了好几个条款，然后宣读决定，雷曼先生听着很吃力，因为里面的措辞很特别。

“听明白了？”那人念完之后问雷曼先生。审讯过雷曼先生那位官员无动于衷地站在一旁，他的目光越过雷曼先生的肩膀往墙上看。

“明白了，”雷曼先生说，“那五百马克大概就没了。”

“您试图不予申报就带进民主德国首都的那笔钱被没收了，”那人予以证实，“民主德国的首都取消您今日的访问。”

“好的。”

“这是给您的副本。您可以在民主德国的有关机构对本决定提出上诉，这上面有详细说明。我的同事把您带回开往西柏林的地铁。您持有的民主德国马克全部兑换回来。给您的多次往返许可被没收。需要时您必须重新申请。”

“看吧。”已不再有这种需要的雷曼先生说。

“您可以走了。”

“走吧。”另外一个拉着门对他说。雷曼先生跟在他后头，沿着——他感觉这样——几个小时以前走过来那条路往回走。这情形有点类似一部镜头回放的电影。他不得不先去把他兜里的东德货币换回到西德货币，尽管和他刚刚失去的五百马克相比，这点钱无足轻重。然后海关官员领着他逆向通过了边检。走着走着，他停了下来，雷曼先生也停下来。

“您一直朝前走，”说话的时候海关官员指着正前方，“顺着这台阶走下去，然后就是开往西柏林的地铁。”

“好吧，”雷曼先生说，“再见。”他接着往前走，海关官员则一声没吭地留在原地。走出一段距离后，雷曼先生回头一看，海关官员还站在那里望着他。雷曼先生挥手致意，他却没反应。他形单影只地站在那里望着雷曼先生的背影发呆。可怜的人，雷曼先生长吁短叹地顺着台阶往地铁下面走。

第十六章 直言不讳

去东德兜风那天，雷曼先生在蜂拥酒吧要了个夜班。他这么做，只是为了防止他的东德亲戚请他吃晚饭。一旦东德亲戚请他吃晚饭，他就以上夜班为由谢绝。现在情况完全变了，他到家的时候才三点钟。他认为，若要合理利用这赢来的时间，最好睡上一觉。可是，他刚刚脱下衣服电话铃就响了。他认定是卡特琳，一定是卡特琳为了打听他的情况提前离开了东德。但这只是埃尔温从蜂拥酒吧打来的电话，他想问雷曼先生是否也能够早一点去上班。

“这时候我本来应该在东面。”雷曼先生现在没兴趣去上班，再说接卡特琳的电话对他来说是一件非同小可的事情。她肯定很担心，他想，她随时可能从东面回来找我。

“我要你马上过来，”埃尔温说，“我自己在这儿应付着。我也不知道出了什么事，海可病了，就连鲁迪也来不了。”

“鲁迪是谁？”雷曼先生问。

“这无所谓，”埃尔温说，“他也不能来。他们全病了，今天晚上至少维伦娜要来。”

“为什么是维伦娜？我以为今晚上卡尔在那儿。”

“得了吧，”埃尔温说，“他不会来了。”

“什么？”

“说来话长。”

“卡尔不来了？”

“我没法在电话上给你解释。”

“那你再待一会，”雷曼先生说，“我马上过来。”

他重新穿上衣服，在门上给卡特琳留了一张字条，然后去了蜂拥酒吧。埃尔温正在吧台后面给几个总喜欢下午去那儿碰头的单身母亲打牛奶咖啡。孩子们在一边闹得乌烟瘴气，她们却喝着加朗姆酒的牛奶咖啡，好让自己镇定下来。

“卡尔怎么了？”雷曼先生问。

“问得好，”埃尔温说，“问得好。他今天中午去了市场大厅饭馆，我也去了，我坐那儿吃饭。他马上过来找我，他真是个怪物，他来找我吵架。我不知道他是喝醉了还是怎么回事，伙计啊伙计！”他在额上擦了擦假想的汗水。“他那副模样我还从来没见过。他说我其实还欠着他钱，他又问我算没算出来他帮我赚了多少钱，他尽说屁话。我根本不明白他要干什么。”

“嗐，他喝多了，喝多了就可能这样。”

“谁知道他是不是喝多了。过后他开始捣乱。”

“卡尔？”

“还有谁。他开始辱骂别人。”

“然后呢？”

“然后呢？”埃尔温暂时放下打牛奶的活计，看着雷曼先生的眼睛。他很憔悴。“然后他掴了我一耳光。”

“不可能。”

“怎么不可能！瞧这儿！”埃尔温指着自己的颧骨，可是雷曼先生看不出什么痕迹。

“什么意思？他打了你？”

“你以为怎样？他打完就溜了。”

“我不相信。”

“你问问海迪，她在场。你要不信我的话，你就问问海迪。说真的，弗朗克，”说心里话的时候，他们都叫我弗朗克，雷曼先生想，“我相信这家伙是有点犯神经，他的脑子有毛病。”

“卡尔不会那样。他这无非是一场小危机。因为艺术展什么的。”

“弗朗克，他掴了我一耳光！掴我！”

“是啊，埃尔温，”雷曼先生说，“这么做当然不行。”

“你还要着玩儿哪，跟你说真的，这家伙脑子里缺根弦。”

“埃尔温，你这叫什么话呀？”

“什么？”

“脑子里缺根弦。这话哪儿来的？”

埃尔温耸耸肩膀。“哼，我管他的，”他说，“反正他不在我这儿干活了。如果你除了关心谁谁谁的措辞如何就不再关心别的问题，那就对不起了，我不认为这是问题，我才不管呢，他是你的朋友，反正他不在我这儿干活了。”

“埃尔温，别太夸张。”

“不，不，我管他的。不单是我这么看。你可以去打听打听，比如说垃圾酒吧那帮傻瓜，大家都这么说。他是有点问题。”

“听我说，埃尔温，你说得对，”雷曼先生说，“既然如此，我现在肯定不能在这儿当班，我必须先去看看卡尔，八点钟才轮到我呢。你可以跟这帮危险的母亲周旋这么长时间吗？”

“我也不知道，”埃尔温的话听着很沮丧，“目前我有……”他来了个停顿，不声不响地数他的手指，“……八家酒吧。三家在克罗伊茨贝格，两家在勋内贝格，再加上夏洛滕堡那一家，这是六家，然后还有，等一等，克罗伊茨贝格是四家，木桶酒吧也在克罗伊茨贝格，不对是五家，无所谓的，反正我老在这儿遇到麻烦。老是在这儿。出点什么事，老是在这儿。老是在蜂拥酒吧和市场大厅饭馆。有谁能给我解释一下？”

“很简单：你在哪儿管得最多，哪儿就真正出现麻烦，埃尔温。”

“这话我听不懂。”

“你在这里待的时间比哪儿都多，埃尔温。在别的地方你总有合作伙伴在照料这些破事儿，唯独这里没有。”

“怎么说呢，”埃尔温说，“我是从这儿起家的。”

“对，”雷曼先生说，“你是从这儿起家的。但我现在得去看看卡尔，行吗？”

“你今天不是想去东面吗？”

“是啊，我已经回来了。”

“那边怎么样啊？”

“还可以。”

“又有游行什么的吗？”

“没见着。”

“那边闹得正欢呢。”

“我走了，埃尔温。我八点再来。挺住。”

“好的，好的，”埃尔温说，“照顾一下那个怪物吧。我是谁呀。别管我。”

“先喝一杯薄荷茶，埃尔温。加牛奶。”

“快滚吧。”

出门后雷曼先生穿过格尔利茨公园，来到居弗利大街。卡尔的商住两用房锁着，卷帘式百叶窗跟往常一样放下来了。门铃没法使。弗朗克攥紧拳头，往门上砰砰一阵乱砸，但是他根本就不相信他最好的朋友会待在家里。他应该待在某个酒吧里面，他想。既然闯了祸，他就一定在外面，他想，他既不会呼噜大睡，也不会在废旧金属上面锉来锉去。雷曼先生努力回忆他最好的朋友在什么时候办展览，是十号，十一号，还是别的日子。我只希望他已经把那堆东西备齐了，雷曼先生想，这时他正拐到西里西亚大街，准备从这里开始探察一个个的酒吧，卡尔既然处于这种状态，他可能什么事情也干不了。

雷曼先生首先检查金锚酒吧。这是一个普罗酒吧，卡尔情绪激动的时候喜欢来这儿。他站在酒吧的大玻璃窗前面，想看清楚都是什么人在里面折腾，看看中间有没有卡尔。这纯属白费工夫，他什么也看不见，尽管金锚酒吧没有加挂白色窗帘——这是它唯一赢得雷曼先生赞赏的地方，虽说就其风格而言，它应该挂白色窗帘。其实这一类的酒吧全都挂白色窗帘，雷曼先生每次看见金锚酒吧都想到这点，只有金锚酒吧例外。金锚酒吧之所以例外，雷曼先生想，无非因为它里面太暗，用不着白色窗帘来阻挡外界的眼光。有鉴于此，他必须进去。等他的眼睛习惯酒吧的昏暗光线之后，他才看见几个模糊的人影儿。那是一些领养老金的老头儿和闲人。他们三三两两地分布在诺大的空间里面，望着舒尔特海斯啤酒瓶发呆。舒尔特海斯在这里仅卖两马克一瓶，这实际上是倾销。卡尔没在这儿，雷曼先生也没有兴致去问吧台后面那个胖女人。这不是他待的地方，如果他真要问她，就还得假模假式地喝上一瓶舒尔特海斯。那样做又太夸张了。

所以他继续往前走，沿着西里西亚大街走到西里西亚城门。他首先去了希腊餐厅，因为卡尔时不时地要去那儿饱餐一顿巨罗司旋转烤肉[1]，再看隔壁的意大利餐厅和一个左翼极端分子集会的酒吧。这个酒吧的名字他不知道，也

1. 巨罗司（Gyros）：一种希腊烤肉拼盘。

不想知道。随后他走进紧靠着西里西亚城门的笔头考试酒吧。他很喜欢这儿，这个看似墓穴的酒吧，挂着红色丝绒窗帷。进门后他直接找当班的招待，一个叫萨宾娜的姑娘。但她既不知道谁是卡尔，也没见过卡尔其人。经过这番劳而无功的折腾之后，他径直去市场大厅找海迪打听情况。海迪证实了埃尔温说的话。

“可究竟出了什么事，这有什么意思呢？”雷曼先生问。他面前摆着海迪刚刚给他的一杯咖啡和一杯希腊茴香烧酒。因为是烧酒，这东西他平时从来不要，但今天是个不同寻常的日子，在见到希腊餐厅之后，他又莫名其妙地萌发了喝茴香烈酒的愿望。“他怎么鬼使神差地捅这么大一个娄子？”

“不知道。他当时怪里怪气的，看着真吓人。”说着她坐上高脚圆凳。这个凳子是她特意放在吧台后面的。“他那样子，就像一个从未见过的陌生人。你今天不是要和卡特琳一起去东面吗？”她突然换了话题。

“我又回来了，”雷曼先生说，“你可能知道他在什么地方？”

“不清楚。你和卡特琳的事情到底怎么样了？”

雷曼先生充满疑惑地看着她。“问这干吗？”

“你们现在在一起吗？”

“你也这么问过卡特琳？”

“她呀……”海迪做了个不屑一顾的手势。“她和我几乎不说话。反正我不清楚……”

“我也一样，”雷曼先生说，“我得打个电话了。”

他去洗手间给卡特琳打电话。没人接。他在她的留言机上讲述了在东面的遭遇，还说自己一切都好，希望她也一切都好，然后回到吧台。海迪若有所思地坐在那里，面朝对面的窗户，望着灰蒙蒙的天空发愣。

“这个冬天我要出去。”说话的时候她并没看他，而是怔怔地看着酒吧中央。“我不能再亏待自己。我去巴厘岛。”

“一个人？”

“不是，还有另外两个。那边的生活倒不贵。他们带上我，他们卖巴厘岛服装，所以老在那儿。也许我可以给他们打工，看情况再定吧。”

“这当然是件好事。”

“是啊，我再也不想在这里过冬了，说真的。每个冬天都搞得人蔫不唧的。”

“当然了，”雷曼先生说，“再说说卡尔的事：你能想出他现在可能在什么地方吗？”

“想不出来。他那人我早就看不透了。”

“你真的老早就感觉他有些古怪了？埃尔温说他颠三倒四什么的。”

“甭提什么埃尔温了。白天一长，埃尔温的话也特多。卡尔就是卡尔。不过他今天的所作所为也够奇怪的。他竟然打埃尔温……”

“用的拳头？”

“不，是标准的耳光，还带响。”

“他干吗一下子对埃尔温起了敌意？”

“不知道，真的。他说话颠三倒四。他喝醉了，而且一身酒气……”

“嗯……”

“但我相信卡尔在什么地方有个女朋友。我不知道她叫什么名字，不过她在 61 区开着一家酒吧。”

雷曼先生想起跟大伙儿一起去萨沃伊酒吧那个晚上，想起抚摩卡尔的头的那个女人。当时我就应该想到这层关系，他想。他一口喝干茴香烈酒，随即打了个寒战。

“你什么时候开始喝这玩意儿了？”海迪问。

“这是心血来潮。”说罢，雷曼先生一口喝干剩下的咖啡，将喉咙里的茴香酒冲刷干净。他站起身来。

“你给记上吧？”

“这不行了。”海迪说。

“为什么不行了？”

“埃尔温说了，即便是手下的人，喝了东西也得立马付钱。他不能老把我们养着，这是他的话。只有当班的还可以免费享用。”

“这是从什么时候开始的？”

“他刚刚说的。卡尔走了以后。埃尔温检查了诸位签的单子。也有你的。”

“现在这他妈的怎么算？”

海迪耸耸肩。

“我无能为力。你问埃尔温去吧。哈哈，我知道怎么办！”她笑嘻嘻地说。

“怎么办？”

“我干脆什么都不写。这太简单了。”

“你是好样的，海迪。”

“你知道就好。”

“这个我一直都知道。”

“你说出来就更好。”

“我现在去找卡尔，行吗？”

“当然。现在你和卡特琳到底怎么样了？”

“一言难尽。”

“我觉得她不适合你。”

“你说出来就更好。”

“滚吧，去找卡尔。”

到萨沃伊酒吧得走很长一段路。如果坐地铁，就必须绕行很长的路，打出租的话雷曼先生又很不情愿。而且卡尔有可能在哪条街上闲逛，他有可能在什么地方被雷曼先生撞见。雷曼先生穿过劳西茨广场，施普雷瓦尔德广场以及沃劳厄大街，跨过运河后斜着向右穿行新科恩，来到科特布斯大道。他横穿科特布斯大道，进入勋莱恩大街[2]。由于他已经来过这儿，所以他只是到坏女孩酒吧匆匆看了一眼，但毫无收获。这样更好，雷曼先生想，卡尔要是

2. 得名于约翰・卢卡斯・勋莱恩（1793–1864），柏林历史最悠久的夏里特（Charité）医院医生，对十九世纪的医学现代化做出重要贡献。夏里特医院现为柏林大学附属医院。

在坏女孩酒吧呆着，反倒不好。现在他只需顺着迪芬巴赫大街[3]走到格林大街[4]就行了，因为萨沃伊酒吧就在两条街的交汇处。

长距离的行走对他很有好处。他边走边思考，他越是思考那林林总总的问题，他越感到不舒服。今非昔比，他想，问题冒出来了，钻进生活的蛀虫闹得哪儿都别扭，但又很难找出问题的根源。说今非昔比毫无道理，他告诫自己，快满三十的人都这么说，这是废话。关键不在于昔日的生活如何，他想，关键在于现在的生活要好。可是生活里头已经有了蛀虫，在他看来，卡尔之谜似乎就很说明问题，不管这问题是什么。有什么东西行不通了，他想，卡尔凭什么例外呢，但他马上又嫌这个想法太简单，不能这么敷衍了事，他想。随后他努力把凡是有问题的地方都串起来思考，以便解释为什么他对生活的感觉如此不好。近来有太多的事情不顺利，他都不敢肯定他和卡特琳的关系是否真的能够按照目前的发展势头成为一线光明，驱散笼罩着他生活的层层阴霾。最近经历的事情全是不痛不痒的，他想，打架，德特勒夫，天行者卢克，埃尔温惹他妈的祸，水晶赖纳，卡尔的艺术，夏洛滕堡的展览，卡特琳计划中的设计专业，取消他访问的民主德国首都，蜂拥酒吧的工作和酒吧的客人，这日子过着怎么就没劲了，他想。他在最后一截路上思考的问题是，真是今非昔比呢，还是说因为自身有了变化才感觉如此呢。可是我为什么应该起变化呢，他想，我根本就不想改变自己，这时他又想到卡尔，不管怎么说，卡尔变了。他前一段时间怪里怪气，近

3. 得名于约翰·弗里德里希·迪芬巴赫（1792—1847），柏林夏里特医院外科主任，对整形外科做出重要贡献。

4. 得名于童话作家格林兄弟。

来又火气冲天。这不是他的性格，因为卡尔就像一个绝对让人放心的银行。哪里有卡尔，哪里就有快乐，他们在一起总是有快乐。有了快乐，雷曼先生想，什么都好。也许情况相反，他想。也许不是别的事情不行了卡尔才不行，而是卡尔不行了别的事情才不行，但是这一想法也有简单之嫌。事情没那么简单，他想，不是那么一回事。

当他到达萨沃伊酒吧的时候，他并没因为路上进行这番思考变得聪明起来，但他总算知道自己已是四面楚歌，知道烦恼的根源不只是屁大的事情，或者是连串的偶然不幸。这一认识让他多少感到安慰。既然四面楚歌，他一边走进萨沃伊酒吧一边想，那么机会也更多。

吧台后面站着一个女人，雷曼先生相信自己的记忆，认准是她抚摩了卡尔的头。她白天看起来要比雷曼先生想象的老一些，他估计她的年龄在三十五到四十岁之间，他又想起卡尔一直都很迷恋那些比他自己大的女人。“别找嫩丫头，”有一次他这么提醒雷曼先生，“跟她们你生不完的气。她们总想改变自己的生活，总有一天你突然在她们的生活中找不到自己的位置。”卡尔如此教导他。卡尔有自己的人生智慧，雷曼先生想。他坐在那个女人对面，先要了一杯啤酒，他应该犒劳自己了。他们只有扎啤。话又说回来，雷曼先生想，喝扎啤毕竟可以缠着她说一会儿话。

“你知道卡尔在哪儿吗？”他终于在她打啤酒的时候说话了。他好不容易才启齿发问，因为他既不喜欢和生人讲话，也不喜欢讨论也许是他们共同面临的问题。

“当然了，”她笑着说，雷曼先生觉得她的笑带有苦涩意味，“你是雷曼先生？”

“是的。你怎么知道？”

“几个星期以前你们来过这儿。最近他常常提到你。他跟我谈论你当然比跟你谈论我的时候多。我是克里斯蒂娜。他跟你谈起过我吗？”

“当然了。”雷曼先生撒谎道。

“真奇怪，”她说，“照他的脾气，他不会在别人目前谈起我。”

“为什么，”雷曼先生说，“上回我们不是来过这儿嘛。”

“这又怎样？我和你们坐在一起了吗？”

“没有。可这是为什么？”

“问得好。”

雷曼先生不喜欢这场对话。她那边似乎是期待已久了。在她说话的时候，雷曼先生偷偷打量她。她的模样很友善，但也流露出一丝哀伤。雷曼先生发现她的眼圈像悲剧人物，于是他想起罗密・施奈德。但与罗密・施奈德相反，克里斯蒂娜很讨雷曼先生喜欢。除了《茜茜公主》，他受不了罗密・施奈德，可是这一点他永远都不会承认的。

“卡尔有两个世界，”她说，“你属于其中的一个，我属于另外一个。他很注意不让这两个世界发生接触。问题仅在于两个世界中哪一个适合于他？”

“哪一个？”雷曼先生问。他提问的目的在于让对话继续下去。

“当然是你们的世界了，”她说，“这个我想了很多。假如他对我说：

你是那唯一的世界，那么他说的是恭维话，但也是实话。问题是……”她想把啤酒端到雷曼先生面前，雷曼先生却一把从她手里夺了过来，“……这只是相对我们的世界而言。他这话之所以听着别扭，原因就在这儿。因为他的意思是，在我们的世界只有我们两个人。而这对他来说没什么意思，所以他跟我谈起你，但从不跟你提及我。”

“原来如此。”

“只有等他在你们那边山穷水尽之后他才上我这儿来。只有等他想休息的时候。我就是他的床垫。”

“哎哎。”雷曼先生觉得这话有点过分，听着很叫人难堪。她不怎么了解我，他想，所以给我讲这些事。那个叫克里斯蒂娜的女人给自己倒了一杯白兰地。酒吧老板怎么都离不开这褐色的烧酒啊，雷曼先生想。

“其实这么讲话都嫌夸张，”说完她端起杯子抿了一口，“做他的床垫，至少还意味着他时不时地要往我身上爬。可最近一段时间连这个也快没了。”

“行了行了，”雷曼先生无可奈何地对她说，“你有没有觉得他最近变了？觉没觉得他颠三倒四的？”

“嗯。”

她跟一个同事交代了两句，然后带着雷曼先生往外走，出门之后拐弯从另一道门重新进入这栋房子。看这样子，她的住房就在酒吧上面。开酒吧的人，雷曼先生触景生情，绝不会遇到找房子的难题。她开锁的程序很复杂：她先是拿着一串钥匙挑来挑去，然后使劲勾着腰去看锁眼，捅钥匙的时候她又小心翼翼，仿佛开锁是一件性命攸关的事情。刚刚走到门厅，雷曼先生就听见了他的鼾声。

“你好好看看这副惨样，”那女人说，“然后你就知道他每次过来的时候都干些什么事情。”

雷曼先生跟着她走过长长的门厅，来到一个大客厅。客厅里摆了个沙发，卡尔正躺在上面睡觉。他睡得歪歪扭扭的，半侧着身子，两条腿从沙发垂到地上。他的T恤衫撩得老高，把大肚子亮在外面，他的肚子则像一个胀鼓鼓的口袋，从一侧垂吊下来。他鼾声如雷，震得四壁发颤，房间里弥漫着酒臭、狐臭、脚臭、烟臭。

“看清楚了？”

“看清楚了。”雷曼先生发现自己同样不喜欢克里斯蒂娜。他不喜欢她，犹如他不喜欢罗密·施奈德。

“他醒来的时候你能叫他给我打个电话吗？”

“他醒来之后恐怕要溜，”她说，“多数时候都是这样。我根本不知道自己为什么还让他再进来。”

“嗯，”雷曼先生说，“这很难理解。”

“你是什么意思？”

“怎么说呢，这只是……”

“我不会再害自己了。”她说。卡尔的鼾声又掀起一个高潮。“假如你比我先见到他，你就告诉他不用再到我这儿来了。”

“好。”

“我受够了。”

“好。”雷曼先生朝门口走去。她跟在他后头。

“这话你可以对他说。一刀两断。让他别再来了。这对他不是什么问题。回头他连电话也不会打一个。”

“你们认识多久了？”

“你是问我们同居多久，问我们操了多久，是吧？”

“得，随你怎么说吧。”

“嗬！”她追了上来，给他开门拉门，“两年了。白白浪费的两年。”

“我说什么好呢……”

“你什么也别说。”

“对，我什么也不说……”

“你如果马上把他带走的话，我会谢天谢地。”她说。

雷曼先生犹豫不决地站了一会。他在门外，她在门内望着他。“也许我应该这么做。”他说。

“现在你没法把他弄醒，”她说，“我试过多少次了。”

“那就算了，”雷曼先生说，“我背不起他。”

“这倒是，”说话的时候她干笑了一下，“谁也背不起他。”

“再见。”雷曼先生说完就走。她站在门口望着他，仿佛他是一个阔别已久、可惜又得匆匆离去的老朋友。

第十七章 不期而遇

雷曼先生从克里斯蒂娜那里出来的时候，他自己估计才五点半钟，他也没有兴致去把埃尔温从水深火热之中解救出来。我本应该睡我的，他想，我不该去接电话，否则我现在还在呼呼大睡，和卡尔一样。现在后悔也来不及了。这时他感觉肚子饿了，所以决定在科特布斯门吃点东西。他想尽快离开克罗伊茨贝格61区，每次到这地方他都感到沮丧。他也绝对不想穿越新科恩，哪怕只是走短短一截比尔克纳大街[1]。走新科恩更可怕。有鉴于此，取道科特布斯门是最佳方案。走科特布斯门路不太远，那里还有几家很好的土耳其饭馆可供选择。到了科特布斯门，他赶紧去电话亭给卡特琳打电话。这一回也只听到留言机的声音。他有些着急了。随后他去附近一家比较正规的土耳其饭馆。这家店子不但在墙上挂着《古兰经》文，而且禁止饮酒什么的。他是几个星期前才发现这个地方的，虽说这里实际上是一家快餐店，但是店主摆了几张正经的饭桌。在城里所有的土耳其餐馆中，就数他们做的饭最好。这点雷曼先生坚信不移。当初

1. 得名于法学家和政治家奥古斯特·比尔克纳（1847—1914）。

他刚一发现这家饭馆，马上就带卡特琳去了一趟。她也喜欢这地方，喜欢这个独具一格、实际上是个快餐店的小饭馆。他们俩在这儿也算浪漫了一回，至少雷曼先生是这么看的。

她有一个优点，雷曼先生一边想，一边往这家躲在克罗伊茨贝格购物中心底下的小饭馆走，她至少在吃饭的问题上绝不被花哨的外表所迷惑，譬如烛光啦，譬如穿着围裙的傲慢侍者啦，他想，她只关心实质内容，首先是饭菜。所谓的浪漫情调，雷曼先生想，并不在于花哨的外表，是否浪漫，他一边看食品陈列柜里的东西一边想，这首先取决于和谁一起吃饭，吃的是什么，这和朦胧的光线、叠得像模像样的餐巾纸没关系。这里没有朦胧的光线，这里的情况恰恰相反。这里也不太挤，实际上雷曼先生是唯一的客人。这家店还需要时间，雷曼先生想，但是他很乐观，他相信这家店挺得住，它毕竟新开张。如果刚开始没有人来，那也没关系，时间一长，一定会有足够的人来欣赏这里的土耳其油煎肉饼，雷曼先生想。他跟上两次一样，要了土耳其油煎肉饼，外加米饭和一堆“就是用香菜和别的玩意儿做的沙拉”，这是他对站在陈列柜后面那个土耳其人说的话。此人几乎听不懂德语，但是雷曼先生却认为他做的油煎肉饼非常好，好得催人泪下。

在地中海国家，雷曼先生一边端着茶杯在后面一张桌子坐下等菜，一边继续想问题，到处灯火通明。他们把快餐店和餐厅照得亮堂堂的，他想，看着就叫人心情舒畅。土耳其人喜欢光亮，厌恶黑咕隆咚的洞穴，可是他们越是被同化，他一边想一边在细腰小茶杯里搅和他扔进去的两块方糖，他们的饭馆就越跟洞穴一般幽暗，就好像古法兰克人的幽灵无时不在、无孔不入，雷曼先生想，他们只差把牛眼形玻璃往窗户里钉了。

不过在这个地方还谈不上这些。这里面灯火辉煌，而且临街的一面墙整个是落地窗。雷曼先生嘴上啜着茶，宛若置身度假圣地，欣欣然美不可言。现在又可以从好的方面来看问题了，他想，最要紧的是卡特琳平安无事地从东面回来。不过她会出什么事儿呢，雷曼先生想，她又没干什么，东德佬爱说什么就说什么罢，况且他们现在自顾不暇，而且她身上也没有可供他们没收的钱，想到这儿他放心了。现在他尽量把去萨沃伊酒吧的路上冒出来的悲观念头从脑袋里驱赶出去。那么消极地看问题没什么意思，他想，其实也有一大堆不把它们当回事的理由。首先是千万别再上 61 区去，雷曼先生想。即使去，也不能走新科恩，他想，当你走在比尔克纳大街的时候，你会受到恶劣情绪的侵袭，搞得你很难受。他的饭菜装在一个椭圆形的金属盘子里面端上来了，味道的确很好，所以他并不因为没喝上啤酒而觉得难受。

就在他吃完饭，还想来一杯茶的时候，卡特琳和水晶赖纳进来了。他们没看见他。两人手拉手地站在陈列柜前选菜，背对着他，水晶赖纳还多此一举地松开手去抚摩她的背后，而且下面比上面摸得多。他仿佛专门做给雷曼先生看，仿佛雷曼先生见状会大惊失色。至于卡特琳，她不仅听之任之，而且根据雷曼先生从后面的观察，她还在尽情地享受水晶赖纳的抚摩。

雷曼先生不敢相信自己的眼睛。他背靠着墙，手里捏着茶杯，坐在那里望着他们发愣。眼前的事情太难以置信了。一时间他脑子里一片空白，当他重新开动脑筋的时候，第一念头就是：我的上帝，他们怎么如此睁眼瞎啊，进来的时候他们怎么也应该看见我啊，我并没有坐在屏风后头，这个地方又亮如白昼，他想。这里和金锚酒吧的情况不一样，但他随后又想通了。其实问题不在这儿，万恶之源在于水晶赖纳，他想。跟这家伙拉什么手呀，把小麦啤酒推给他就算了事，不加柠檬，拿走吧，但是，他的处境并没有因为产生了这一想法而得以改善。

他感觉他们在那儿站了老半天。他们没完没了地和傻头傻脑的土耳其人聊他那道傻头傻脑的菜。看得出来，土耳其人很喜欢他们俩。后来他们每人要了一份饮料，卡特琳拿可乐，水晶赖纳拿芬达。要芬达，雷曼先生想，这不行，这哪行，水晶赖纳怎么会喝一杯芬达就满足了。这时他联想到也许这世界没什么事情是真的，但是这个美妙的想法没有持续多久。我得想个办法主动出击，雷曼先生终于思考现实问题了。我跟他们打招呼，让他们措手不及什么的，他想。转念之间他又暗地里叫喊：错了，全错了，这样不行，不要采取任何行动，采取任何行动都是错的，想到这儿，他倒希望这家破店有一道后门。可是他们连个洗手间都没有，他想。既然没有洗手间，就不应该摆放桌子椅子，他想。如果没有洗手间，就只能允许他们放高脚圆凳和让人站着吃喝的小桌子，应该上安监局举报他们。想到这儿他感觉自己的泪水快要夺眶而出了。这是漫长的一天，他想，人容易变得脆弱。但是我现在绝对不能脆弱，雷曼先生想，假设他们转身看见我泪眼潸潸的样子，那可丢死人了。千万不能让水晶赖纳看见，想到这里，雷曼先生终于忍住了眼泪，可他仍然想不出对策。他们要转过身来怎么办，雷曼先生想，他们总得转身吧。所以他开始设想另外一套方案。他设想自己对他们不理不睬，拿眼睛朝别的地方看，譬如全神贯注地研究墙上的《可兰经》。可是，他转念一想，这比痛哭流涕还可笑，想来想去，最终他只好故作镇定，用颤抖的手指捏着茶杯放在嘴边，等着他们转身。

他们终于转身了。他们——此举即便不算雷曼先生所理解的性骚扰，也至少有讨好卖乖的嫌疑——跟那个不会德语的土耳其人说了半天傻啦吧唧的话，这才不约而同地拿着他们傻啦吧唧的听装饮料转过身来。他们看见他了，他们必然要看见他，因为他坐的地方正对着他们。况且他背靠着墙，左右也没有别的人。雷曼先生举手致意，他们愣在那里，欢快情绪从脸上倏忽消失，至少雷曼先生相信自己看到了这一变化。卡特琳同样举起了手，是捏着听装可乐那只手，那架势就像要和他碰杯。这个蠢女人，他心里骂道，她想笑一笑，但笑不起来。她小声地对水晶赖纳说了点什么，然后就一个人朝他走来。

“我知道你在想什么。”她站在他桌子前面说道。

“我什么都没想，”雷曼先生说，“我有什么好想的？”

“你听着，弗朗克。”她开门见山了。

“你最好坐下，”雷曼先生说，“如果我坐着你站着，我心里就发毛。”

她坐下来，把可乐放到桌上，再脱下羽绒衣。水晶赖纳已经交完钱走了。

“那个探子要去哪儿？”雷曼先生问，“他不饿了？”

“喂，别这样，”她说，“我跟他说了，我要和你单独谈谈。”

“请讲。”雷曼先生说。

“你到底去哪儿了？”

“他们对我进行搜身，把我的钱拿走了，”雷曼先生说，“理由是我违反了关税和外汇管理条例。问这干吗？你为我提心吊胆了？你向水晶赖纳求救了？他碰巧在东面，所以你和他偶然相遇？”

“你干吗现在就想知道这个？”

“你怎么问这么蠢的问题，”雷曼先生说，“我想知道这个又有什么不妥？我本想和你一块儿去东面玩，但遇上他们拘押我，审讯我，没收我的钱，然后把我遣送回来。我这死脑筋还一直担心你。几个小时之后，我终于看见你了，看见你迈着轻盈的脚步，和水晶赖纳情意绵绵、勾勾搭搭地走了进来。见到这种情况，我会有一大堆的问题，对不对？所以我有充足的理由先问你在哪儿撞见水晶赖纳的，或者说他在哪儿撞见你的？”

“假如你一定想知道，我就告诉你吧：没错，我是在东柏林碰到他的。人家至少还成功地跨越了边界。”

“他去那儿做什么？只是同往常一样跟在你屁股后面跑，还是说他去那边执行他的探子任务？难道说他现在也干特务或者类似的事情？”

“别再说这些没意思的话。我是偶然碰到他的。”

“偶然！在东柏林碰到水晶赖纳！偶然！”

“可是我要说的根本就不是这个。”

“那你要说什么？”

“我认为你不应该对我提什么要求。”

“我说了我对你有要求吗？我对你提了什么要求吗？”

“没有，可是你的行动很说明问题。”

“且慢。我有什么行动？”

“我早就告诉你这是怎么回事。我一开始就讲得明明白白：我没有坠入你的情网。”

“你现在说这话到底是什么意思？可是你也说过‘我爱你，千真万确’。”

“不，我说的是：我爱你，不言而喻，但是我没有坠入你的情网。”

这和东面的情况一模一样，雷曼先生想，这和上午与边检人员进行的狗屁讨论有什么差别。

“这话说具体点是什么意思？”他问，“这跟水晶赖纳什么关系？你只是爱他，或者你还迷恋他？”

“我说弗朗克……”她看着他，就跟他有多可怜似的。雷曼先生最恨的就这个。这傻娘们儿，他想。

“我说弗朗克……”他模仿她，“‘我说弗朗克’是什么意思？我说弗朗克，这可怜的家伙，是吧？我说弗朗克，现在怎么办呢？我说弗朗克，你就不明白这个？你和水晶赖纳手拉手地走进来，说些傻得不能再傻的话，非但不回答理智的问题，反倒居高临下地说什么‘我说弗朗克’，这就像放了一个冷屁！我疯了，是吧？”

“你别发那么大火。”

“我为什么不能发火？说实话，我为什么不能发火？我爱你，爱他妈的屁，如果眼看着你和水晶赖纳到这儿谈情说爱，我却一点不发火，那我就是死人，你明白吗？如果连这种事情都不发火，还有什么事情可发火的。那样的话什么事情都无所谓了。你认为我说这些全是废话？”

“我说过了，我的想法不一样。我已经告诉你不应该对我提什么要求。”

“好了，我不提什么要求。其实我也没对你提什么要求。但是我要发火。这是我的基本权利。去他妈的，发火是我的基本权利。”

“那你发火好了。”她口气强硬。

“在东面碰上水晶赖纳，嚯！”

“你傻得连东边都过不去，能怪我吗？”

“瞎扯。我说了怪你吗？我说了这话吗？我说了我没去成东面要怪你吗？水晶赖纳之所以在你身上摸摸搞搞，就因为我没有能够去东面？假设我没有被人民警察遣送回来，那又是什么情形呢？一切照旧？还是说跟水晶赖纳在民主德国首都搞三角恋玩？你和他搞上多久了？”

“你知道什么呀！”

“一无所知。事情就是这样，我一无所知。可能这已经好长时间了，是吧？这种变化由来已久了，是吧？也许我只需要问问海迪，她可是无所不知，也许我应该问海迪：这俩操 × 操上多久了，水晶赖纳和卡特琳？我打赌，她了解情况，她什么事情都一清二楚。”

“这可不行。”说罢，她对雷曼先生怒目而视，两道笔直的皱纹随之出现在眉头。她每次发火都这样。雷曼先生很喜欢她这两道皱纹，可他现在无暇欣赏。完了，雷曼先生想，他很奇怪自己竟然没有感到意外。可能这盏灯从来就没亮过，他的思维发生了跳跃。只有亮堂堂的灯你才会将它啪嗒关灭，他想，半明半暗的灯一般不会啪嗒关灭，把调光器旋转到零就够了。想到这儿，他也闹不清楚自己究竟想表达什么意思，但是他从这一想法中间找到了一丝安慰。“这可不行，”她又说了一遍，“你不能这么对我说话。”

“我想怎么说就怎么说。”

“咱们俩吹了，弗朗克。”

“你别跟我说什么吹了，你这么做没道理。根本就轮不着你来宣布吹了。这是我的专利。现在我告诉你：吹了。我还告诉你：我不仅跳出了你的情网，我也不再爱你了。在我这儿两者是一码事。”

“这个我不信。”

“你不信什么？你不相信在我这儿两者是一码事？”

“不，我不相信你不再爱我。”

这超出了她的想象，雷曼先生想，她就是这性格。她可以说：吹了，他想，但是她没法想象这话从我嘴里说出来。

“但是你应该相信。现在快快去找水晶赖纳，你们俩真是情投意合。”

他站起身把一张二十马克的钞票放在桌上。

“瞧这儿，帮我把钱付了，还能剩点给芬达赖纳。”话音刚落，他自己忍俊不禁。芬达赖纳，说得好。

他一边往外走一边笑。他笑个不停。芬达赖纳，他连眼泪都笑出来了，惹得路过科特布斯门的人一个个都回头看他。这种现象很不寻常，因为这个地方还从来没有什么人扭头看什么事。

第十八章 代兵役[1]

四天之后的一个下午，雷曼先生做了一个乱七八糟的梦。他梦到去王子游泳馆，到格尔利茨公园，还莫名其妙地到了滕佩尔霍夫[2]，最后来到轻轨帕佩大街[3]站附近——突然一阵电话铃声，将他的梦境打得粉碎。是埃尔温打来的电话。

“弗朗克，你得赶紧过来，来蜂拥酒吧。”

“埃尔温，你太过分了。真的太过分了。你把我吵醒了。你叫别的人吧。”

“不是缺人，你这胡思乱想的家伙！卡尔在这里。”

“这又怎样？”

“我们不知道拿他怎么办。”

“他又怎么了？”

“他疑神疑鬼。他真的疑神疑鬼。他嘴里还不断念叨你。我们根本不知道怎么办。”

“我们是谁？”

1. 德国实行义务兵役制，但允许不愿扛枪打仗的年轻人从事社会福利劳动以替代兵役。这种情况被称为“代兵役”（Zivildienst）。

2. 滕佩尔霍夫（Tempelhof）：柏林城区，位于克罗伊茨贝格西南面。

3. 得名于普鲁士名将亚历山大・奥古斯特・威廉・封・帕佩将军（Alexander August Wilhelm von Pape，1813—1895）。

“所有的人。维伦娜，我，尤尔根，马可，鲁迪，还有卡特琳。”

“谁是鲁迪？”

“这不重要，再他妈的跟你说一遍。现在没时间纠缠鸡毛蒜皮的事情，弗朗克。情况紧急。”

“我过来。”雷曼先生说。他已经穿上了裤子，只不过还在找袜子，“他喝醉了？”

“谁知道他怎么回事。可能是吧。但这不是重点。”

“你冷静点，我马上就到。”

“快点，伙计，这很快就要出事。”

五分钟后雷曼先生赶到蜂拥酒吧，看见一个很奇怪的场面。酒吧里没有客人，维伦娜一个人在吧台后面，尤尔根、马可、埃尔温，还有一个他不认识、大概名叫鲁迪的毛头小子，则是靠着最里头的一张桌子站成一个圆圈。高大而笨重的卡尔，坐在酒吧中央的一把椅子上，卡特琳在轻言细语地劝说他，但也保持着一米开外的安全距离，看着非常滑稽。卡尔周围的桌子椅子都被推到一边、挤作一团，由此腾出一小块空地。卡尔坐在空地的中央，卡特琳站在空地的边缘。

“你瞧，他来了。”卡特琳说。

“这是怎么回事？”雷曼先生毫无对象地问在场的人。

站在吧台后面的维伦娜强忍着眼泪。“这真可怕，”她说，“他跟丢了魂儿似的。”

雷曼先生走到卡尔身边蹲下来。“嗨，兄弟，”他一边说话一边拍卡尔的肩膀，“你到底怎么了？”

卡尔缓缓地抬起头看他。卡尔又消瘦又憔悴，就像一个被放了气的人。唯有一双眼睛又大又亮。

“弗朗克，”他说，“是因为天气。这天气他们想怎么着就怎么着。”

“谁拿天气怎么着了？”

“他一直都这么说。”埃尔温在后面喊道。

“你先闭嘴，埃尔温。他们拿天气怎么着了？”

“在克罗伊茨贝格，”卡尔说，“日照时间更长。”

“就因为这事？”雷曼先生问得很谨慎。

“你尽看些不该看的书，弗朗克，”卡尔说，“我倒想再去打打小高尔夫球。”

雷曼先生带着一脸的茫然回头看众人，但他绝对避免和卡特琳发生目光接触。“你们怎么全跑这儿来了？”他们竟然站成一圈，跟看动物园的猴子似的盯住他最好的朋友卡尔看。对此他很不以为然。

“几个钟头以前他还很正常，”尤尔根说，“我是说，他昨天熬了夜，然后在早晨五点就溜到蜂拥酒吧来了，当时他蛮高兴的。后来我们关门了，但他还不想回家，就和我们一道去吃早点，在黑色咖啡厅。”

“黑色咖啡厅？你们特意坐车到黑色咖啡厅吃早饭？”

“问这干吗，我们就想去呗。当时他的情况也还行，他安安静静的，只是有点好动。当然了，没头没脑的话他也说了一些，但这有什么好说的。后来我们打出租回家，他意犹未尽，我们简直甩不掉他。我是说，人总得睡觉啊。”

“反正他随后去了市场大厅，”埃尔温接着讲，“他们其实都不想给他喝的了，我是说，他要威士忌什么的，他早就喝多了。”

“再后来他去我那儿踹开门，把我叫起来讲他这些屁事。至于他此前干了什么事情，我们也不知道。”尤尔根说。

“他昨天熬夜了？”

“我想他前天也熬了夜。”马可说。

“他整个一个疯疯癫癫。”雷曼先生不曾见过的小伙子说。雷曼先生瞪着他。他充其量十八岁或者十九岁。

“你是谁呀？”

“这是鲁迪，”埃尔温说，“他现在也在这儿干。”

“如果我想听你的高见，鲁迪”，雷曼先生说，他好不容易才控制住自己，“我会问你的。如果我没问你，你就乖乖地闭上你的臭嘴。别吱声儿。”

“哎哎。”卡特琳说。

“不关你的事。他应该闭嘴，这个笨蛋。”

“你可别跟着来这一套，”埃尔温说，“卡尔闹这一下已经够人受的了。你看看这都成了什么样子。”

雷曼先生左右看看，终于见着满地的玻璃碎片。“看这样子，卡尔不会说你什么好话的，埃尔温。”说话的时候他看着他最好的朋友。卡尔很专心地听他们讲话，脸上还挂着微笑，但他笑得很难看。他的笑容跟他的倦容不协调。“埃尔温，”卡尔气喘咻咻地说，“是个老怪物。”

“没错，卡尔。”雷曼先生站起身。“我得让他睡一会。”他说。不过他的当务之急是要带着卡尔离开这儿。他讨厌他们这么盯着卡尔看。“跟我来，卡尔。”他弯腰搀扶卡尔，卡尔站了起来。

“我们回家去。”雷曼先生说。

卡尔站着不走。他犹豫不决，身体也有些发飘。他茫然地环顾左右。

“来吧，开路。”雷曼先生说。他把手放在他最好的朋友背上，将他轻轻地朝门口推。“到时间了，上床睡觉，做做眼保健操什么的。”在某些时候，雷曼先生想，联邦国防军的术语有特殊的安抚作用。

外面已经天黑了。雷曼先生的路途很艰难。他一松手，他最好的朋友就会失去控制。卡尔蹦蹦跳跳，老想往别的地方走。“我们去波泽酒吧喝他一杯……我的十字改锥在哪儿……我们都得小心，小心施普雷瓦尔德游泳馆和氯，所以有巡逻的……”他就这样一气不停地讲下去，雷曼先生尽量和他唱反调：“我们可从来没去过波泽酒吧，那不是我们去的地方……，现在你不用去那里……，所以我们就不去游泳……”但是收效甚微。他最好的朋友从来不停留在一个话题上，对于雷曼先生的回答他也没有反应。他机械地、不由自主地变换思维和谈话的方向，而且他每次变换话题的时候都想换一条路走，每冒出一个新的念头，他就渴望奔向一个新的地方。雷曼先生很不情愿地捉住卡尔的手臂走路。他这么做很像警察，卡尔似乎也不喜欢这样，可他又生怕放手之后卡尔会跑掉，生怕卡尔最终跑上维也纳大街撞向汽车。他牵着卡尔的手，就像牵着一个小孩儿。这一招还真管用，卡尔安静下来了。他乖乖地跟在雷曼先生后面，嘴上依然废话连篇。

“你和海迪到底怎么样了？”

“我和海迪会怎么样呢？”

“这没关系！”

“什么没关系？”

“不加冰根本就没法喝威士忌。”

“可是许多人不这么看。”

最后是雷曼先生甘拜下风。卡尔听不进他的话。他说不说话都没有任何意义。也许到他家之后情况会好一些，他无可奈何地感叹，也许他睡个囫囵觉就好了。连续两个晚上不合眼，他想，碰上谁都得发疯。

他们穿行格尔利茨公园。这个地方几年来就一直是建筑工地，雷曼先生觉得这个建筑工地将永远存在下去，雷曼先生已经记不起从前这里是什么样子了。他们——雷曼先生和他的大块头朋友——是奇怪的搭档，他们手拉着手，高一脚低一脚地走在坑坑洼洼的泥泞地面上，卡尔絮絮叨叨，现在变为自言自语，雷曼先生只听得懂片言只语，“混蛋……毕竟……大家都要……终于给翻修了，也到时候了，早就到时候了”，他最好的朋友卡尔突然大叫一声，在公园的中央站着不动了。

“你说什么也到时候了？”

“他们应该在这儿采取点措施，”卡尔说，“不然他们永远完不了工。”

“说得对，卡尔。可是这儿也没人干活啊。”雷曼先生说。也许我能让他多谈谈这个话题，也许他会由此清醒过来，他在绝望中这么推想。“这真怪，”他接着说，“这些建筑机械全闲着，挖土机和那些破玩意，”他指着陷在他们左手的一个沙堆中间的轮式挖土机和履带式挖土机叫卡尔看，“可是这里又没人干活了。这里好几天都没人干活了。我是说，”他不能停顿，“今天是星期四，现在都四点了，不，四点半了，他们可能下班了，不过前几天他们也没干活，或者说他们干了活，可是我看不出他们是怎么干的，这里几个星期前就是这样子了。”我尽说些没用的屁话，可是我必须拿这个话题拴住他，雷曼先生想。他觉得这似乎是唯一的办法了。只要我和他能够具体地、有条有理地谈论同样一个问题，这时他来了个草率的推论，那么一切都会好起来的。“我认为他们老是干着干着就没钱了，”他机械地往下说，“这儿可能是他妈的接管项目，那样的话他们老得分期付款，他们还必须得到区政府批准……”

卡尔停下脚步，皱起鼻子东张西望，就像一个望风的沼狸。

“……必须得到批准，他们当然老是没钱，明摆的事，这就是问题所在。”

“对，对，”卡尔说，“你就想操 ×。”

“卡尔，你在胡说八道。我们还是走吧。”

“去哪儿？”

“去你那儿，卡尔。你该睡一会了。”

“我那儿很好。”

“是啊，卡尔，你那里好得很，会好起来的。”

“什么会好起来？”

“什么都会好起来。你先得好好睡一觉。”

雷曼先生牵着他继续走。他们尽量走公园，雷曼先生想躲开马路交通。卡尔一旦挣脱，他想，我可就没辙了。这时他意识到自己就跟对待一条狗似的对待他最好的朋友，他为此闷闷不乐。不能起这坏念头，他想。

“睡觉，睡觉，”卡尔说，“明白。擦窗子。”

“那是睡觉起来之后的事。”

“我想做擦窗子的。”

“我知道，卡尔。”

“在乌尔班医院。擦一遍，擦两遍。”

“好了，你随时都可以做擦窗子的。”

“擦了一遍，又擦一遍。”

“这样省事。”

“他们现在造汽车了。”

“谁造汽车？”

“在夏洛滕堡。如果他们一不留神。”

“谁一不留神？”

“瞧那边，有条狗。”

“那边没有狗，卡尔。”

“它真乖。”

卡尔说的没错。那边有一条狗。是一条狗。虽说雷曼先生看不出这狗哪点乖，但这并不重要。在他们的正前方，那条狗正尖着嘴巴在烂泥里拱，但是雷曼先生全神贯注地领着卡尔绕过水坑，所以没有注意到这一幕。狗抬起头来看他们，使劲摇着尾巴。

“是条好狗。”说着卡尔蹲了下来。狗跑过来舔他的手。

“我认识这条狗，”雷曼先生说，“已经很长时间了。我在劳西茨广场见过它。是在一个大清早。”

“是条好狗。”说着卡尔一屁股坐到泥地里。狗随即扑上去舔他的脸。卡尔一边哈哈大笑，一边手舞足蹈地抵挡。

“卡尔，你的心也未免太好了吧。”雷曼先生谨慎地提醒卡尔。看见他最好的朋友说些虽然愚蠢但也正常的话，他打心眼里感到高兴。可是卡尔在烂泥坑里打滚，他觉得这不是什么好事。

卡尔没理他。他忙着和狗打闹，又蹬又打又翻滚，直到把狗压在下面才肯罢休。他那笨重的身躯把狗压得又呼呼喘气，又吱儿吱儿尖叫。

“它怎么了？”卡尔问。

“你压着它了。它疼着呢。”

“噢。”卡尔站了起来，狗赶紧跑开。

“这狗真傻。”卡尔说着就乐了。他从头到脚全是泥巴，但他一点不觉得别扭。

“卡尔，我们应该到你那儿去了。你也许可以冲个澡，再睡上一觉。”

“我不想回家。”说着卡尔就朝另外一个方向走。雷曼先生逮着他不放。

“别胡闹了，瞧瞧你这模样。你这样子哪儿也不能去。”

“好吧。”话音刚落，卡尔迈开大步就走。这一次他的方向是对的。雷曼先生颇为吃力地跟在后面。卡尔大步流星，勇往直前，还专捡泥水坑走，一直走到公园在格尔利茨大街的出口。一出公园，卡尔又站着不走了。

“我必须买点东西。”

“你必须先回家，所以你不能去买东西。”

“什么？”

“所以你不能买东西。”

“他们就想操×，”说罢，他用右手在空中画了个半圆，“个个都是。”

“这里没有人，卡尔。”

“不对，全在这儿。还有海迪。你特别喜欢海迪。”

“对，对！”

雷曼先生重新牵着卡尔的手，拉着他从格尔利茨大街横穿到居弗利大街。到了他住的地方，雷曼先生想，一切都会好起来。卡尔乖乖地跟着他，没再吭声儿。

“把钥匙给我。”雷曼先生说。他们正站在卡尔的创作室门口。

卡尔一动不动，他只是好奇地环顾四周。

“快把钥匙给我。”雷曼先生说。

“你还记得起当初我们合住的事情吗？”

“当然了。把钥匙给我。不然你自己打开。”

“你老做巧克力布丁。”

“我从来没做过巧克力布丁。我根本就不喜欢巧克力布丁。”

“那味道真好。”

“快把钥匙给我，卡尔。”

“我得买点东西。我这就去市场大厅。”

卡尔转身要走。雷曼先生一把抓住他的袖子。

“嘿，卡尔，快把钥匙给我。”

“我没钥匙。”

雷曼先生伸手到卡尔的羽绒大衣兜里摸，摸出一大串钥匙。

“是哪一把，卡尔？”他问卡尔。卡尔不回答，只是咧嘴笑笑。

“全都没问题。”他说。

雷曼先生叹口气，拿出几把钥匙试着开锁。第三把试成了。他一脚把门踹开，把卡尔拉进黑咕隆咚的创作室。关上门后，他啪嗒一声打开灯。出现在他眼前的，是一个战场。不久前还放置在这里的许多艺术品被砸得稀烂，曾经用来焊接艺术品的金属部件散落一地。

“这儿出什么事了？”

“解构，”卡尔说，“解构。”他嘿嘿直乐。

“这全是你要送到艺术馆的东西，卡尔。”

“解构。”卡尔坐到地上，捡起一块废铁看。好像是自行车的飞轮。“这个可以拿来做点什么。”

雷曼先生心里为之一动。现在可不是思考艺术的时候，一想到这儿他赶紧控制自己。当务之急是卡尔上床睡觉，他想。卡尔的住处和楼下的创作室一般大，创作室的紧里头有一个介于楼梯和梯子之间的东西，把人摇摇晃晃引到楼上。其实楼梯间上面有一道通向住处的门，但是卡尔从来不走那儿，雷曼先生都不清楚开这扇门的钥匙是否还在。

“我们去上面，卡尔。”

“这个可以拿来做点什么。”

“卡尔，你把这些全给打坏了，就让它这样吧。”

“雷曼先生。”卡尔一声呼唤，然后巴巴地望着他。卡尔哭了。雷曼先生真想跟着大哭一场，可是他不能那么做。

“起来吧。”他边说边把卡尔拉起来。

“雷曼先生，你是唯一的好人。”卡尔说。

“当然了，”雷曼先生说，“不过我们先进屋里好好睡一觉。”我的上帝，他想，我说话怎么像一个男护士或者类似的傻人。

卡尔让雷曼先生推着走，穿过创作室来到楼梯。爬楼梯很艰难，雷曼先生必须双手托着卡尔的屁股将他往上推，他也生怕他最好的朋友掉下来砸到他头上。他跟着往上爬。他们从卡尔的厨房钻出来。这里的情况更糟。空气中满是刺鼻的霉味儿哈喇味儿以及各种馊味儿臭味儿。洗碗池里案板上面全都堆满了待洗的餐具，地上是东一处西一处的垃圾，金属部件更是随处可见，估计这是卡尔在结束解构行动之后再拿上来的。卡尔坐到地上，拿起一个装冷冻比萨饼的纸盒就开撕。

“卡尔，你必须脱掉这身衣服。”

“应该出门玩一趟。”

“这淋浴到底还能不能用啊？”雷曼先生很不放心地看着位于角落里的淋浴间和热水器。他自己也有这么一个，那是一个用压缩纸板围起来的、嘎吱嘎吱的玩意儿。如果要洗澡，还得把水预加热，即便热水器没有坏，预加热也很费时间。反正他醒来的时候照样可以洗澡，他想。

“你老是从我这里捞好处。”

“你现在想说什么呀？”

“我不想和你一起淋浴。”

“你也没有必要和我一起淋浴，卡尔。”

“我这就做一个巧克力布丁。”

卡尔噌地站了起来，走到一个小储藏室翻找东西。里面发出嘎吱嘎吱的声音，接着轰的一声，像是什么架子倒了下来。雷曼先生赶紧把他拉开。

“算了吧，你这么折腾没用。你没有牛奶。”

“我得去买牛奶。”卡尔挣脱开身，想从楼梯下去。

“算了吧，你这么折腾没用，卡尔，你必须睡一会儿。”

“就听你的吧。”

卡尔从旁边一间用作客厅的屋子——这里有沙发、书架以及各种应有的东西，走到后面一间小小的卧室。卧室里只有一个床垫，一个电视，还有一堆没洗的衣服。卡尔打开一个灯，和衣躺到床垫上，再扯被子盖上。“这样好吗？”

“好。”雷曼先生说。他关了灯，再拉上门。既然他已经两夜没合眼了，他想，只要他现在入睡就能保证一段时间平安无事。

与厨房不同，客厅干净整齐。看样子他几乎没在这里呆过，雷曼先生想，他如果上这儿来，就一定是来砸东西。天已经黑了。门缝儿里传来隔壁的鼾声。他松了口气。他点上一支烟，决定抢在老鼠之前把厨房稍微收拾一下。

他在洗碗池底下发现一卷垃圾袋。他刚把垃圾袋塞满，就听见隔壁有响动。他赶紧过去，黑暗之中看见卡尔站在书架前面，一本一本地把书扯出来扔到地上。雷曼先生打开灯，卡尔冲他咧咧嘴。

“这得扔掉。”

“你为什么不继续睡，卡尔？”

“睡。我没有睡。”

“我可听见你打鼾了。”

“我打了鼾，但没有睡。”

雷曼先生忍俊不禁。卡尔即便疯了也是好样的。

“再去睡吧，卡尔，现在你必须睡，真的。”

“别碰我。”

“我没有碰你。”

“我不想让他们看我那些破玩意儿。”

“你的破玩意儿是什么？他们又是谁？”

卡尔动脑筋想。他使劲出汗，汗水从他脸上一道道地往下淌。

“你脑袋里尽想些破事儿。”他终于说话了。

雷曼先生也逐渐感到厌烦。这么干没用，他想，我全搞错了。

“我现在必须去了。”说着卡尔以一种让雷曼先生暗暗吃惊的速度从楼梯往下走。

“嘿，别去，”雷曼先生边喊边追，“站住。”就在卡尔一只脚触地那一刹那，雷曼先生揪住了他的羽绒大衣衣领。卡尔站住了。

“你必须睡觉，卡尔。你根本不行了。”

卡尔重新上楼，径直走向卧室。进去之后他开始脱衣服。

“你一直都希望这样。”他说。

“废话。”

“我们要多研究东德。”

卡尔就剩下一条内裤了。他躺到床上，把被子一直扯到下巴颏。“我睡了，”他睁着眼睛打鼾，“晚安安，晚安安，雷曼先生。”

雷曼先生带上门，脑子里思考起对策。想好之后他去翻卡尔的写字台。翻了一会儿，他找到点东西。那是一张写着电话号码的纸条，号码

691 开头，这是克罗伊茨贝格 61 区，雷曼先生认为这是卡尔的女朋友克里斯蒂娜的号码，或者至少是萨沃伊酒吧的号码。他拨号的时候，卡尔还在装腔作势地打鼾。

“萨沃伊酒吧，英格。”

“能否叫一下克里斯蒂娜？”

“没在。”

“她在家吗？”

“不知道。”

“你听着，我急需她家里的号码。有急事。”

“你是谁呀？”

“雷曼先生。是卡尔的事情。”

“谁？”

“卡尔。她的男朋友。”

“我是新来的。”

“你听着，我需要她的号码。肯定有一张写着她家电话号码的纸条放在酒吧里什么地方。”

“你别以为我会随便把她的号码告诉人。那样的话谁都可以去找她了。”

“没错，但这是要紧的事。人命关天。”雷曼先生自己都为这种戏剧化语言感到不好意思，可是说别的又不管用。61 区这些笨蛋，他想，他们吃他妈的这一套。

“人命关天是什么意思？”

“好吧，我告诉你：这事的确重要，明白吗？现在可不是开玩笑。这样吧，如果你不想给我号码，就请你做如下事情：给她打个电话，假如她在，就请告诉她雷曼先生打过电话，请她马上打电话过来，打到卡尔家里，这事非常重要。”

“说慢点。让她往哪里打电话？”

雷曼先生重复一遍，又请她最好把要点写下来。这话她可不爱听，所以她怒斥雷曼先生没礼貌。雷曼先生只好重申这件事人命关天。经过一番好说歹说，她终于答应给克里斯蒂娜打电话。放下电话后，雷曼先生去厨房找啤酒。他还真找到一瓶，这酒放在垃圾桶后面，大概是被遗忘了。酒不冰，但也无妨。他刚刚喝下第一口，隔壁的鼾声就停止了。他睡着了，雷曼先生想。

他最好的朋友不仅没有睡着，而且突然出现在门口。他身上只穿着那条裤衩，别的什么也没有。他一声不吭，两只脚搓来搓去的。他的面容凄楚无比。

“我必须买点东西，”他说，“我的东西在哪儿？”

就在这时电话铃响了。雷曼先生一个箭步冲上前去，他想抢在卡尔前头接电话。其实此举大可不必，因为卡尔对铃声无动于衷。

“卡尔·施密特家。”雷曼先生说。

“究竟出什么事了？”克里斯蒂娜，也就是萨沃伊酒吧那个女人问，“什么他妈的人命关天？”

“是卡尔的事情，”雷曼先生说，“他……”雷曼先生打住了。他不好当着卡尔的面说他疯了。“他身体难受。很难受。”

“所以你们就给我打电话，是吧？这就是你们想起给我打电话的原因？卡尔快活的时候，谁他妈也想不到来电话。一看他难受了，就打电话找我。干得好。是他叫你打的电话？”

“不是，当然不是。他太难受了。”

“我又能做什么呢？他怎么了？”

“他呀，怎么说呢，他有点心不在焉。”

“‘有点心不在焉’，”她学他，“我还以为出了什么大事。他平时就是那个样子。我的钥匙还在他那儿呢。这混小子把我一大串钥匙给拿走了。酒吧和别地儿的钥匙全在上面。我倒想拿回来。他在你身边。”

“对。”

“让他过来说话。”

“我认为现在不行。”

“‘我认为现在不行’。”她又学他，雷曼先生开始烦她了。“快点让他过来。”

“她想跟你说话。”他朝最好的朋友卡尔说。卡尔坐在地上抠脚玩。

“谁？”

“克里斯蒂娜。”

“我得上厕所。”

“对不起，”雷曼先生对着话筒说，“我认为现在不行。他没法理解。

听着，我说他有点心不在焉，绝不是闹着玩的。我指的是临床特征。”

“你说什么？”

“怎么说呢，我是从医学的角度看这个问题，”雷曼先生小声地说，“他现在的确跟往常不一样了。”

“现在怎么了？他疯了，是吗？”

“对。”

“那这是什么意思呢？”

“的确如此。我相信他犯病了。”

“这他妈的。”她说。雷曼先生觉得听见她在哭。“这他妈的。”

“我认为，说真的，他完全卡壳了。”

“别烦我。”她泣不成声了。过了一会儿——雷曼先生恍如隔世，因为他受不了别人哭，尤其在电话上哭——她似乎恢复了平静，雷曼先生听见她擤鼻涕。“既然他犯了病，”她倔强地说，“那就带他上诊所看大夫。他们是干这个的。或者送他去急救站，我哪儿知道。我这儿是诊所，对吗？两年了。你知道吗？我们发生关系已经两年了。或者说你还年轻，我还得跟你讲我们相处了两年。”

“不用。”雷曼先生说。他喜欢她这么说话，因为他马上联想到自己：也许我和卡特琳也无非相处了两年。“我也不年轻了。我和卡尔同龄。”

“这我可没想到。”

“现在我该做什么？”

“我也不知道。我无能为力了。对不起，可是我的确无能为力，”她边说边吸鼻子，“请帮我个忙，好好照顾他。我相信他最喜欢你，真的。他很欣赏你。他老说起你。在他眼里，你比我重要。我无能为力了。”

“行行。”雷曼先生说。他怕她再哭一场，而且他深受感动。他抬眼看卡尔，卡尔仍然坐在地上抠脚玩。他会着凉的，雷曼先生想，这太冷了。事实却相反，卡尔又出汗了。他胸脯上流淌着豆大的汗珠，嘴上还喘着粗气。“我不能说了，”他对着话筒里喊，“我得看看他。”

“拜托了，”她说了一遍又重复一遍，“拜托了！”

雷曼先生听着不是滋味儿。“明白，别担心，”他说，“再见。”他挂上了电话。

他去厨房取了一块毛巾，拿来给他最好的朋友擦汗水。然后又翻出一件T恤衫和一件毛衣给卡尔套上。卡尔随他摆布。穿裤子比较麻烦。雷曼先生从那堆脏衣服里找到一条还过得去的牛仔裤，帮他穿的时候却很费劲，他还一个劲儿地好言相劝。有了小孩儿就得这样，雷曼先生一边给卡尔扯拉链扣皮带，一边暗自感叹。但他也很高兴看到他最好的朋友表现得如此温和、如此听话。他拿起电话叫了个出租。

第十九章 乌尔班医院

到了乌尔班医院，雷曼先生拉着卡尔直奔急诊。他对这里比较熟，他来过两次，一次是因为副睾丸发炎，一次是因为洗杯子的时候不慎将手划破。这都是几年以前的事了，但这里并没有发生任何变化。

“到底出什么事了？”急诊处值班的问。他坐在一个可以环顾四周的玻璃亭子里头，心情很好。

“我们想看看大夫。”雷曼先生说。卡尔站他旁边，跟正常人似的。“我们需要急救什么的。”

“到底出什么事了？”

“我的朋友出事了。”

“他怎么了？”

“他感觉不舒服。”

“什么，他感觉不舒服？”

“怎么说呢，精神方面。”

“您是说他这儿不太健康？”那人比画手势，仿佛要把灯泡旋进太阳穴[1]。

“对，差不多。”

“吸毒？”

“不清楚，也许吧。”

“唉，瞧你们这些年轻人，”那人叹了口气。“赶紧进去吧，走前面那道门。他捣乱吗？”

“不，其实不。至少不会真的乱来。也许会，我哪儿知道。”

“你们先去那儿坐一坐，马上就来人。”

他们穿过那道门，进入一个过道，这里也用做候诊室，空气中散发着香烟和消毒水的味道。除了他俩，这里没别的人。雷曼先生和卡尔坐到靠墙的塑料椅子上，他点了一支烟。卡尔猛地站起身。

“我们不能待这儿。”他焦急地嚷嚷起来，抬腿就朝门口走。雷曼先生一把抓着他不放。

“马上就轮到我们了，卡尔。”

“我得喂我的狗。”

“你没养狗，卡尔。”

卡尔又冒汗了。

“我们必须多干活。”他说。说完就哭了。雷曼先生扶着他坐下。没等片刻，门开了，一个身穿白大褂的女人走出来。

“您是陪同？”她对着雷曼先生说。

“是。”雷曼先生说。

---

1. 德国人说人脑子有问题的时候，往往用食指钻太阳穴或者在太阳穴做旋灯泡的动作。

“哦，进来吧。”

他们走进一个小房间，里面有一个诊察床，一个洗手池，一张小小的写字台，两个圆凳，还有一个装绷带和别的东西的柜子。

“您请坐。”

雷曼先生想让卡尔坐到圆凳上，卡尔却站着不动。

“你坐下吧，卡尔。”

“不。”卡尔说。

“你快坐下。”

“不。”

“随他便，”那女的说，“不过您就请坐吧。”

雷曼先生坐下。卡尔躺到诊察床上假装打鼾。

“您这位朋友叫什么名字？”

“卡尔·施密特。”

“他哪儿不好？”

“他语无伦次。莫名其妙地出汗。不睡觉。他大概两夜没合眼了，尽管如此他还是不睡。”

“能和他交谈吗？”

“这就要看了，我是说，多数时候不行。我是说，虽然可以和他交谈，但他说的话没逻辑。”

“您一直都在？”

“什么叫一直？”

“从他开始这样起。”

“不是。”

“他什么时候开始这样的？”

“反正我是今天下午见到他的，当时他已经这样了。听人说他早晨都还没什么问题。”

“好吧，过一会儿还要来一个医生。我现在需要问点情况。”

她向雷曼先生问了一大堆有关卡尔的问题，许多事情他都不清楚。比如说他的医疗保险是哪家公司的。他甚至不知道他最好的朋友到底有没有医疗保险。他也不知道卡尔父母的地址，卡尔两个姐姐叫什么，他照样不清楚。

“这可麻烦了，”那女的说，“遇到这种事情，”她朝卡尔那边甩甩头，卡尔正在小得不能再小的空间里来来回回地奔走，“应该找他的直系亲属。他有女朋友吗？”

“不算真有。”

“不算真有是什么意思？”她乐了，“假的倒有，是吗？”

“不，他没有女朋友。”

“他在这儿还有别的人吗？除了您？”

“没有。”

“他到底是什么地方的人？柏林？”

“他在这里生活十年了。他父母在东威斯特法伦，我想是在赫尔福德。我会找出他们的号码。”

“哟，既然他姓施密特，那可够您找的[2]。”

“我会找到的。”

“言归正传：您的朋友对什么过敏吗？比如说对青霉素之类？”

“不知道。”

“他的酒喝得多吗？”

“可是什么叫多啊？”

“每天。”

“我想是的。”

“只喝啤酒？还是葡萄酒？还是烈性酒？”

“嗯。”

“全都喝？”

“当然。”

“哦……毒品呢？他吸过毒吗？”

“我认为他吸过，我想是的。既然他两夜不睡……”

“哪些毒品？”

“嗯，您这可把我问倒了。”

“可卡因？安非他明？海洛因？”

“没吸海洛因，我相信没有，我很肯定。”

“可卡因呢？安非他明，脱氧麻黄碱？”

“可能吧。”

“LSD？[3]”

2. 施密特为常见姓。

3. 也就是麦角酸酰二乙胺，一种致幻毒品。

“还有这种玩意儿？”

那女的笑了。“您没怎么跟上形势，是吧？”

“对，这不是我玩的东西。”

那女的起身向卡尔走去。“施密特先生。”她说。卡尔笔挺着腰板坐在诊察床上面，他的头却耷拉着，“您看看我，施密特先生。”卡尔抬起头来。他的脸瘦得皮包骨头，眼睛哭肿了，瞪得却很大。那女的用探究的目光看着他的眼睛，拿手在他眼睛前面停一停再拿开，然后又重复这一动作。

“快说吧，”她说，“我告诉你，他肯定吸食过什么速效毒品。”

“是这样的……”雷曼先生说。

“那好吧，”她说，“你可以跟他在这儿再待一会，等另外一位大夫来吗？”

“当然，没问题。”

“我会让他尽快过来。”

“太好了。”

她刚要离开，走到门口却转过身来。“哎哟，”她说，“我还忘了记录您的基本情况呢。”

她重新坐下，记下他的姓名，出生日期，住址，以及电话号码。

“好了，雷曼先生，”她笑吟吟地说，“我去把另外一个大夫叫来。”

随后她带着她的记录走了。

没多久另外一个医生就来了。雷曼先生觉得他很年轻。他也不比我大多少，他想，这样他感觉很好。这位医生一副萎靡不振的样子，他敷衍了事地跟雷曼先生握握手。他带着那些记录，坐下后给从头到尾看了一遍。然后他看着雷曼先生。

“哪儿不舒服？”

“不是我，是他。”雷曼先生说。

“噢，明摆的事儿，”医生说着向卡尔走去，“他姓什么呀？”

“施密特。卡尔·施密特。”

“是的，上面都写着呢，问这干吗。施密特先生？”

卡尔毫无反应，呆呆地坐在诊察床上面望着他。

“您感觉怎样？”

卡尔冲他笑笑。“你是个狡猾的狐狸。”他说。

医生点点头。“但愿如此。别的呢？”

“应该再去旅游一趟了。”卡尔说完便哭起来。

“嗯，”医生若有所思地坐下，“您现在讲讲他的情况。”他对雷曼先生说。

雷曼先生把他所了解的事情讲了一遍，从艺术展说到毁坏艺术品，从卡尔的古怪举止、出汗、彻夜饮酒作乐等等，说到他彻底发病。医生只是偶尔提个问题，问的目的无非是叫雷曼先生多讲一些，把事情扯得更远一些。他真是一个狡猾的狐狸，雷曼先生想。

“好了，好了。”医生终于说话了，“这够启发人的了。”

“现在呢？”

“现在我要仔细给他检查检查。”

他走到卡尔跟前。“好，您在这儿坐好了，一点没错，”他说，“您做得很好。这么来，这么来，再来……”

他给卡尔号脉，看他的眼睛、鼻子、嘴巴，测试他对这对那的反应，还拉着他聊天。

“您今天吃没吃东西？”

不回答。

“哈罗，您肯定吃过什么东西吧。”

“我得去了。”

“去哪儿？”

“买点东西。”

“您想买什么呀？”

“雷曼先生的烟抽得太厉害。”

“哟！”

医生转身看雷曼先生。“您的朋友叫您‘雷曼先生’？”

“多数时候是，”雷曼先生说，“不过只是有其他人在场的时候。这么叫本来是闹着玩的，后来却喊顺口了。”

“然后呢？您抽烟很厉害？”

“我是初学者。”

“好吧：祝贺您！”

“谢谢。”

卡尔变得不安起来。他呼吸急促，又开始出汗。医生仔细观察他的情况，并且重新给他号脉。“好吧，”他背对着雷曼先生说，“吸毒又是怎么回事？”

“我也不是很了解。他已经两夜没睡了。”

“吻合。”

“跟什么吻合？”

“与此吻合。”

“跟什么吻合？毒品？”

“毒品并不起决定性作用。我看这不像吸毒引起的问题。毒品无非是火上浇油。”

“我得去了。”卡尔说着便站了起来。

“我挡不住您，”医生说，“但您不妨先喝口水。”

他拿着一个塑料杯子到洗手池接了水。再过来拉着卡尔的胳臂。“您先坐一会儿，”他边说边轻手轻脚地把卡尔牵回诊察床。“喝一口吧。”他把杯子递给卡尔。卡尔捏着杯子，看着水发呆。医生朝柜子那边走去，打开柜子之后在里面翻找东西。过来的时候他手里拿着点东西。

“张开嘴。”他说。卡尔张开嘴，医生扔了点什么进去。这可能是药片，但是雷曼先生没看清楚。医生捏着卡尔的手，让他把杯子送到嘴边，再叫他吞水。“使劲吞。”

医生站在那里，看卡尔服药之后的反应。接着他再一次给他号脉，边号脉边点头。卡尔已经安静下来。

“如果您想躺一会，那您尽管躺。”他一边说话，一边把卡尔的腿抱上诊察床。“您走的路也够多的了。”卡尔躺下之后，他观察了片刻，然后坐到雷曼先生对面的椅子上。雷曼先生不断地朝卡尔那边看。卡尔似乎感觉很舒服，安安静静地躺在那里。

“总之，他身体方面没有大的毛病，”医生边说边往诊断书上写点什么，“他有些脱水，可能体内也缺电解质。”

“缺电解质？”

“对。您觉得奇怪？”

“怎么说呢，他很喜欢吃炸土豆片。”雷曼先生如释重负。让专家来看就是好，他想。这和处理煤气灶的情况很相似，他想，煤气灶你也不能去乱摸乱搞，弄不好就要轰隆爆炸。

“照我看来，他不仅是喜欢土豆片吧。看这样子，他什么都喜欢。您呢？您经常喝啤酒吗？”

“是啊，为什么问这个？”

“这个看得出来，您别介意，但是这东西使人发胖。这和葡萄酒相反。另一方面，啤酒不会很快对肝造成损害。怎么说呢，这还得看各人的身体条件。”

他又在诊断书上写写画画。

“现在他到底怎么样了？”雷曼先生急切地问。

“他马上就要入睡了。眼下这是最最重要的事情。回头还得观察。无论如何我们今天晚上得让他呆在这儿。您瞧……”他朝卡尔那边看去，卡尔已经打上鼾了，“他这样子您恐怕很难把他带走，是吧？”

“对。睡完觉他会重新好起来吗？”

“很难说。我想不会。您的朋友可能心里有点压抑。他是抑郁症外加神经崩溃。这种病例在我们这儿屡见不鲜。”

“但这是哪儿来的呢？”

“一言难尽。”医生坐在圆凳上，说话的时候他往后靠，结果差点失去平衡。随后他决定双手抱膝。“坐着真不舒服，什么东西，”他说，“不过我得回答您的问题：这通常都和自我想象的破灭有关。我是这么看的。也许您的朋友发现他自己不是他所想象的那种人。”

“他为什么不应该成为自己想象的那种人呢？”

“问得好。我推测他是那种很抑郁的类型。就拿艺术、拿这展览的事情来说吧。也许这展览算是一个揭示真理的时刻，所以他害怕了。”

他说话怎么老是也许也许的，雷曼先生想。“他怕什么呢？”他问。

“怕自己失败。怕真相大白，证明他也许根本不是什么艺术家。他的其他想法也随之崩溃。年轻人在我们这儿生活很轻松：干点活，租间便宜的房子，成天寻开心。可时间一长，多数人还是需要为这种生活找一个合理的根基。一旦这东西没了……轰！”说到这最后一个字的时候，抱膝而坐的医生双手一甩，以示爆炸。要不是及时抓住旁边的写字台，他差点因为这个动作摔个四仰八叉。

“喔唷！不过就像刚才说的：可能是，但不一定。这还需要观察。但是这种情况我们这里经常碰到。在他这儿全都对上了。通宵达旦饮酒作乐也是典型症状，在缺乏睡眠的情况下，这种事情会愈演愈烈，人们越来越兴奋，聚会搞得没完没了，所以一气熬上两个、三个通宵，中间再吸点毒，所以身体就垮了，就——轰！”他再次往上甩手，不过这一次他做了充分的防备。他揉了揉眼睛。

“对身体而言，睡眠并不是多重要。可是，如果您两个、三个晚上不睡，那么总有一天您会发疯的。所以很难讲是鸡生蛋还是蛋生鸡。他是因为老不睡觉才发疯？还是说他因为疯了才老不睡觉？”

“嗯，是哪一种情况呢？”雷曼先生问。

“怎么说呢，我看两者皆有。这个问题必须搞清楚。这可能只是一时的现象，但也有可能是发育成熟的抑郁症。”

雷曼先生扭头看卡尔，卡尔跟一头搁浅的鲸鱼似的躺在那里，还打着鼾。雷曼先生憋着眼泪。现在我也变脆弱了，他想。再这么下去的话，他想，就要——轰！

“这意味着什么呢？”他问。

“时间可长了。碰上这种情况我总是建议把这些人送回老家去治疗。他们几乎全是西德过来的。”

“这样他就应该回赫尔福德去，是吗？”

“假如情况很不好——有时这也管用。有时这也可能起反作用。假如在这种情况下返乡回家，可能有点回归童年的意味。但这也取决于家庭的态度。而且这有可能是与生俱来的，如果是这样，他一回去就意味着家里又增添一个病人，谁乐意这样呢。”他乐了。“看吧。现在的问题是：他明天想做什么？又要出门吗？既然他很危险或者说陷入了危险，我们要不要强行把他留在这儿？要不要先用药物让他镇定下来，然后再慢慢恢复、再观察观察？这还说不上来。”

“现在呢？”

医生站起身，走到诊察床前，用吊在床边的两根皮带把卡尔结结实实地捆在床上。

“现在我把您的朋友送到病房去，他们在那儿给他换床。如果您愿意，明天您可以来看看他。”

“当然。”雷曼先生说。

医生从桌上拿起记录放到卡尔的肚皮上面。然后他又弯下腰去读一遍。“您的地址电话我们都有了，是吧？您负责通知他的父母？”

“如果我找到他们的话。”

“嗯。顺便问问，今天是九号吗？”

“是的。”

“既然如此：衷心祝您生日快乐。”

“谢谢！”雷曼先生说。

“您可以把门打开一下吗？”

雷曼先生拉着门。医生推着卡尔从他身边走出去。雷曼先生关上门，跟在后面。医生又是敷衍了事地和他握握手。

“我也可以握得更有力一些，”他直截了当地说，然后又看着自己的手，“但我不想这么做。人们对握手所发的议论，穿凿附会的东西太多了。”

“您直言不讳，真好。”雷曼先生说。

“您明天上午过来一趟吧。7 号病区。”

“好。”雷曼先生说。两人分头而去。医生去 7 号病区，雷曼先生去庆祝自己的生日。

第二十章 生日集会

雷曼先生不想回家，因为在那里迎接他的，无非是几本书和一张空荡荡的床。也许我应该再买个电视，他想。他很高兴现在已经晚上八点。今晚要开怀痛饮，他想。他不用去上班，这是一件难得的事情，也正因如此，他根本不考虑去蜂拥酒吧，他给自己立下一条原则：决不以客人的身份到自己工作的酒吧去。不然的话，他总是这么想，人家会以为你是不知道有更好的地方，或者是在别地儿找不到熟人。况且，今天下午在那里傻不楞登地围观他最好的朋友的那帮混账，他一个也不想见。他既不想听他们的问题，也不想给他们解释，更不想听他们解释卡尔在他们看来是怎么回事。假设他现在扎到熟人堆里去——老实讲，这帮人或多或少地和蜂拥酒吧有点关系——他们肯定会揪着卡尔的事情说一通蠢话。想到这儿，他不禁打了个寒战。至少埃尔温会逮着他说的。一切都成为了历史，他想，他这才意识到与卡特琳的爱情终结如何打乱了他的正常生活。

我本应该多关心卡尔，他边走边想。从乌尔班医院出来之后，他一直慢慢悠悠地顺着兰德威尔运河走。过去这几天他变得浑浑噩噩，失恋的时候他总是这样。他睡了又睡，睡得昏天黑地，好不容易出一趟门，也无非为了吃饭。我本应该去关心卡尔，他想，这总比为那个臭女人伤心好。当初两人看着多好哇，想到这儿他不禁黯然神伤，和她本来也可以有一个很好的结局。不过，他转念想，没准儿这种想法也很荒唐。他想起她如何坚持不懈地促使他改变他的生活。也许我没有进行足够的尝试，他想，可是这么做又有什么意义呢，他想。其实维持现状最好，他想，不过我本应多照顾一下卡尔。没有卡尔，就没有乐趣，雷曼先生想。譬如说这个鲁迪，他想，跟这么一个人相处有什么意思？这家伙充其量才二十岁，这真是没救了。这时他已走到规划河岸大街，终于注意到他一向视而不见的爱尔兰酒吧。他认为不妨从这儿开始豪饮。

他向来认为爱尔兰酒吧非常糟糕，这一家也不例外。这点雷曼先生一进门就发现了。不能这么搞，这全是骗人的把戏，雷曼先生一边想，一边在酒吧里东张西望，什么深色木器，什么墙裙，这全都俗不可耐，他边想边在一张桌旁落座，这张桌子上放着一个插着蜡烛的瓶子。这还是一个黑咕隆咚的洞穴，他要了半升吉尼斯黑啤酒[1]之后接着想，和七十年代的情况一样。他回想起他年轻的时候不来梅的几个酒吧，传奇别墅什么的，那些地方全是黑得伸手不见五指，只有在靠近烛光——蜡烛也不是到处都有——的地方才看得见坐在对面的人。

怎么说呢，雷曼先生因为刚刚得到他要的吉尼斯黑啤——尽管不是半升，因为这儿

1. 吉尼斯黑啤酒（Guinness）：爱尔兰吉尼斯公司产的烈性黑啤酒。

卖的全是零点四升——并喝下一大口，所以变得宽容起来，这也是一种风格嘛。什么地方搞什么风格，这说到底是无所谓的，他一边想，一边欣赏酒吧里放的都柏林乐队演唱的歌曲，他甚至能跟着哼一段。这些全是些令人感伤的曲子，哥哥大概十五岁的时候老听都柏林歌曲，假如他今天听到这东西肯定要嗤之以鼻，雷曼先生想，或者恰好相反，他想。也许我应该去看他一趟，我毕竟还有一点积蓄，尽管这不只一点点，他想，我的积蓄其实不少。或者我去巴厘岛，他想，不管是不是跟海迪一道去，那边有巨型蜘蛛和热带病，可能很有趣，想到这儿他要了第二杯吉尼斯黑啤。不过喝完这杯就得换地方了，他告诫自己，既然是自个儿喝，就得保持运动。所以，他等第二杯吉尼斯黑啤一来，便马上付账。为了加快喝酒的速度，他特意抽了几支烟。

一出爱尔兰酒吧，他又没了主意。是留在61区接着喝呢，还是上36区易地再战？去36区有危险，因为他可能碰上——他心里这么称呼他们——埃尔温那帮二百五中间的一个，卡尔不可避免地要成为聊天的话题；去61区也有危险，因为他可能在无聊之中喝着喝着便安然入睡。既然如此，还是去36区好，他一边想，一边顺着科特布斯大街跨过兰德威尔运河，然后沿玛丽安娜大街[2]走到海因里希广场[3]。这里有几个他阔别已久的酒吧。

既然逛了爱尔兰酒吧，现在去光顾红竖琴酒吧也无妨，雷曼先生想。这时他正站在海因里希广场思考抉择。这地方故意搞得他

2. 得名于普鲁士公主玛丽安娜(1785—1846)。

3. 得名于普鲁士王子海因里希(1781—1846)。

妈的老气横秋。这红竖琴酒吧也许真的很老，天晓得，他想。反正光顾这里的人都很老。雷曼先生一进门就发现他属于这儿最年轻的人。这样也不太好，他想，况且他们只有扎啤，雷曼先生要了半升扎啤，这回还真给了他半升。这够稀罕的了，他想，不知是什么时候莫名其妙地时兴起卖零点四升的，他想，卖咖啡的办不到的事情，卖啤酒却办到了。他想起咖啡工业遭受的重大挫折，想起那些写着“我们把一磅归还给您”的宣传画。现在好了，他想，这里又有了一磅的啤酒。这半升酒端在他手里也觉着沉甸甸的，赶紧喝下去，他本能地想到这点，尽管他是一个道道地地喝瓶啤的人，而且每当半升啤酒喝下三分之二的时候他都会自动要一瓶新的。他们办的头号蠢事，他想，就是把半升装的贝克啤酒抛入市场。真是愚蠢透顶，那种啤酒最早出现在惊世骇俗酒吧，当他和卡尔第一次把那玩意儿捏在手里的时候，他们都不敢相信自己的眼睛。啊，我的卡尔兄弟，他边想边交钱。

然后他站起来走向隔壁的大象酒吧，那里要亮一些，也破一些，“克罗伊茨贝格夜漫漫”[4]的氛围并不是很浓。亮一点是好事，想到这儿，他努力回忆自己上一次是什么时候有过这种想法，这是不久前的事情，他记不太清楚了，当时是和卡特琳有点什么关系，不过这些事现在都无所谓了，他想。他坐在吧台边喝着一瓶五月博克啤酒[5]。他们干吗要在深秋时节推出在五月举行开酒仪式的博克啤酒，这点他弄不懂，吧台后面那个人说是什么特价销售。

4.《克罗伊茨贝格夜漫漫》是由神枪手兄弟乐队创作的著名歌曲。该乐队在上个世纪七十年代末八十年代初名噪一时。

5.产于慕尼黑的啤酒，酒精度数为7.2度。

其实雷曼先生只是为了寻求刺激才喝这东西，他一点不喜欢五月博克啤酒。这是什么狗屁东西，他嘴上喝着心里骂着，这酒让人难以下咽，它的酒精含量至少比一般的啤酒高出好几度，他想，这更容易把人灌醉。他继而想自己是否有可能喝得酩酊大醉，被他们送进乌尔班医院。如果这样，他明天也许就会在7病区卡尔的隔壁醒来。嘿，他想，这才叫同甘苦共患难。

海可突然出现在他身边。“哈啰，弗朗克。”他说。

“哈啰，海可。你在这儿干什么呀？”

“不知道。我刚刚去了棒槌酒吧，可是那儿死气沉沉的。我再也没法忍受了，克罗伊茨贝格的同性恋处境太悲惨。”

“异性恋在克罗伊茨贝格的处境同样悲惨。”说着雷曼先生扭头看酒吧中央。这里只坐着稀稀拉拉的几个客人，他们个个神情沮丧，望着自己的饮料发呆。“不过，”他说，“时候还早。”

“嗯。卡尔怎么样？”

“你从哪儿知道的？”

“大家都在谈这事。刚才海迪给我打了电话，她全都给我说了。”

“海迪专干这事，”雷曼先生很恼火，“她应该乖乖地去她的巴厘岛。”

“他怎么样了？”

“很好。正在睡觉。”

“睡觉？可能这也好一些。这阵子他可真是每况愈下。”

“嗯。”

“他既然不能给埃尔温干活了，那他想做什么呢？”

“我哪儿知道，看吧，”雷曼先生说，“艺术。”

“嗯。”

“嗯。”

两人都新要了一瓶啤酒，然后碰杯。

“今天不是你的生日吗？”

雷曼先生看着海可。他没想到海可知道他的生日。可能是我们什么时候聊过这事，他想，但他竟然记住了……他很高兴。在埃尔温那一伙子里面，今天晚上只有海可能让人接受。

“是。”

“海迪告诉我的。生日快乐。你到底多大了？”

“三十。”

“三十？这得好好庆贺一下。”

“哎哎，”雷曼先生说，“别价。”

“行行。”

“你知道吗？”雷曼先生说，“有一部电影，大概是七十年代的吧，里面的人生活在未来，他们住在钟形屋顶底下或者是地下什么的。他们中间无论谁到了某个年龄都必须脱胎换骨，他们是这么说的。实际上那些人只是被杀掉，不管他们愿不愿意。他们都觉得这很正常。”

“我知道这片子。叫《睡魔》什么的。那是我还在东德的时候从西德电视上看到的。迈克尔·约克[6]主演。”

“对，反正他们全都认为必须如此，他们认为人不能活得更长，他们还从来没见过老人。但后来还是有两个人通过什么办法逃脱了……”

“迈克尔·约克和一个女人，我忘记她的名字了。”

“对，然后他们撞见一个老人，觉得简直不可思议。”

“我想是彼得·乌斯蒂诺夫[7]。”

“就是他。”

“那又怎么样？”

“什么？”

“你讲这些想说什么呀？”

“怎么说呢，我也不知道，我怎么觉得这里的情况跟那电影很类似。”

“这里可不缺老人。”

“不，我不是这个意思。但是我有一种莫名其妙的感觉，好像我必须脱胎换骨。”

海可乐了。“太好了。你必须脱胎换骨。我家里有张小唱片，这东西总共才几张，是个人制作的，我的一个朋友和另外一个一起搞的，上面有一首歌，名叫《脱胎换骨》。那人唱来唱去就一句话：您必须脱胎换骨。”

“这也不错嘛。”

“我要是你，我就不会去想那么多，雷

6. 迈克尔·约克（Michael York，1942—）：英国演员、作家。

7. 彼得·乌斯蒂诺夫（Peter Alexander Ustinov，1921—）：英国演员、导演、剧作家、电影剧本作者和小说家。

曼先生。”

“弗朗克。”

“对不起，弗朗克。换了我是不会想那么多的。也许新的生命不招自来。车到山前必有路，车到山前是绝路。[8]”

“你这是哪儿听来的？”

“对面哪栋房子的墙上写着，我经常路过那儿。”

“嗐，等着瞧吧。”

“听其自然。”

“我认为我们可以换个地方了。这地方我怎么看什么都别扭。”

“好主意。”

“但不能去埃尔温的店。我瞧着那帮蠢猪就难受。”

“我也一样。”

“我们可以去咖啡吧。”

海可的脸阴沉下来。“这是他妈的破店，雷曼先生。没有比当初强行占房那帮人开的酒吧更臭的了。”

“对，那全是臭店。”

“我见不得他妈的左翼极端分子。”

“那我们就再来一瓶吧。但是喝完这瓶我们得上那边坐坐，”雷曼先生建议道，“最近我背上老痛。”

“你太辛苦了。”

“我有什么办法呢？”

8. 原文是：Kommt Zeit，kommt Rat，kommt Attentat.

“你应该休休假。去度一回假吧。跟卡尔一起，他需要这个。”

“哦，对了，”雷曼先生说，“他太需要了。也许我们应该去赫尔福德。”

“哈罗，真的有问题？”

“没事儿，为什么？”

“你怎么有点闷闷不乐。你不会因为这他妈的三十而立就蔫儿了吧？”

“瞎扯。”

“那就好。”

两个钟头后他们还是离开了大象酒吧。是时候了，两人都醉熏熏的，非常适合去咖啡吧。“我需要点变态的东西。”海可说。

咖啡吧在曼陀菲尔大街。从前这里是一个小酒吧，客厅一般大小，布置得也跟客厅一样，虽说有些不伦不类，可只要在那儿认识个把人感觉也挺舒服。现在这里的规模搞得很大，因为房主赚了钱，翻修房子的时候把酒吧给扩建了。他们靠吧台坐下，观察这些以男性为主的客人都在闹些什么，他们中间有许多人穿着高筒靴和国防军的裤子，雷曼先生触景生情，很不愉快地回想起自己的兵营岁月。

“这全是道地的异性恋老土，”海可看着这些人就乐，“全是高喊反法西斯口号的二百五，哎呀呀呀，见到他们我就想呕吐。”

“也没坏到这种程度。”对什么事情都已见惯不惊的雷曼先生想降低调门儿。

“你什么时候变得这么开明了？”

“怎么说呢，至少水晶赖纳不在这儿。”

“哦，说他呀……我本来不想问的，不过据说你和卡特琳彻底吹了？”

“吹了。”

“也是海迪给我说的。哎呀呀呀，遇到这种事是挺难受的。”

“对。”

两人就这么往下聊。将近一点的时候进来一个人。他走到吧台要了一瓶啤酒，然后站在他们旁边没走。

“你听说没有？”他问吧台后面的人。

“什么呀？”

“墙开了。”

“说什么？”

“墙开了。”

“我操。”

“你听见了吗？”醉眼迷离的雷曼先生问海可。

“什么呀？”睡眼迷离的海可问道。

“墙开了。”

“我操。”

“听着，海可，你不是东面跑过来的吗？”

“这已经烦我好几个星期了。一打开电视就是东面，东面，东面。

我是从东面过来的，可是我有什么错？你知道那帮傻 × 是怎么回事吗？同性恋在东面是什么——三孙子。墙开了，这又怎么着，墙开了。屁眼儿开了。”

雷曼先生看看左右。酒吧招待正在给其他的人传递消息，看这样子人人都在议论这事。不过谁也没有特别激动，该干什么还干什么。

“嗐，如果消息属实的话……也有可能。”雷曼先生说。

“就算是吧，这墙开了又怎么着。”

“我哪知道。”

他们又要了一瓶啤酒。喝至一半，海可突然高兴起来。

“我们应该去看看。”

“我们去奥贝鲍姆桥吧，”雷曼先生说，“从那儿可以过去。”

“好。就看一眼。”

“不过先把这瓶给喝了。”雷曼先生说。

他们干了啤酒，顺着斯卡利采大街往奥贝鲍姆桥走。街上没见什么动静。可能又是胡说八道，雷曼先生想。

可当他们走到奥贝鲍姆桥的时候，的确有人从对面走过来。稀稀拉拉的。也许第一股人潮已经过去了，雷曼先生想，墙果真开了，过来的人决不止这几个。他和海可去和正在那里看热闹的克罗伊茨贝格居民站在一起。对面的人和和气气、井然有序地走过来，过来之后再分道扬镳。不应该是这种气氛啊，雷曼先生想。

“他们就这么过来了，”海可深感诧异，“哪儿都这样？”他问旁边一个男的。

“你们必须去别的边境检疫站看看。这儿也就是小打小闹。”陌生人显然也喝多了点，已经分不清检查站和检疫站。“瞧他们稀稀拉拉的，就像小孩撒的尿。”

雷曼先生观察从东面过来的人。他们显得怯生生的，同时又机警地环顾四周。“这儿看起来和我们那边一样啊。”他听见一个女人这么说。

“瞧他们稀稀拉拉的，就像小孩撒的尿，”陌生人又说话了，“我还是去莫里茨广场[9]，那里至少还有点热闹。”

“真奇怪。”海可说。

“我们去莫里茨广场吧。”雷曼先生建议说。

“他妈的，我觉得这路太远了。”

“那就叫辆出租，我请客。”

“随你便，这他妈的瞎扯淡。”

“海可，说真的。就看一眼。”

“你现在叫不到出租。”

“我当然叫得着出租。”

他们去西里西亚门。雷曼先生很幸运。这时恰好过来一辆出租，一见雷曼先生招手，赶紧停下。

“你们是东边来的？”他们上车的时候司机问。

“当然，”海可说完咧咧嘴，“天啦，这西面真叫人眼花缭乱。”

9. 得名于荷兰公爵莫里茨·封·奥兰治（1567–1625）将军。

“你们想去哪儿？”

“海因里希·海涅边检站，”海可说，“我的亲戚在那儿，他们想开车过来。”

雷曼先生没吭声儿。突然他觉得要对海可刮目相看，海可这套本事他还没有见识过。

“你们有西面的钱吗？”

“当然了。”

“那好吧……”出租司机开车了。

“你们在这西面感觉怎样？”

“太棒了。我真不知道说什么好。”

“我看也是的。西面的钱是哪儿来的？”

“奶奶给的。”

“哦。”

出租车没能开到莫里茨广场，因为广场附近的街道已经挤得水泄不通。

“我们就在这儿下车吧，雷曼先生，”海可说，“再这么堵下去可受不了，”他朝出租司机说，“我们这点钱必须合理分配使用。”

“可以理解。”

“雷曼先生，把西面的钱递我一下。给，对吧。”

“好，谢谢。你的同伴干吗不声不响的？”

“他觉得这是一个很悲哀的日子。”

“嗬，瞧他这样子我倒很高兴。”

“他这人不错。”

雷曼先生以为到莫里茨广场会看见万众欢腾的场面，可是他们来晚了。现在只能见到一条汽车长龙，由东向西驶进环岛，再分散到各个方向。汽车的噪音震耳欲聋，排出的尾气则令人窒息。

“我操，”海可说，“我操。”

“他们都想去哪儿呀？”

“可能是选帝侯大街。”

“干吗去选帝侯大街？”

“还能去哪儿……”

他们站在那里看热闹，看着看着又觉得没意思了。

“行了，”海可说，“我得溜了。我到勋内贝格去一趟。”

“你去勋内贝格干吗？”

“看看我们同性恋亚文化圈里有什么活动。那边已经沸腾了，这个你用不着怀疑。我在那儿也有可能碰到几个从前的哥们儿。”他咧咧嘴，还冲雷曼先生挤挤眼睛。“有点像私人聚会。”

“我还得去什么地方喝一杯。”雷曼先生说。

“去吧。别垂头丧气的，就因为三十而立什么的。我这是经验之谈。我已经三十六了。”

“我不信。”

“怎么说呢，我跟埃尔温虚报二十八岁，”海可说，“他要知道了我的真实年龄，绝对不会用我。但埃尔温不是那种跟人要证件看的人。尽管……其实也是。再见，雷曼先生，我得听从我同性恋天性的召唤。”

“你怎么去勋内贝格？”

“既然是东面来的，今晚到处都能搭上车。”

海可走到奥兰治大街拦住一辆车，他和司机没说两句就拉门上车。然后一溜烟走了。

雷曼先生站在那里，面对川流不息的车流，他的内心非常空虚。他不想回家，因为在那里迎接他的，无非是几本书和一张空荡荡的床。也许我应该再买个电视，他想。或者去度假。和海迪一道去巴厘岛。或者波兰。或者从头开始做点什么。也可以再喝上一杯，他想，管他什么地方。

管他的，走吧，他想。车到山前必有路。

京权图字：01-2017-3296

图书在版编目（CIP）数据

雷曼先生 /（德）斯文·雷根纳著 ；黄燎宇译．-- 北京 ：外语教学与研究出版社，2017.6
书名原文：Herr Lehmann
ISBN 978-7-5135-9184-3

Ⅰ．①雷… Ⅱ．①斯… ②黄… Ⅲ．①长篇小说－德国－现代 Ⅳ．①I516.45

中国版本图书馆 CIP 数据核字（2017）第 155136 号

出 版 人 蔡剑峰
出版统筹 张 颖
责任编辑 孙嘉琪
执行编辑 李佳星 郑树敏
装帧设计 李思安
出版发行 外语教学与研究出版社
社 址 北京市西三环北路 19 号（100089）
网 址 http://www.fltrp.com
印 刷 中国农业出版社印刷厂
开 本 880×1230 1/32
印 张 10
版 次 2017 年 8 月第 1 版 2017 年 8 月第 1 次印刷
书 号 ISBN 978-7-5135-9184-3
定 价 42.00 元

购书咨询：（010）88819926 电子邮箱：club@fltrp.com
外研书店：https://waiyants.tmall.com
凡印刷、装订质量问题，请联系我社印制部
联系电话：（010）61207896 电子邮箱：zhijian@fltrp.com
凡侵权、盗版书籍线索，请联系我社法律事务部
举报电话：（010）88817519 电子邮箱：banquan@fltrp.com
法律顾问：立方律师事务所 刘旭东律师
中咨律师事务所 殷 斌律师
物料号：291840001